KB090487

남다른 사고와 좋은 말하기

말하기와 사고

한길석·한우섭·권정언 공저

(주)백산출판사

'인간이란 무엇인가?' 이 물음에 대한 대답은 유사 이래로 다양하게 제시되었지만, 아리스토텔레스가 제시한 대답은 '로고스적 동물zôon logon echon'이라는 것이었다. 로고스에는 '말'과 '이성'이라는 의미가 중첩되어 있다. 이를 받아들인다면 인간이란 이성적으로 사고하면서 말하는 존재일 것이다.

말이란 짐승의 울음이나 지저귐과는 다르다. 인간의 말은 자기 존재를 일방적으로 과시하고 드러내는 데에 그 목적을 두고 있지 않다. 인간은 자기 맘속에 품고 있는 뜻을 다른 이에게 오해 없이 전달하고, 서로 달리하는 의견을 조율하고자 상대방에게 말을 건넨다. 그리고 상대방이 어떤 마음에서 그런 발언을 하고 있는지 그의 말에 귀를 기울인다. 여기서 볼 수 있듯이 인간은 상대방의 입장을 생각하면서 말하고 듣는다. 이처럼 말하기와 생각하기는 서로 밀접히 연결되어 있다.

『말하기와 사고』라는 제목을 달고 있는 이 책은 인간의 말하기가 엄밀한 사고 과정과 함께 이루어져야 한다는 생각에서 집필되었다. 사고 없는 인간의 말은 수많은 혼란을 불러일으키기 마련이라고 저자 일동은 생각하기 때문이다.

이 책은 크게 세 부분으로 구성되어 있다.

Part I 에서는 좋은 말하기란 무엇인지에 대해 다룬다. 민주성을 특징으로 하는 현대의 사회에서 좋은 말하기란 결국 어떤 외부적 강압 없이 자기 생각을 타인이 공감하며 받아들일 수 있게 하는 말하기이며, 따라서 상대방을 배려하는 친절한 말하기여야 한다. 말에 이용되는 모든 수사적 방법들이란 결국 나의 말하기가 나의 말을 듣는 상대방의 입장에서 보다 쉽게 수용되도록 돕는 장치들이다. 이런 관점에서 Part I 은 나의 말이 친절한 말이 되기 위해 화자는 되도록 다양한 수사적 장치를 말의 특징에 따라 전략화하려는 노력이 있어야 함을 강조한다.

Part II 는 비판적으로 사고하는 방법에 관해 서술하고 있다. 즉, 주어진 정보와 지식의 신뢰성을 평가하고 검증하는 사고, 자신의 의견을 합리적 근거에 따라 타당하게 주장하는 논증적 사고, 그리고 지혜로운 판단력 등의 주제를 다룬다.

Part III 는 토의 및 토론 그리고 프레젠테이션 등의 공적 말하기에 관해 설명하고 있다. 이 부분은 공적 말하기가 비판적이고 논리적인 사고뿐만 아니라 사고의 전환을 통해 유용하고 가치 있는 아이디어가 덧붙여질 수 있도록 하는 창의적 사고에 입각하여 이루어져야 한다는 생각을 바탕으로 서술되었다.

2004년 페이스북이 등장하고 2006년 트위터가 시작되면서 인간들이 주고받는 말의 양은 급격히 증가했다. 하지만 말하기의 양이 질을 담보하지는 못하고 있다. 사람들은 더 많이 더 자주 말하고 있지만, 생각은 되도록 적게 하면서 말하고 있다. 생각의 교환보다는 느낌의 전시가 중심을 이루고 있는 까닭이다. 이런 가운데 생각 없이 내지르는 말들이 더 많은 주목을 받고 유명세를 얻게 되었다. 비판적 사고가 사라지고 느낌만 공유되는 가운데 가짜 지식이 난무하고 말다운 말은 점점 사라지고 있다. 이런 재난 속에서 엄밀한 사고하기와 좋은 말하기 교육의 중요성은 더욱 강조될 수밖에 없을 것이다.

저자들은 이러한 교육적 요구에 부응하고자 이 책을 썼다. 그러다 보니 이 책은 교양의 증진보다는 교육 및 학습 활동에 치중하여 구성되었다. 하지만 비판적 사고를 바탕으로 명료하게 말하는 역량을 함양하고자 하는 일반 독자도 이 책을 유용하게 활용할 수 있을 것이다. 아무쪼록 이 책이 '몰로고스적沒logos的 위기 상황'을 헤쳐가는 데 작게나마 보탬이 된다면 저자들의 기쁨은 더할 나위 없을 것이다.

2022.2.

저자 일동

Part I 말하기를 고민해본 적 있니?

Chapter 1. 왜 말하기를 고민해야 하는가? 10

　　1. 말하기를 고민해본 적이 있는가? 11

　　2. 왜 말하기를 고민해야 하는가? 14

　　3. 말은 나를 드러내는 종합예술 21

Chapter 2. 좋은 말하기를 위해선 무엇을 고민해야 하는가? 24

　　1. 현대 사회의 특징과 공감 25

　　2. 의사소통의 요소와 공감의 전략 30

Chapter 3. 말하기의 기본인 '설명하기'와 말의 특성 40

　　1. 말하기의 기본적 기능으로서의 설명하기 41

　　2. '설명하기'의 개념과 설명의 대상 42

　　3. '설명하기'의 기능과 중요성 44

　　4. 좋은 설명을 위한 말의 특성 파악 48

Chapter 4. 좋은 설명을 위한 방법과 절차: '분석'과 '범주화'라는 원리 55

　　1. 좋은 설명을 위해 고민해야 할 것 56

　　2. 설명을 위한 방법들의 두 가지 원리: '분석'과 '범주화' 57

　　3. 설명을 위한 세부 방법들 63

Part II 그 생각은 좋은 생각일까?

Chapter 5. 논증적으로 사고하기: 논증의 분석 74

　　1. 왜 논증적으로 사고할 수 있어야 할까? 75

　　2. 논증이란 무엇인가? 76

　　3. 연역논증과 귀납논증은 무엇인가? 79

　　4. 논증의 분석은 어떻게 하는가? 82

Chapter 6. 비판적으로 사고하기 1: 논증의 평가와 진술의 비판적 분석 86

　　1. 왜 비판적으로 사고할 수 있어야 할까? 87

　　2. 논증의 평가 88

　　3. 숨은 전제와 결론 95

Chapter 7. 비판적으로 생각하기 2: 오류 피하기와 복잡한 논증 평가하기 98

　　1. 여러 가지 오류 99

　　2. 복잡한 논증 평가하기 105

Chapter 8. 사려 깊게 이해하고 지혜롭게 판단하기 110

　　1. 이해와 판단의 장애물 111

　　2. 사려 깊은 이해와 지혜로운 판단을 위한 태도 117

　　3. 규정적 판단력과 반성적 판단력 120

　　4. 판단력 부재의 악 121

Chapter 9. 창의적으로 사고하기 125

　　1. 창의란 무엇인가? 126

　　2. 창의가 만드는 부가가치 129

　　3. 창의적인 사람들, 그들은 누구인가? 130

　　4. 창의 발현을 저해하는 요인들 134

　　5. 상자 밖 창의 135

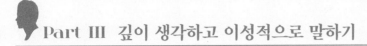

Part III 깊이 생각하고 이성적으로 말하기

Chapter 10. **발표 원고 작성과 연습 142**

    1. 공적 말하기에서 고려할 것들: 무엇을 말해야 하는가?

       어떻게 말해야 하는가? 왜 말해야 하는가? **143**

    2. 장그래의 '파트너에게 물건 팔기'의 예 **145**

    3. 발표의 준비 단계 **151**

    4. 표현 단계 **156**

    5. 연습 단계 **160**

Chapter 11. **토의·토론이란 무엇인가? 164**

    1. 토의 및 토론의 개념 **165**

    2. 토의·토론의 자세 **166**

    3. 토의의 종류와 방법 **170**

    4. 토론의 종류와 방법 **172**

Chapter 12. **토의·토론하기 176**

    1. 토의 및 토론의 흐름 **177**

    2. 토론하기 **178**

    3. 실전 토론에서 유의해야 할 점들 **185**

Chapter 13. **창의를 완성하는 디자인 사고 192**

    1. 그들의 이야기를 들어라, 그 사람이 되어보라 **193**

    2. 디자인 사고란? **194**

    3. 디자인 사고는 어디에 사용하는가? **195**

Chapter 14. **창의적 아이디어 프레젠테이션 204**

    1. 논리적으로 주장하기 **205**

    2. 프레젠테이션의 구성과 실제 **207**

    3. 프레젠테이션의 검토와 실행·피드백 **212**

참고문헌 218

내용 정리하기 219

연습문제 정답 및 해설 221

Part I

말하기를
고민해본 적 있니?

왜 말하기를
고민해야 하는가?

우리는 모두 말하기의 달인들이다. 우리는 언어를 통해 자신의 정체성을 형성하고, 인간관계를 맺어나가며 삶을 살아간다. 이런 우리의 삶 속에서 언어란 마치 공기와 같은 것, 물고기에게 물과 같은 것이라 할 수 있다. 그러나 언어의 이러한 익숙함으로 인해 우리는 우리의 말에 대해 고민하지 않는다. 그러나 나의 말은 곧 "나"라는 인간의 사회적 표지이고, 따라서 나는 나의 말에 의해 평가되며, 나아가 나의 말이 나를 만들기도 한다. 따라서 진정으로 말의 중요성을 인식하는 사람은 나의 말을 반성할 필요가 있다.

❶
말하기를 고민해본 적이 있는가?

　우리나라에는 '말 한마디로 천 냥 빚을 갚는다'라는 속담이 있다. 너무도 익숙한 속담이라 아마도 모르는 사람이 없을 것 같다. 기록에 의하면 조선 시대 1냥은 10전이고, 10전은 100푼이다. 그렇게 생각하면 1푼이 엽전 한 개이니, 천 냥이면 엽전이 10만 개라는 소리인데⋯. 이미 그 무게만도 어마어마하지 않았을까 싶다. 특히 자주 배를 곯았어야 할 거지들이 "한 푼만 줍쇼"라고 말하는 것을 보면 한 푼이면 한 끼를 풍족하게는 몰라도 조촐하게는 먹을 수 있었던 금액이었던 것 같은데, 실제로 조선 시대 학자 황윤석1729-1791이라는 분의 일기를 통해 조선 시대의 경제를 조사한 한 연구에 의하면 이 엽전 하나는 현재 시세로 약 700원 정도의 가치를 갖는다 한다(떡 하나는 사 먹을 수 있지 않았을까?). 엽전 하나가 700원이라면 결국 엽전 10만 개인 천 냥은 현재 돈의 가치로 약 7,000만 원이 된다. 즉, 말 한마디 잘하면 7,000만 원이 공짜로 생기거나 그만큼의 채무가 변제된다는 뜻이니, 말을 잘하는 것이 정말 중요한 거라는 생각이 들지 않는가?

　그런데 그런 중요한 '말speech'에 대해서 우리는 한 번이라도 심각하게 고민해 본 적이 있던가? 아마 대다수 사람은 말에 대해 심각하게 고민하지 않은 채 삶을 살아가고 있지 않나 하는 생각이 든다. 왜 그럴까? 사람에 따라, 그리고 상황에 따른 다양한 이유가 있을 수 있지만 크게 다음과 같은 이유가 있지 않나 하는 생각이 든다.

1.1 우리가 말에 대해 고민하지 않는 첫 번째 이유: 말은 우리에게 너무도 익숙한 행위

　외국어를 사용하지 않는 이상, 우리는 우리가 할 말의 내용, 순서, 문법, 단어의 뜻을 머릿속에서 구성한 후 말을 하지 않는다. 게임을 할 때, 내가 취할 아이템을 낚아채려는 상대방에게 '아! 지금 저 친구가 내게 필요한 아이템을 가져가려고 하는 것을 보니 내가 이 시점에서 나의 말로 그것을 금지해야겠군! 그러기 위해서는 나의 화난 감정 상태를 전달할 수 있는 강한 단어인 "이 자식"과 경고의 메시지를 전달할 수 있는 "그 아이템 가져가면 죽어!"라는 말을 사용해야지'라고 마음을 먹은 후, "이 자식, 그 아이템 가져가면 죽는다!"라고 말하지 않는다는 의미이다. 우리의 말은 우리의 생각과 동시에 내뱉어지고, 때에 따라서는 생각에 앞서 말이 먼저 튀어 나오기도 해서 우리를 난처하게 만들기도 한다. 듣기 싫은 소리를 묵묵히 듣고 있어야 할 때, 나도 모르게 나오는 한숨을 생각해 보자. 이때 한숨은 나의 지루함과 답답함을 드러내는 표시이고, 따라서 의미를 갖는 행위이며, 그래서 넓은 의미의 언어이고 말이다. 그럼 이런 현상은 왜 생겨날까?

이런 현상은 우리가 '말을 하는 상황', 즉 의사소통의 상황에 너무나 익숙하기 때문이다. 실제로 우리는 모두 말하기의 달인들이다. 우리는 태어나서 최초로 옹알이라는 것을 시작한 이후로 현재까지 끊임없이 말을 하며 살아왔다. 집에서, 학교에서, 회사에서, 그리고 길을 오가는 상황에서 가족과 친구, 동료들과 그리고 모르는 사람들과도 우리는 언제나 말을 하면서 살아간다. 심지어 우리는 말을 하지 않는 상황에서조차 말을 하고 있다. 아무 말도 하지 않고 생각을 하는 상황을 떠올려 보자. 그때 그 생각은 무엇으로 가능한가? 바로 말로 가능하다. 이 글을 읽으며 머릿속으로 "무슨 말이야?"하고 계신 여러분. 지금 그 머릿속의 생각인 '무슨 말이야?'가 바로 말로 이루어져 있지 않은가? 따라서 말은 우리가 말을 하는 상황이건 생각을 하는 상황이건 우리를 떠나지 않는다. 아니, 오히려 '우리가 말을 떠나지 못한다'가 보다 정확한 말일 것이다.

1.2 우리가 말에 대해 고민하지 않는 두 번째 이유: 우리는 모두 말을 너무 잘한다 (고 생각한다)

앞서 이야기한 것처럼, 우리 모두에게 말은 이미 너무 익숙한 것이고, 그래서 마치 공기와 같은 것처럼 여겨진다. 숨을 쉬며 공기의 존재를 고민하지 않듯, 말을 하며 말의 존재에 대해 고민하지 않는다는 말이다. 그런데 말에 대한 이 '익숙함'이 우리가 말에 대해 고민하지 않게 하는 또 다른 이유를 만든다. 그것은 우리 대다수가 은연중에 '우리는 말을 이미 잘해. 그래서 말에 대해 고민할 필요가 없어'라고 생각한다는 점이다. 물론 우리 주위에는 자신이 말을 참 못한다고 생각하고 사람들 앞에서 말하기를 꺼리는 사람들이 있다. 그러나 그러한 사람들도 가족들이나 친구들과의 대화에서는 말하기를 어려워하지 않는다. 즉, 그들은 말을 못 한다기보다 사람들 '앞에서' 말하는 것을 어려워하는 것일 뿐이다. 따라서 일상생활에서 주고받는 대화에 어려움을 겪지 않는 우리들, 즉 말에 대해 고민할 필요가 없이 말을 자연스럽게 사용하는 우리는 알게 모르게 스스로 말을 잘한다고 생각하고 있다고 할 수 있다. 말에 대해 고민하지 않는 그 무신경이 곧 말에 대한 우리의 자신감을 의미한다.

그런데 우리가 흔히 누군가에게 '그 사람은 참 말을 잘해'라고 하는 경우 그 '말 잘함'의 의미가 무엇일까? 가족이나 친구들과 무리 없이 대화를 할 수 있는 사람을 말을 잘한다고 평가하는가? 그렇지 않다. 우리가 어떤 사람에게 말을 잘한다고 하는 경우의 대부분은 그 사람이 공적인 자리에서 자연스럽게 의사를 전달하며, 또 그가 하는 말에 설득력이 있는 때인 경우가 많다. 말하기와 관련된 수업을 진행하다 보면 학생들의 입에서 "저는 평상시에는 말을 참 잘하는데, 사람들 앞에만 서면 말을 잘 못 하겠어요"라는 말을 많이 듣게 된다. 왜 그런 고민이 생기는 걸까? 바로 일상생활에서 의사소통에 불편을 겪지 않을 만큼 말을 잘하기 때문이고, 그래서 평상시 말에 대해 고민하지 않기 때문이다. 따라서 말을 익숙하게 한다는 것과 말을 '잘' 한다는 것을 다르게 생각할 필요가 있다. 말을 익숙하게 하는 것이 곧 말을 잘하는 것은 아니다. 평상시의 말하기에 불편함이 없다는 것이 말에 대해 익숙함에서 오는 것이라면 공적 자리에서 '잘' 말할 수 없다는 것은 공적 말하기에 익숙하지 못하다는 의미일 것이다. 따라서 정말 말을 잘하기 위해서는 공적 말하기에 익숙해질 필요가 있다.

💬💬 의사소통 상황은 크게 공적 말하기 상황과 사적 말하기 상황으로 구분된다. 공적 말하기 상황의 특징과 사적 말하기 상황의 특징을 떠올려 보고 어떤 차이가 있는지 적어보자.

사적 말하기 상황의 특징	공적 말하기 상황의 특징

❷
왜 말하기를 고민해야 하는가?

내가 공적 말하기를 잘하는지 그렇지 못한지를 고민하기 위해서는 왜 말이 중요한지를 먼저 생각해 봐야 한다. 중요하다고 여겨지지 않는 일을 고민하라고 하면 그 일을 심각하게 고민할 사람이 있을까? 따라서 무엇보다 말의 중요성을 먼저 이해할 필요가 있다.

2.1 말의 중요성–첫째, 우리는 말을 통해 타자들과 관계를 형성한다

'말은 왜 중요한가?'. 어쩌면 이 질문은 모두가 이미 그 답을 알고 있기에 우문愚問으로 여겨질 수 있다. "말이 왜 중요하냐니? 당연히 의사소통을 위해 없어서는 안 되는 인간의 행위이기 때문에 중요하지!" 물론 그렇다. 인간 사회에서 말이 필요한 이유는 무엇보다 의사소통 행위가 없다면 인간 사회가 유지되지 않기 때문이다. 인간이 동물과 다른 것은 언어가 없는, 설령 있다고 하더라도 의사소통의 정도와 범위가 매우 제한적인 동물들과 달리, 언어를 통해 고차적인 의사소통을 한다는 사실에 있다.

'호모 커뮤니쿠스Homo communicus'라고 칭할 수 있는 이러한 인간의 특성은 인간 공동체를 가능하게 했으며, 인간을 자연으로부터 독립시켜 문명을 건설하게 했고, 문화를 탄생시킴으로써 인간 고유의 역사를 가능하게 했다. 인간은 언어를 통해 각자의 생각, 감정 등을 교류하며 자연 속에서 홀로 선 단독자로서가 아니라 공동체로서 생존할 수 있었다. 테오도어 아도르노Theodor Ludwig Wiesengrund Adorno 같은 철학자는 인간이 공동체로서 문명을 건설하게 된 동기를 물리적으로 다른 동물들에 비해 나약하기만 한 인간이 자연에 맞설 유일한 방법이 공동체로써 사는 것이기 때문이라고 이야기했는데, 만약 인간이 언어를 사용할 능력이 없었다면, 공동체적 인간이란 불가능했을 것이다. 당연하다. 생각과 감정을 나와 공유하지 못하는 사람들과는 함께 살아가기가 힘들었던 경험을 떠올리면 쉽게 이해가 될 것이다. 그런데 이러한 언어의 근본적인 필연성은 비단 인간이 자연과 맞설 필요가 있었던 과거의 이야기인 것만이 아니다. 공동체적 관점에서의 언어의 필연성은 근원적인 차원에서 현재까지 지속된다. 이 말의 의미는 사회가 아무리 발전하고, 인간 의식이 진화한다고 하더라도 말을 통한 인간관계의 형성이라는 말의 기본적 효용성은 여전히 매우 중요하다는 것이다.

우리는 말을 통해 가족과 유대감을 형성하고, 말을 통해 친구를 사귀며, 말을 통해 누군가와 가까워지기도 하고, 멀어지기도 한다. 가족이란 내가 선택할 수 없는 운명 공동체이기는 하지만 가족과의 친밀감이 가족 간에 오가는 대화에 따라 달라진다는 사실을 우리는 잘 알고 있다. 그뿐이랴. 현재 이 글을 읽고 있는 여러분들의 친구들을 떠올려 보도록 하자. 그 친구들과 여러분은 어떤 계기로 친해졌는가? 수많은 계기가 있을 수 있지만, 결국 그 중심에는 그 친구들과 여러분들 사이에 공유된 대화, 수없이 주고받은 말이 놓여 있지 않은가? 다른 모든 인간관계도 마찬가지이다. 물론 어떤 인간관계는 대화 이전에 이미 형성되는 경우도 있다. 여러분들 각자의 학과 구성원들, 여러분들의 일터의 구성원들, 군대에서 함께 생활한 동료들, 동호회 구성원들 등은 대화를 통해 형성된 공동체라기보다 어떤 시스템에 의해 구성된 공동체인 경우가 많다. 그러나 그 속에서도 여러분에게 영향을 끼치고, 여러분과 내밀하고 직접적인 관계를 맺는 나의 친구, 동료들은 결국 여러분들과 대화했고, 대화가 되었던 사람들이다. 결국 각자의 인간관계는 나의 말을 통해 결정된다. 어떤 말을 하느냐, 어떤 식의 대화를 하느냐가 어떤 사람들이 나의 주위에 남느냐를 결정한다. 말은 인간관계 그 자체이기 때문이다.

2.2 말의 중요성–둘째, 나를 만드는 건 나의 말이다

우리는 흔히 어떤 사람을 그가 가진 외적 이미지를 통해 판단하고는 한다. 옷을 깔끔하게 입고 머리를 멋지게 빗어넘긴 사람들을 보고, '아! 저 사람 왠지 능력 있는 사람인 것 같아'라고 생각하기도 하고, 신체 어느 곳에 문신을 한 사람들 보고는 '저 사람은 왠지 불량한 것 같은데!'라고 판단하기도 한다. 물론 사람의 외적 이미지는 그 사람을 판단하게 하는 직접적 요소이며, 그래서 굉장히 중요하고, 우리가 신경을 써야 하는 부분이다. 그러나 말이 그에 못지않게 그 사람의 인상을 좌우한다는 사실에 대해서는 대다수가 그리 크게 신경을 쓰지 않는 것 같다. 상상해보자. 여기 아주 멋진 한 사람이 있다. 반듯한 외모에 깔끔한 옷차림을 하고 지금 여러분들 앞에 앉아있다. 그 사람에 대해 어떤 느낌을 가지게 될까? 물론 긍정적인 인상을 갖게 될 것이다. 일반적으로 인간은 흐트러진 이미지를 가진 사람보다는 정돈된 이미지를 가진 사람에게 호감을 갖게 된다. 안정감을 얻을 수 있기 때문이다. 그런데 그 좋은 이미지를 가진 사람이 하는 말이 온통 비속어와 잘못된 문법적 표현으로 이루어져 있다면? 그리고 그가 하는 말의 의미가 온통 회의적이거나 부정적이기만 하다면? 그런 사람에게 긍정적인 이미지를 부여할 수 있을까? 그럴 수 없다. 앞서 인간은 혼란스러운 상황보다는 정돈된 상황에서 안정감을 느낀다고 했는데, 비속어와 잘못된 표현들은 안정적이기보다 혼란스러우며, 특히 부정적 어감의 표현들은 원활한 대화를 방치하는 경우가 대부분이기 때문이다. 여러분들의 말에 온갖 비속어를 동반하여 '아니', '됐어', '됐거든' 등의 답변만을 하는 친구를 상상해보면 어떤 느낌인지 쉽게 감이 올 것이다.

말은 그 사람의 외적 이미지를 만드는 중요한 요소라는 점과 생각에 앞서 나오는 자연스러운 행동이라는 점을 생각해 본다면, 왜 우리가 평상시의 말하기 습관을 되돌아봐야 하는지를 어렵지 않게 짐작할 수 있다.

그런데 말의 이러한 특성은 단지 말하는 사람의 외적 이미지를 결정한다는 점에서 말을 고민해야 하는 표층적 이유에 그친다. 우리가 말에 대해 고민해야 하는 보다 중요한 이유는 말이 개인의 내적 성향을 좌지우지한다는 사실에 있다.

흔히 우리는 말이란 우리의 생각의 표현이라고 생각한다. 다시 말해, 말 이전에 말의 내용을 머릿속에 떠올리고, 그 내용을 효과적으로 전달할 수 있는 표현을 찾아서 말을 한다고 생각하는 것이다. 이런 관점에서 말은 단지 생각(사유)의 옷에 지나지 않게 된다. 중요한 것은 우리의 사유이고 말이 사유를 겉으로 드러내는 표시인 한 사유가 말에 영향을 끼치는 것이지, 말은 우리의 사유에 영향을 끼치지 않는다고 생각하는 것이다. 그런데 과연 그런가?

앞서 우리는 말이 우리에게 너무도 자연스럽고 익숙하기에 말이 생각과 동시에, 때로는 생각에 앞서 내뱉어진다고 말했다. 이런 상황에서도 말이 사유의 표피 혹은 옷일 뿐이라고 말할 수 있을까? 언어와 사유의 관계에 관한 현대의 연구들 중 다수는 말과 사유의 관계에 있어 말이 사유에 앞선다는 주장을 펼친다. 이러한 관점에 따르면 우리는 말로 생각을 만든다. 즉 말이 있어야 생각을 할 수 있다. 앞서 이야기한 바와 같이, 우리의 생각은 언어로 구성되기 때문이다. 따지고 보면 우리는 태어나서 우리의 생각을 표현할 수 있는 말을 배운다. 그런데 말이란 이미 사회 속에 존재해 있던 것이다. 즉 기존 사회·문화적 요소들(사회·문화적 정신들, 제한들, 공유되어야 하는 가치들 등)을 이미 함축하고 있는 것이 바로 언어이고 말이다.

따라서 우리가 우리의 탄생 이전에 존재하고 있던 말을 사용해 나의 생각을 표현한다는 것은 알게 모르게 우리가 사용하는 말, 언어에 내재해 있는 많은 기존 가치들의 제약 속에서 우리의 생각을 표현하고 있다는 의미이다. 즉, 우리가 언어를 학습하는 그 시점에 이미 우리는 언어, 말의 제약 속에 놓여 있다고 말할 수 있는 것이다. 따라서 말이 갖는 제약성은 굉장히 근본적이다. 기존 언어라는 말의 '구조'에서 우리의 말과 언어가 학습되기 때문이다.

그런 관점에서 우리가 사용하는 말에 따라 우리의 생각이나 행동이 영향을 받는다는 것을 부정할 수 있을까? 쉽지 않을 것 같다. 그리고 우리는 이미 말을 사용하는 방식에 따라 개성이 달라지는 사례를 주위에서 흔히 목격해 왔다. 비속어를 아무렇지도 않게 사용하는 친구들의 행동과 정제된 말을 사용하는 친구들의 행동이 동일한지 동일하지 않은지, 그리고 긍정적인 표현을 주로 사용하는 사람과 부정적인 표현을 주로 사용하는 사람들의 마인드와 개성이 동일한지 아닌지를 뒤돌아보면 말이 한 사람의 개성을 달라지게 한다는 사실을 쉽게 이해할 수 있다. 결국 나의 생각과 행동, 나의 개성을 만드는 것은 나의 말이다. 그러므로 우리는 우리의 말을 소홀히 생각할 수 없는 것이다.

2.3 말의 중요성-셋째, 현대 사회에서 말하기 능력은 곧 그 사람의 능력이다

앞서 이야기한 말의 중요성이 개인적 차원에서 말의 중요성이라고 한다면 우리는 사회적인 차원에서 말의 중요성 또한 생각해 볼 수 있다.

[그림1-1]은 현재 우리나라 공무원 시험에서 시행하는 말하기 역량 평가 정도를 나타내는 자료이다. 표에서 확인할 수 있는 바와 같이 말하기 평가와 더불어 면접(면접 또한 말하기 역량 평가의 한 방식이다)에 상당 부분을 할애하고 있음을 알 수 있다. 비단 공무원 시험뿐만이 아니다. 아마도 이 책을 읽고 있는 많은 분이 '면접 대비 훈련', '압박 면접 대응법', '5분 안에 면접관 사로잡는 법' 등 면접과 관련한 다양한 사례들을 접한 경험이 있을 것이다.

STEP01 **필기시험**
STEP02 **필기 합격자발표**
STEP03 **면접시험**
STEP04 **최종 합격자발표**

시험시간
- 9급(5과목/100분)
- 7급(7과목/140분)
- 9급계리직(3과목/60분)

시험유형
-4지선다(서울시는 2015년 부터 변경)

합격자 선발 방식
- 과목당 4할 이상 득점자 중 전 과목 총 득점 고득점 순으로 선발예정인원의 1.5배 선발
- 1과목이라도 40점 미만의 과목이 있을 경우 불합격

국가직
- 자기기술서 작성
- 5분 스피치 평가 (검토 10분 / 발표 5분)
- 개별역량면접(35분)

서울시
- 인성검사
- 5분 스피치 (검토 15분 / 발표 5분)
- 개별역량면접(20분)

지방직
- 인성검사
- 사전조사서 작성
- 개별역량면접(30분)

합격자 선발 방식
공무원 적합성 평가 5개 항목 평정 결과 합격/ 불합격 여부 결정

출처: 행정부 국가직, 지방직, 서울시 공무원 채용절차 https://blog.naver.com/amyasdasd/221059331663

그림 1-1 **공무원 채용절차**

이는 기업이 인재를 선발하면서 말하기 능력을 중요하게 생각하고 있음을 드러내는 단적인 표지이다. 실제로 현재 우리나라의 대다수 기업에서의 인재 충원 양상은 기존의 단순한 지식 평가 위주의 선발에서 의사소통 능력을 통한 문제해결 역량 평가의 형태로 변화하고 있다. 이에 면접의 종류도 다양해지고 있다. 전통적인 면접 방식인 개별 면접이나 집단 면접뿐만이 아니라 집단 토론 면접, 압박 면접 등이 도입되고 있으며, 나아가 회식(술자리) 면접, 프레젠테이션 면접, 합숙 면접 등의 이색 면접도 이미 일상적 면접시험의 형태로 자리 잡고 있는 시점이다. 왜 그럴까? 그것은 무엇보다 말하기 활동에 요구되는 능력이 종합적이기 때문이다. 커넬Canale과 스웨인Swain(1980)에 의하면 말하기, 즉 의사소통에는 크게 4가지의 능력이 요구된다고 한다.

첫째, 문법적 능력이다. 말하기란 상황에 맞는 적절한 단어를 문법적 형식에 맞추어 선택, 사용하는 능력으로 일차적으로 그 사람의 지식의 정도를 측정할 수 있는 표지로 이용될 수 있다.

둘째, 사회언어학적 능력이다. 사회언어학적 능력이란 누구와 이야기를 하고 있는지, 그리고 대화의 주제가 무엇인지, 말을 하는 상황이 개별적 상황인지 공적 상황인지, 대화의 공간은 어떠한지를 판별하여 상황에 맞는 적절한 대화를 할 수 있는 능력으로 화자의 상황 판단과 상황에의 적응 역량이 사회언어학적 능력에 의해 평가될 수 있다.

셋째, 담화 능력이다. 담화Conversation란 수많은 말들이 모여 이루어진 유기적 통일체를 의미하는데 단순히 말의 문법적 의미만을 이해하는 것이 아니라 언어적 표현이 등장하는 구체적 상황 맥락과 화자와 청자의 관계 등을 고려하여 대화의 형식적인 응집성과 내용상의 일관성을 이루기 위해 아이디어를 조직하고 재배치하는 능력을 의미한다. 이는 화자의 의사소통 능력과 더불어 맥락에 대한 이해의 정도, 즉 화자의 이성적이고 합리적 능력을 평가하는 척도로 작용한다.

넷째, 전략적 능력이다. 이는 정상적인 의사소통이 이루어지지 않았을 때, 이를 해결하는 의사소통 능력을 의미한다. 즉 대화가 잘 이루어지지 않는 경우 화자가 어떤 방식으로 대화를 지속하는지를 평가할 수 있는 요소로 기업의 입장에서는 지원자의 문제해결 능력의 척도로 이용될 수 있다.

정리하자면 말하기에는 기본적으로 말하는 당사자의 지식의 정도, 상황 판단력, 문제에 대한 이해력, 문제해결의 방식이 담기게 된다. 이는 현대인에게 요구되는 덕목이기도 하다. 왜냐하면 현대의 민주적 의사 결정 과정은 결국 문제의 해결 방법으로 효과적인 의사소통을 요구하기 때문이다. 더 이상 물리적인 억압이나 강압이 문제해결의 방식으로 용인되지 않는 현 상황에서 갈등의 해소 방식은 대화가 유일한데, 따라서 효과적인 대화를 할 수 있는 사람은 문제의 파악을 위한 지식, 지적 역량과 더불어 상황 인식, 상황에 대한 적응, 그리고 문제의 해결에 이르는 종합적 역량을 갖춘 사람이라고 평가받을 수 있기 때문이다. 즉, 현대 사회에서 개인의 말하기 능력은 곧 그 개인의 종합적 능력을 알 수 있게 하는 가장 직접적이고 효과적인 표지인 셈이다.

❸ 말은 나를 드러내는 종합예술

지금까지 우리는 왜 우리가 우리의 말에 대해 고민하지 않았는지, 그리고 말이 나의 정체성과 사회적 역량에 있어서 왜 중요한지를 이야기했다. 마지막으로 이를 정리하며 첫 번째 장의 이야기를 마무리하도록 하자.

우리는 언어 없이 유지되는 삶을 상상할 수 없다. 언어는 나라는 개인의 정체성을 규정하는 동기이자, 나를 사회 공동체의 일원이 되게 하는 핵심 요소이다. 언어는 나를 다른 사람들과 이어지게 하는 근본사건이다. 삶이 결국 복합적인 사건들로 이루어진 전체이고, 그 사건들이 궁극적으로 말에 의해 발생하고, 해결되는 것이라면, 결국 언어는 내가 삶을 이해할 수 있게 하는 방법, 나아가 나의 삶을 이루는 전제이다. 따라서 언어, 말에 대한 고민은 내적인 측면에서 나라는 주체에 대한 탐색이며, 외적인 측면에서 나라는 주체의 사회적 모습이기도 하다. 이는 결국 내가 사용하는 말이 내가 어떤 사람인지를 알게 하는 표지로서 기능함을 의미한다.

그런데 이토록 중요한 말에 대해 우리는 별다른 고민을 하지 않는다. 언제나 '사람들 앞에서 말을 잘하고 싶다'라고 생각만 할 뿐, 말을 잘하기 위한 방법을 찾으려고 하지 않고, 말에 대한 훈련을 시도하지 않는다. 이는 무엇보다 말이 우리에게 너무나 익숙한 것으로 생각되기 때문이다. 너무나 익숙하게 사용하는 것이 우리의 말이기에 그에 대한 고민과 훈련의 필요성을 인식하지 않게 되는 것이다. 따라서 말을 잘하기 위해서는 무엇보다 나의 말을 낯설게 바라볼 필요가 있다. 나의 말을 낯설게 바라본다는 것은 나의 말을 내 스스로 다른 사람인 것처럼 대해보는 것이다. 여러 가지 방법이 있을 수 있다. 자신의 말을 신중하게 들으며 이야기해 보기, 어떤 단어나 문장을 주로 사용하는지를 파악해보기, 어떤 언어 습관이 있는지 찾아보기, 어떤 표정과 목소리로 말하는지 스스로 분석해 보기 등. 중요한 것은 나의 말의 양상을 객관적으로 바라보고자 하는 태도이다. 왜냐하면 사적 말하기와 공적 말하기는 분명 다른 말하기 양상이며, 우리가 말을 잘하고 싶다고 할 때의 그 말이란 공적 말하기를 의미하기 때문이다.

그럼 우리의 말을 우리 스스로 객관적으로 바라보고 분석하며 얻게 되는 것은 무엇일까? 무엇보다 그것은 나의 내적 성장과 사회적 개인으로서의 인정이라고 정리할 수 있다. 앞서 이야기한 것과 같이 언어는 나의 생각과 관점에 영향을 미치는 사건이며, 따라서 나의 언어, 말을 객관적으로 바라보고 분석하면서 나의 말을 정돈한다는 것은 나의 사유와 관점을 정돈한다는 의미가 된다. 또한 이렇게 말을 통해 정돈된 나의 생각과 관점, 나아가 나의 인격은 다시 말을 통해 사회 구성원들에게 전해진다. 타인들은 나의 말을 통해 나라는 개인을 판단하며, 그런 판단을 토대로 나를 그들의 동료로 받아들일 것인지를 결정한다.

따라서 말은 나를 드러내는 종합예술이라고 할 수 있다. 타인들은 나의 말하는 방식을 통해 나의 성격을 파악하고, 내가 말하는 단어들을 통해 나의 윤리성을 짐작하며, 나의 말에 담기는 설득력의 정도에 따라 나의 지식, 사유의 수준을 분석하기 때문이다. 나라는 개인의 정체성을 형성하는 말의 기능과 나라는 개인을 사회 속에 각인시키는 말의 이 이중적 기능은 언어가 갖는 근본적 기능이다. 말 속에 담긴 나의 사유의 논리성과 체계성, 타자를 배려하는 나의 발언 방식과 태도, 말을 통해 드러나는 나라는 개인의 인격적 특성 등은 나의 말하는 방식에 대한 언어적 특성과 비언어적 특성에 대한 고려 없이는 나의 말하기는 훈련되지도, 개선되지도 않는다.

내용 정리하기

1. 우리는 우리의 말하기에 대해 시간을 두고 고민하지 않는다. 그 이유는 우리에게 있어 말이 너무도 [　　　　　] 느껴지기 때문이다. 따라서 우리 스스로 말을 [　　　　　] 혹은 [　　　　　]라고 생각한다.

2. 말하기의 상황은 매우 다양하게 펼쳐질 수 있는데, 크게 나누어 말하기의 상황은 [　　　　　]과 [　　　　　]으로 구분될 수 있다.

3. 언어를 통해 고차적인 의사소통 행위를 할 수 있는 인간의 고유한 특성에 따라 인간은 [　　　　　]라고 규정될 수 있다. 이 말은 '소통하는 인간'이라는 의미로 이해된다.

4. 말은 개인의 내적 측면에 있어 나의 [　　　　　]을 형성하는 동기이자, 사회적 측면에 있어 나를 타인들과 [　　　　　] 동기이다.

5. 현대 사회에서 개인의 말하기 능력이 중요한 이유는 말하기 역량을 통해 그 사람의 [　　　　　], [　　　　　], [　　　　　], 그리고 [　　　　　] 을 종합적으로 평가할 수 있기 때문이다.

좋은 말하기를 위해선
무엇을 고민해야 하는가?

말하기란 결국 나의 의사를 상대방에게 전달하기 위해 이루어지는 사회적 행위이며, 따라서 좋은 말하기란 언제나 사회적, 문화적 배경 및 가치에 조응하는 방식으로 표현되는 말하기를 의미한다. 그러므로 각 개인의 존엄 및 가치를 인정하는 현대 사회에서의 좋은 말하기란 강요나 억압 속에서 이루어지는 말하기가 아닌 민주적으로 이루어지는 말하기라고 할 수 있다.

그렇다면 어떤 말하기가 '민주적'인 말하기일까? 무엇보다 말 외적인 강제력에 의해 사람들을 설득시키는 말하기가 아니라, 내 말을 듣는 사람들이 나의 말에 자발적으로 공감하게 할 수 있는 말하기가 민주적 말하기일 것이다. Chapter 2에서는 수사학의 필수 요소를 중심으로 청자의 공감을 추구하는 민주적 말하기에 관해 이야기해 보도록 한다.

❶
현대 사회의 특징과 공감

우리가 사는 현대 사회의 가장 독특한 특징은 무엇일까? 어떤 이들은 현대 사회의 특징을 높은 기술 발전도라고 이야기할 수 있을 것이고, 어떤 이들은 사회의 분업성이라고 말할 수 있을 것이며, 또 어떤 이들은 개인주의의 확산이라고 말할 수 있을 것이다. 이처럼 현대 사회의 특징은 각각의 관점에 따라, 그리고 각각의 문제의식에 따라 다양하게 이야기될 수 있다. 그러면 '말하기'가 관심사인 우리에게 있어 주요한 현대 사회의 특징은 무엇일까? 아마도 '민주적 사회'가 되지 않을까 싶다.

'민주적民主的'이란 표현은 그것을 정의하는 관점과 방식에 따라 다양하게 규정될 수 있는 단어이다. 사전적 의미로 "민주주의 정신이나 방법에 알맞거나 부합되는 것"[1]으로 설명되는 이 단어의 일차적 의미는 말 그대로 다양한 정치적 방법 중 하나인 민주주의적 절차를 의미하며, 이때 민주주의적 절차란 한 마디로 정치적 의사 결정에 국민의 뜻이 개입됨을 의미한다. 따라서 "국민이 모든 (정치적) 결정의 중심에 있는 것"[2]으로 풀이되는 민주라는 말은 다시 그 '국민'이라는 표현에 우리 각자가 포함되기 때문에 각각의 개인들의 의사가 존중되는 다양성을 의미하기도 한다. 각 개인의 의사가 존중되는 현대 사회의 이러한 민주적 특성은 그 자체로 현대 사회를 다른 역사적 사회와 구분하는 중요한 특징이랄 수 있다.

---

1   Oxford Languages 한국어 사전.
2   국립국어원 표준국어대사전, 괄호는 저자 표기.

1.1 민주적 말하기

말하기란 자신의 의사를 타인에게 전달하는 의사소통 행위이다. 이때 그 의사소통 행위의 배경은 사회이며, 따라서 말하기란 나와 타자 사이에 이루어지는 사회적 행위라고 할 수 있다. 따라서 사회적 행위인 말하기라는 관점에서 좋은 말하기란 결국 사회적 가치가 반영된, 혹은 사회적 가치를 반영하는 말하기라고 할 수 있을 것이다. 이때 '사회적 가치를 반영하는 말하기'라는 말의 의미는 사회에서 중요하고, 가치 있게 여기는 말만을 해야 함을 의미하는 것이 아니다. 만일 사회적으로 용인된 가치만을 이야기해야 하는 사회라면 우리는 그 사회를 민주적인 사회라고 하기보다 전체주의적 사회라고 해야 할 것이다. 우리가 말하는 '사회적 가치를 반영하는 말하기'란 말하는 방식 속에 민주적 태도가 갖추어진 말하기를 의미한다.

그럼 과연 민주적인 태도의 말하기란 무엇일까? 그것은 무엇보다 민주적이라는 개념에 걸맞게 의사소통의 과정 속에 의사소동에 참여하는 각 개인의 의사가 억압이나 배제 없이 반영될 수 있는 말하기를 의미한다. 이러한 현대 사회의 민주적 말하기의 특성은 그것을 비민주적 말하기와 비교할 때 보다 분명해진다. 그렇다면 '비민주적 말하기'란 무엇을 의미하는가?

> **TIP**
>
> '전체주의'란 개인의 다양성에 앞서 민족이나 국가와 같은 전체의 통일성에 우선적 가치를 부여하는 이념을 의미한다. 이러한 이념하에서의 개인이란 민족, 국가로 표상되는 전체의 존립과 안정, 발전을 위해 동원되는 하나의 요소로 이해되며, 따라서 개인의 자유는 전체의 우선성에 의해 억압된다. 말하기 행위에 전체주의적 이념이 개입될 때, 우리는 자신의 의사를 자유롭게 표현할 수 없다.

의사소통은 기본적으로 말하는 당사자(화자)와 그의 말을 듣는 자(청자)를 필요로 한다. 이때 의사소통이 원활하게 이루어진다는 것은 화자의 말이 청자에게 화자가 말하고자 하는 의도 그대로 전달된다는 것을 의미함과 동시에 청자가 화자의 말에 대한 반응이 적절하게 이루어지는 상황을 의미한다. 따라서 민주적인 의사소통이란 무엇보다 화자와 청자 사이의 대화에 있어 양자의 말하기에 대한 권리가 평등하게 주어진 상황이라는 것을 미루어

짐작할 수 있다. 예를 들어, 일상적 대화의 상황에서 나의 의사가 제대로 반영되지 않는다면, 우리는 그 대화를 민주적인 대화라고 할 수 있을까? 그렇지 않을 것이다.

사례 1
엄마: 이제 TV 그만 보고 공부해야지. **나**: 나 공부하다가 TV 본 지 이제 10분밖에 되지 않았는데? **엄마**: 10분이건 20분이건 공부하라면 공부하는 시늉이라도 해. 들어가서 공부해! **나**: 그렇지만…. **엄마**: 어허! 또 말대꾸! 빨리 방에 들어가서 책상에 앉아! 말 안 들으면 이번 주 용돈 없어.

〈사례1〉은 이 글을 읽는 사람들이라면 누구나 한 번쯤 겪어보았을 만한 상황일 것이다. 이 대화 패턴이 민주적이라고 말할 수 있는 사람이 있을까? 우리에게 위의 대화는 민주적이라고 여겨지지 않는다. 왜 그럴까? 그것은 대화 당사자 중 하나인 나의 의사가 제대로 반영되지 못한 대화이기 때문이다. 즉 의사소통에 있어 위의 대화는 상호적이라기보다 일방적이다. 엄마(화자, 발신자)의 의사는 대화에 적극적으로 반영되는 반면, 나(청자, 수신자)의 의사는 엄마(부모)−나(자식)라는 위계적 구조에 따라 대화 상황에서 배척되고 있기 때문에, 위의 의사소통은 엄마의 나에 대한 일방적 의사전달이라고 할 수 있다. 이러한 의사전달의 일방성은 의사소통을 구성하는 하나의 요소인 청자(수신자)의 불만을 낳고, 그 불만은 의사소통이 완전하게 이루어지지 않았다는 인상을 남기게 된다.

의사소통 상황에서 이러한 불완전한 의사소통을 발생시키는 원인은 다양하다. 방금 본 것처럼 대화 당사자들의 의사가 불평등한 상태로 반영되는 것이 원인인 경

TIP

우리는 의사소통 상황을 크게 '사적 의사소통'과 '공적 의사소통' 상황으로 구분할 수 있다. 앞으로 중요하게 이야기하게 되겠지만 의사소통의 기본 요소로 이해되는 '화자, 청자, 내용'이나 '발신자, 수신자, 메시지, 반응' 등의 요소들은 그것이 사적 의사소통 상황이냐, 공적 의사소통 상황이냐에 따라 서로 다른 양상으로 나타나게 된다. 따라서 좋은 말하기에 대한 고민이란 결국 의사소통 상황에 대한 이해를 바탕으로 그 상황에 적합한 요소들을 고민하는 행위라고 할 수 있다.

우가 있고, 대화 당사자들의 의사가 평등하게 반영되더라도 그 의사가 곡해되어 전달되는 경우 역시 의사소통을 불완전하게 만드는 원인이 되기도 한다. 그러나 만일 의사소통이 민주적으로 진행된다면 곡해된 의사는 이어지는 대화를 통해 언제든 수정될 수 있다. 이에 반해 민주적 대화 자체가 이루어지지 않는다면 의사가 수정될 가능성조차 주어지지 않게 된다는 점에서 민주적 요소는 사적 의사소통 상황에서건 공적 의사소통 상황에서건 매우 핵심적인 자리를 차지한다.

1.2 의사소통에 있어서 공감 형성의 중요성

그렇다면 어떤 말하기 방식이 민주적 가치를 반영하는 말하기일까? 앞서 비민주적인 의사소통의 특성이 의사전달의 '일방성'에 있다는 점을 감안하면 민주적 말하기란 결국 의사전달이 '쌍방향적'으로 이루어지는 상황을 의미하게 된다. 따라서 좋은 말하기란 나의 의사가 대화에 적절하게 반영될 뿐만이 아니라 상대방의 의사 또한 대화에 적절하게 반영될 수 있는 의사소통 상황이라고 결론 낼 수 있다. 그런데, 이 시점에서 다시 새로운 문제가 발생한다. "의사소통이란, 특히 공적 의사소통이란 결국 특정한 목적에 따라 이루어지는 것이 아닌가? 그렇다면 한쪽의 의사와 다른 쪽의 의사가 동등한 가치를 지닌다면 그 의사소통 방식은 특정 문제를 해결할 수 있는가?"라고 물을 수 있는 것이다.

사례 2

A: 우리 동네에 쓰레기 매립지를 건설한다니, 말도 안 됩니다. 쓰레기 매립지 건설에 따른 부작용을 우리가 다 감수하라는 말씀이신가요?

B: 그렇지만 쓰레기 매립지란 반드시 필요한 시설이고, 너도나도 '우리 동네만은 안돼'라고 반대한다면 그럼 꼭 필요한 시설인 쓰레기 매립지를 어디다 건설할 수 있나요?

〈사례2〉의 경우 A와 B의 의사는 각각 나름대로 타당하며, 의사소통의 장에 동등한 가치를 지닌 채 등장하고 있다. 하나의 의사는 다른 의사를 억압하지 않으며,

따라서 민주적인 방식으로 의사가 표현되고 있다고 할 수 있다. 그러나 특정한 주장과 설득을 목적으로 하는 공적 의사소통의 특성을 감안할 때, 이러한 각 의사의 동등성은 문제해결의 난점으로 작용할 가능성이 크다. 한 편의 의사(발언)가 다른 편의 관점을 설득하지 못할 경우 양자의 의사는 대치 상태로 진행될 수밖에 없기 때문이다.

이러한 문제는 역설적으로 의사소통이 민주적이라는 것으로부터 기인한다. 만일 비민주적 행위가 용인되는 사회, 다시 말해 폭력이나 힘에 의한 억압이 용인되는 사회라면 의견의 대치가 나타나는 공적 문제는 힘이나 권력을 가진 개인이나 집단의 의사에 따라 일방적으로 결정될 수 있으므로 지난한 의견 대립의 문제는 쉽게 해결될 수 있다. 예를 들어, 우리가 지금 조선 시대와 같은 사회, 문화적 배경 속에서 살고 있다고 가정할 경우, 〈사례2〉의 문제는 왕, 지방 수령, 양반 등의 권력 계층에 의해 손쉽게 결정될 수 있다. 그 경우 일반 백성의 의견은 그들의 결정에 영향을 끼치지 않으며, 따라서 계층 간 권력의 차이에서 오는 의사소통의 일방성은 의견 대립 자체를 불가능하게 한다.

그렇다면 한 편의 의사가 다른 한 편의 의사를 배제하지 않는 민주적 사회에서 의사소통을 통해 의사 결정을 할 수 있는 방법은 무엇일까? 폭력과 억압이 용인되지 않는 상황에서 남는 방법은 설득일 수밖에 없으며, 따라서 민주적 말하기가 자신의 목적을 수행하기 위해 갖추어야 할 수단은 설득을 위한 전략이라고 할 수 있다. 그리고 바로 이 '설득을 위한 전략'이라는 관점에서 '공감'이라는 키워드는 현대 의사소통에서의 핵심 가치로 부상한다. 왜냐하면 우리는 공감 속에서 상대방을 이해할 수 있고, 상대방에 대한 이해가 있고 나서야 상대방의 의견에 수긍할 수 있기 때문이다. 예를 들어, 〈사례1〉의 경우 공부를 마치고 이제 TV를 본 지 10분밖에 되지 않았다는 학생의 말에 어머니의 응답이 "그래, 이제 쉬기 시작했구나! 그런데 요즘 엄마가 보기에 우리 OO이 TV를 보는 시간이 너무 늘어난 것 같아서 걱정이야. 요즘 TV에서 나오는 프로그램들도 그다지 좋지 않은 내용들인 것 같아서 그 영향을 받을까 걱정되기도 하고 말이지. 그래서 그런데, TV 보는 시간을 좀 줄이고 그 시간에 네가 좋아하는 책을 읽는 건 어떨까? OO이 생각은 어때?"라고 표현될 경우 이 대화에 참여하는 학생의 기분은 〈사례1〉의 학생과 비교하여 어떻게 달라질까? 비록 어머니의 말에 전적으로 따르지는 않는다고 하더라도 어머니의 생각에 최소한의 공감은 이루어질 것이다. 그리고 이 공감은 학생의 행동을 바꾸는 동기가 될 것이다.

② 의사소통의 요소와 공감의 전략

한창 운동이 열풍이다. 건강을 위해서이기도 하고, 멋진 몸을 갖고자 하는 욕망이 사회적으로 널리 퍼진 탓인 것 같기도 하다. 그런데 요즘 운동하는 젊은 친구들의 모습을 가만히 들여다보면 예전과 다른 특징을 보이는 것 같다. 그것은 효과적인 운동을 위한 전략을 고민한다는 점이다. 예전에 운동하던 사람들이 무턱대고 턱걸이를 하든가 팔굽혀펴기를 시작한 것과 달리 요즘 친구들은 운동에 필요한 탄수화물, 단백질, 지방을 공부하고, 효과적인 운동 결과를 위한 운동 루틴을 공부한다. 이것은 요즘 젊은이들이 효과적인 결과를 위한 필수 요소들의 중요성을 인식한다는 의미이다. 그리고 이점은 말하기에도 그대로 적용되어야 하는 원칙이다. 말하기를 잘하기 위해서는 무엇보다 의사소통을 이루는 요소들에 대한 이해가 있어야 하며, 나아가 공감을 추구하는 말하기를 원할 경우, 의사소통의 요소들을 공감이라는 키워드에 맞추어 구성, 배열할 수 있는 능력이 필요하다.

2.1 말하기에서의 수사학적 3요소

의사소통을 이루는 요소들은 학자들에 따라, 그리고 그들의 연구 방식과 그들 각자의 의사소통 정의 방식에 따라 상이하게 이야기된다. 어떤 이들은 의사소통이란 화자와 청자, 그리고 메시지로 이루어진 활동이라고 이야기하고, 어떤 이들은 송신자와 수신자, 그리고 반응으로 이루어진 활동이라고 하며, 또 다른 이들은 공감, 주장, 존중으로 이루어진 활동이라고 정의하기도 한다. 그런데 이러한 다양한 의사소통 이론의 중심에는 수사학이라는 전통 학문의 요소가 공통으로 내포된다는 점에서 현대 의사소통 이론의 배경에는 수사학이 존재한다고 말할 수 있다. 따라서 수사학에서 말하는 의사소통의 필수 요소들에 대한 이해는 의사소통의 요소들을 가장 전통적이고 전반적인 상황에서 바라볼 수 있게 하는 동기가 된다는 점에서 매우 중요하다.

전통 수사학의 관점에서 아리스토텔레스는 의사소통이란 '로고스_{Logos}', '에토스_{Ethos}', '파토스_{Pathos}'라는 3요소를 통해 이루어진 의사전달 행위라는 점을 강조했다.

본래, 말, 말씀, 이성, 진리 등을 의미하는 로고스는 그것을 수사학의 관점에서 이용할 경우, 말에 담기는 내용과 그 말 내용의 논리성, 정합성, 개연성, 합리성 등을 의미하게 된다. 우리가 어떤 사람에게 '그 사람은 말을 참 잘해'라고 감탄하는 경우 그 감탄의 말은 그 사람이 사용하는 단어나 문장의 선택이나 화려한 언술, 말에 동원되는 제스처에 대한 것이 아닌 그 사람의 말이 매우 논리적이고 정합적이라는 사실을 의미하는 경우가 많다. 이는 좋은 말하기란 말에 담기는 주장이 일반적 관점에서 수용

> **TIP**
>
> 수사학(Retoric)이란 설득을 위한 표현의 수단과 기능을 연구하는 전통 학문을 의미한다. 담론에 관한 기술이라고 요약할 수 있는 수사학의 탄생은 대중 앞에서 설득력 있는 연설을 할 수 있는 사람을 자격 있는 시민이라고 생각한 고대 그리스로부터 시작되었으며, 이후 현재까지 기초 학문으로서의 중요성을 인정받고 있다. 수사학은 일반적으로 설득을 위한 구체적인 표현의 행위에 초점이 맞추어져 있으나 설득을 위한 표현의 요소가 '수사적인 표현적 측면'과 '표현 내용의 논리성'으로 구성된다는 점에 있어 크게 수사적 표현의 방식에 관심을 두는 수사학적 태도와 말의 논리 구조 형성에 관심을 두는 수사학적 태도로 구분할 수 있다.

될 수 있는 근거를 통해 뒷받침되는 말하기임을 의미한다. 결국, 좋은 말하기란 주

장과 근거의 정합성에 따라 말의 합리성이 판단되거나 결정됨으로써 설득력을 갖고 수용될 수 있는 말하기라고 정리될 수 있다.

로고스가 말 내용, 즉 메시지가 갖는 내용의 논리성을 의미한다면 에토스란 말을 하는 당사자 즉 화자(송신자)의 태도를 의미한다. 에토스는 '성격', '관습' 등을 의미하는 고대 그리스어이기도 한데, 수사학의 관점에서 에토스는 그 어원에 따라 의사소통의 한 구성 요소인 화자적 관점, 즉 화자의 말투, 말하는 자세, 사용하는 단어, 외형, 신뢰를 주는 카리스마, 화자의 인품과 성격 등을 의미한다. 따라서 수사학적 의사소통 요소에 에토스가 포함된다는 것은 말의 내용과 그 말의 설득력이 곧 화자의 태도에 영향을 받는다는 것을 의미하게 된다. 이러한 에토스는 청자가 화자에게 갖는 이미지로 이해할 수 있는데, 이때 청자가 화자에게 갖는 이미지는 크게 두 가지 차원에서 이야기될 수 있다. 첫째, 평상시 화자의 태도에서 드러나는 이미지가 존재한다. 예를 들어, 거짓말을 자주 하는 A라는 친구와 거짓말을 하지 않는 B라는 친구가 있다고 할 경우, 각각의 친구가 어떤 약속을 할 때, 우리는 평상시의 인상을 바탕으로 B의 말을 더 신뢰하게 된다. 이때 A와 B에게 있어 보다 좋은 에토스적 관점을 유지하는 것은 B라고 할 수 있게 된다. 둘째, 화자의 담화 상황에서 드러나는 이미지가 있을 수 있다. 가령, 지금 우리의 눈앞에서 연설하고 있는 연사에 대해 우리가 알지 못할 경우, 청자가 연사에 대해 이미지를 갖는 요소는 현재 화자가 청자에게 보여주는 이미지, 즉 말을 하는 태도, 복장, 사용하는 단어의 수준, 목소리의 톤, 말의 빠르기 등이 있을 수 있다. 상황에 맞는 적절한 외적 이미지를 준비하고, 이야기의 주제에 걸맞은 목소리의 톤과 제스처 등을 사용하는 연사는 그렇지 않은 연사에 비해 좋은 에토스적 관점을 유지한다고 할 수 있게 된다.

에토스가 의사소통의 요소 중 하나인 화자에 중점을 두는 관점이라면 파토스는 이와 반대로 청자라는 요소에 중점을 두는 관점이라고 할 수 있다. 한 마디로 청중의 감성에 호소하는 전통적 말하기의 전략이라고 할 수 있으며, 이때 청중의 감성에 호소한다는 것은 의사소통을 함에 있어 그 의사소통에 참여하는 청중의 상태, 즉 그들의 연령, 성별, 성향, 지식의 정도 등을 고려하여 말의 내용과 태도를 달리하는 것을 의미한다.

좋은 말하기란 [그림2-1]과 같이 로고스, 에토스, 그리고 파토스가 적절하게 균형 잡힌 상태라고 할 수 있다.

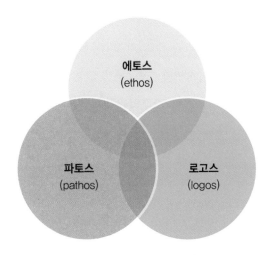

그림 2-1 **좋은 말하기와 수사학의 3요소**

2.2 공감을 위한 수사학적 3요소 활용

따라서 수사학에서 말하는 설득의 3요소에 따라 의사소통 행위를 고려할 경우, 효과적인 말하기란 결국 말하는 자의 태도와 말의 내용을 청자의 상황을 고려하여 구성, 배치하는 말하기 전략을 의미하게 된다.

이를 구체적인 사례를 통해 살펴보도록 하자.

① 로고스

로고스란 말의 내용인 메시지가 갖는 이성적 요소, 즉 말의 정합성과 개연성, 논리성을 의미한다고 했다. 따라서 말에 로고스를 갖춘다는 것은 화자의 말에 논리성, 정합성, 개연성 등을 갖춘다는 것을 의미한다. 논리란 '생각이나 추론이 지녀야 하는 원리나 법칙'을 의미하는데, 구체적인 발화 상황에서 이러한 논리는 근거를 통해 갖추어진다. 그런데 모든 근거가 주장을 합리적으로 뒷받침할 수 있는가? 그렇지 않다. 가령 "오늘 하늘이 참 맑아. 그러니 넌 오늘 빈대떡을 먹으면 안 돼"라는 문장은 형식상 주장과 근거로 이루어진 문장이지만 우리는 이를 합리적인 말로 인식하지 않는다. 왜냐하면 '하늘이 참 맑다'라는 근거와 '넌 오늘 빈대떡을 먹으면 안 돼'라는 주장에 논리적인 연결성이 결여되어 있기 때문이다. 이에 반해, 만일 "오늘 하늘이 참 맑아. 그러니 넌 오늘 우산을 가지고 나갈 필요가 없어"라고 말할 경우 우리는 이 말을 합리적으로 인식한다. 왜냐하면 근거와 주장이 논리적으로 연결되기 때문이다. 따라서 말에 로고스를 갖춘다는 것은 결국 근거와 주장의 논리적, 개연적, 정합적 상관관계를 통해 말의 내용을 결정한다는 것을 의미한다.

사례 3

A: 저는 우리나라의 기본소득제도 도입을 반대합니다. 기본소득이 도입된다면 노동자들의 근로 의욕이 감소합니다. 이는 국내 기업의 생산력을 감소시켜 우리나라 대기업들의 성장을 저해할 것입니다. 따라서 기본소득의 도입은 우리 기업들의 성장에 장애 요소가 됩니다. 기본소득을 도입한다면 OO과 같은 세계적 대기업이 다시는 등장할 수 없습니다. 따라서 저는 기본소득 도입을 반대합니다.

〈사례3〉의 경우 A의 주장은 '기본소득 도입을 반대한다'이며 이에 대한 근거로 노동자들의 근로 의욕 저하와 대기업들의 쇠퇴를 이용하고 있다. 이러한 주장이 강한 논리성(로고스)을 갖기 위해서는 첫째, 기본소득의 도입이 노동자들의 근로의욕 저하의 원인이 된다는 점이 분명히 드러나야 하고, 둘째, 노동자들의 근로 의욕 저하가 국내 대기업 생산성 저하의 원인이 될 수 있다는 점이 객관적인 자료를 통해 제시되어야 한다. 왜냐하면, 실제로 기본소득제도 도입에 따라 근로 의욕이 오히려 더욱 증가한다는 연구들이 존재하고, 노동자들의 근로 의욕과 기업의 생산성 사이의 관계가 그리 깊지 않다는 현상—예를 들어, 기계화된 산업 시설이 기업들의 생산량 증가로 이어지는 현상과 같은—이 존재하기 때문이다. 다시 말해, 〈사례3〉의 주장은 기본소득제도 도입 반대의 근거로 '노동자들의 근로 의욕 저하'와 '대기업들의 쇠퇴'를 이용하며 탄탄한 로고스적 기반을 마련하는 것처럼 보이지만, 사실 그 근거들이 주장으로 반드시 연결되는 논리적 구조가 마련되어 있지 않기에 로고스

가 잘 구성된 말이라고 할 수 없다. 물론 듣는 이가 '1)기본소득 도입 → 2)노동자들의 근로 의욕 저하 → 3)직장을 구하지 않을 사람들의 증가 → 4)대기업들의 인력 확보의 어려움 → 5)대기업 성장 장애'라는 순서로 사유를 진행할 수 있다면, 이 문장은 최소한의 로고스적 요소를 갖추게 된다. 그러나, 이는 전적으로 듣는 이의 능력에 달린 것으로, 만약 듣는 이가 이러한 추론을 하지 못한다면 위의 사례는 주장과 근거의 정합성이 결여된 문장이 될 수밖에 없다. 만일 위의 사례에서 근거를 뒷받침하는 구체적인 예시가 이용된다면 어떨까? 만일 그렇다면 그 예시는 주장과 근거의 연결성을 확보하는 장치가 될 것이고, 따라서 위 사례에 등장하는 비약적 요소는 상쇄된다. 말의 논리성 즉, 로고스가 확보되는 것이다. 말에 로고스의 요소가 갖추어지느냐 갖추어지지 않느냐의 의미는 그 말이 설득력을 확보할 수 있느냐 없느냐를 결정한다. 만일 어떤 말에 설득력이 없다면 우리는 그 말을 이해할 수 없고, 역으로 어떤 말을 이해할 수 없다면 결국 설득될 수도 없다. 따라서 이해와 설득은 공감을 불러 일으키는 힘이다. 결론적으로 말의 로고스는 공감을 통해 나의 말에 설득력을 부여하는 논리적 힘이라고 할 수 있게 된다.

 다음의 글은 매우 애절한 연애편지입니다. 이것을 읽고, 로고스적 측면이 바르게 구성되어 있는지 생각해 봅시다. 만약 로고스적 측면이 바르게 구성되어 있지 않다면, 왜 그런지 이유를 적어봅시다.

"효리에게,
김광균님의 <설야>라는 시가 생각날 정도로 아름다운 겨울밤이다. 그래서 장독 위에 쌓여 있는 눈도 날씨가 추운 듯 오들오들 떨고 있는 것 같다.
나는 어느 여학생에게도 메일을 보낸 적이 없다. 그리고 오늘 밤은 하루 종일 내 머릿속에서 떠나지 않은 너에게 편지를 쓰기로 마음먹었다.
나는 네가 저 멀리 걸어오고 있을 때에도 그 많은 사람들 중에 누가 너인지를 금방 알 수 있다. 왜냐하면 나는 네가 다른 남자아이들과 이야기하면 기분이 무척 나쁘기 때문이다. 네가 나보다 동건이와 더 친한 것도 기분이 썩 좋은 것은 아니다. 그러므로 우리 모두는 친구이다. 네가 그 누구보다 나와 더 친했으면 좋겠다고 생각하기 때문이다. (후략)"[3]

3　박우현(2008), *논리를 모르면 웃을 수도 없다*, 책세상, p.12.

② 에토스

앞서 우리는 말의 에토스적 측면이란 말을 통해 드러나는 화자의 태도라고 이야기했다. 그렇다면 화자의 태도에 따라 대중의 공감 여부가 좌우된다는 것은 어떤 상황인가?

사례 4
A: 술이요? 당연히 마시지 말아야죠. 사실 개 맛없기도 하고요. 무엇보다 맛을 떠나서 학생이 술을 마신다는 것 그 자체가 학생의 본분을 망각하는 거죠. "내 인생인데 어쩔", 뭐, 이러고 술 마시는 친구들이 있는데 난 완전 노이해예요.

〈사례4〉는 한 학생이 학생 음주 실태에 대한 입장을 피력하는 상황을 임의적으로 구성해본 것이다.

위의 사례를 통해 발표의 에토스적인 측면을 파악할 경우, 우리는 어떤 특징들을 발견할 수 있을까? 먼저 화자의 말하는 방식에 따른 화자의 태도를 파악할 수 있다. 공적 상황에서 말하기의 가장 큰 특징은 말의 내용은 물론 말의 방식이 공적 상황에 맞게 정리되어야 한다는 것이다. 친교를 주목적으로 하는 사적 의사소통 상황에서의 말하기가 일상생활에서 이용되는 표현을 자유롭게 사용할 수 있는 것이라고 한다면, 정보제공, 설득(호소), 약속(실천), 선언(표명)을 주요 목적으로 하는 공적 말하기에 있어서 정리된 표현 방식이란 다양한 삶의 배경을 갖는 공동체 구성원 모두가 이해할 수 있는 의사소통 방식을 의미한다. 따라서 개인적 표현 내지는 특정 계층에서만 통용되는 일상어의 공적 사용은 의사소통의 기능에 방해가 될 뿐 아니라, 화자가 공적 상황을 공적 상황으로 적합하게 대하고 있지 않다는 태도 자체의 문제를 제기한다는 측면에서 지양되어야 한다. 위의 사례의 경우, '개 맛없다', '어쩔', '노이해' 등의 표현은 그 표현이 사회 구성원 모두에게 보편적으로 인정되는 보편적 표현이 아니라는 점에서 공적 상황에 적합한 말이 아니며, 더구나 그러한 표현이 사회적으로 용인되는 표현이 아니라는 점에서 정중한 표현도 아니다. 따라서 화자가 공적 상황에서 이러한 표현을 사용한다는 것은 일차적으로 화자가 공적 상황에 적합한 말하기를 하지 못하는 수준이라는 점을 드러내며, 나아가 가벼운 표현의 남용은 말 자체가 화자의 성격, 지적 수준을 드러내는 표지라는 점에서 화자의 가벼운 일상 생활적 태도를 미루어 짐작할 수 있게 한다.

이는 위 사례의 화자가 '학생의 본분은 공부이기 때문에 학생들의 음주는 가급적 지양되어야 한다'라는 매우 보편적이고 상식적인 주장을 하고 있음에도 불구하고, 화자가 사용하는 가벼운 언행을 통해 그 정당성이 가려지는 효과로 나타난다. 즉, 화자의 말의 태도로 인해 청자들이 화자의 주장을 설득력 있게 받아들이는 데 방해가 되고 있기에 좋은 에토스적 태도라고 할 수 없게 되는 것이다.

화자의 에토스적 태도는 나아가 화자의 일상적 태도로도 연결될 수 있다. 화자가 모두가 수긍할 만한 주장을 하고 있음에도 불구하고, 일상생활에 있어 본인의 주장과 다른 행동을 보였다는 것을 청자들이 알고 있다면, 마찬가지로 청자는 화자의 주장에 설득력을 부과할 수 없게 된다. 가령, 위의 사례에서 화자가 평상시 친구들과 술자리를 즐기는 학생이었고, 청자가 그 사실을 알고 있다면 과연 청자들은 화자가 말하는 저 내용을 설득력 있는 주장으로 받아들일 수 있을까? 따라서 말에 있어서의 에토스적 요소는 화자의 평상시 인격적 태도로 확장되어 이해될 수 있다.

③ 파토스

공적 말하기에 있어서 청중은 언제나 다양한 사회, 문화적 배경을 가지고 있는 존재들이다. 사회는 다양한 연령층의 사람들, 다양한 학력의 사람들, 다양한 성별의 사람들, 다양한 관점을 지닌 사람들로 구성되기에 동일한 이야기를 듣는다고 해도 각자의 사회, 문화적인 배경으로 인해 화자의 말을 서로 다른 정도로 이해할 수밖에 없게 된다. 따라서 청중의 상태는 설득을 위한 핵심 고려사항이 될 수밖에 없다. 이런 관점에서, 화자가 파토스적인 측면을 고려한다는 것은 청자의 입장에서 이야기를 진행한다는 것을 의미한다고 할 수 있다.

A: 87년 전 우리의 선조들은 이 대륙에 자유의 정신으로 잉태되고 만인이 평등하게 창조되었다는 신념에 바쳐진 새로운 나라를 건국하였습니다. (중략) 오히려 이 자리에서 우리 살아있는 자들이, 여기서 싸웠던 그분들이 그토록 고결하게 전진시킨 미완의 과업을 수행하는 데 우리 스스로를 봉헌하여야 합니다. 이 자리에서 우리는 우리 앞에 놓여 있는 그 위대한 사명, 즉 고귀한 순국선열들이 마지막 신명을 다 바쳐 헌신했던 그 대의를 위해 더욱 크게 헌신해야 하고, 그분들의 죽음을 의미 없는 것으로 만들지 않으리라 이 자리에서 굳게 결단해야 하며, 이 나라가 신의 품 안에서 자유의 새로운 탄생을 누려야 할 뿐 아니라, 시민의, 시민에 의한, 시민을 위한 통치가 지상에서 사라지지 않아야 한다는 그 위대한 사명에 우리 스스로를 바쳐야 합니다.

〈사례5〉는 링컨의 그 유명한 게티스버그 연설문의 일부이다. 그 유명세에서 짐작할 수 있듯 링컨의 이 연설은 공적 말하기의 요소가 매우 균형 있게 반영된 훌륭한 예시가 된다. 로고스적인 측면에 있어 선조들이 피땀을 흘려 이룩한 국가의 지속을 위해 사회 구성원 모두가 동참해야 한다는 것, 그리고 그 국가는 일부 특권 계층이 아닌 시민들이 주체가 되는 국가여야 한다는 내용적 구성은 매우 높은 설득력을 가지며, 이러한 주장을 펼치는 링컨이라는 개인의 일상적 삶의 태도와 말 속에서 드러나는 태도는 에토스적 측면에서도 매우 큰 설득력을 제공한다. 파토스적 측면에서 보자면 위의 연설은 1863년 게티스버그 전투의 현장에서 진행된 국립묘지 봉헌식에서 이루어진 것으로 행사의 특성상 게티스버그 전투와 관련된 사람들과 링컨이라는 정치인의 관점에 동감하는 사람들이 해당 행사에 참석했을 것이다. 그런 관점에서 보자면 그들의 입장과 관심에 걸맞은 주제와 표현이라고 할 수 있기에 파토스적 측면 역시 매우 적절하게 반영된 말이라 할 수 있다.

그런데 이처럼 훌륭한 연설이 다른 청중들을 대상으로 행해졌다고 상상해보자. 예를 들어, 로고스적 측면과 에토스적 측면이 적절하게 고려된 위의 연설이 유치원생들을 대상으로 행해졌다면 우리는 그 연설을 훌륭한 연설이라고 평가할 수 있을까? 만약 그렇다면 그 연설은 청중의 상황을 고려한 연설이라고 할 수 있을까? 그럴 수 없다. 아무리 로고스적 측면을 고려해서 행해진 연설이라고 하더라도 유치원생들에게 그 의미가 이해되지 않을 것이기에 적절하게 고려된 로고스적 측면이 기능하지 못하며, 링컨이라는 정치인이 지닌 에토스적 측면 역시 유치원생들에게 적절하게 어필될 수 없다. 따라서 청중의 상황을 고려하지 않는 말은 결코 훌륭하게 기능할 수 없으며, 이는 공적 말하기에 있어 왜 파토스적 측면이 반드시 고려되어야 하는지를 단적으로 드러낸다.

내용 정리하기

1. 말하기란 결국 나의 의사를 상대방에게 전달하기 위한 [   ]이며, 따라서 좋은 말하기란 언제나 사회, 문화적 배경과 가치를 반영하는 말하기라고 할 수 있다.

2. [   ]라는 현대 사회의 특징은 말하기 역시 그러한 가치에 따라 이루어져야 함을 의미한다.

3. 민주적 말하기란 의사소통 과정 속에서 의사소통에 참여하는 개인의 의사가 어떠한 억압이나 배제 없이 의사소통의 장에 반영될 수 있는 말하기를 의미한다. 이를 위해 민주적 말하기의 목적은 [   ]을 위해, 상대방의 [   ]을 이끌어낼 수 있는 방법에 초점이 맞춰져야 한다.

4. 전통 수사학의 관점에서 의사소통이란 [   ], [   ], [   ]의 3요소를 통해 이루어진 의사전달 행위를 의미한다.

5. 수사학적 3요소에서 [   ]란 말 내용, 즉 메시지가 갖는 내용의 [   ] 혹은 정합성을 의미한다.

6. 수사학적 3요소에서 [   ]란 말을 하는 당사자인 화자의 [   ]와 그로부터 파생되는 말의 신뢰성을 의미한다.

7. 수사학적 3요소에서 파토스란 [   ]를 의미하며, 이에 대한 고려는 친절한 말하기라는 민주적 말하기의 근본이 된다.

Chapter 3

말하기의 기본인
'설명하기'와 말의 특성

의사소통의 관점에서 좋은 말하기란 무엇보다 전달하고자 하는 메시지를 얼마나 분명하고 정확하게 상대방에게 전달하느냐의 여부에 달려있다고 해도 과언이 아니다. 메시지는 그 내용이 지향하는 의도에 따라 다양한 양상으로 펼쳐지는데, 메시지가 그 다양한 의도를 실현하기 위해서는 무엇보다 메시지 자체가 설명하려는 대상, 상황을 가급적 정확하게 그려낼 수 있어야 한다. 따라서 메시지가 대상으로 하는 것에 대한 정확한 설명은 의사소통의 핵심이며, 말하기의 일차적이고 궁극적인 목적이기도 하다.

그런데 좋은 설명하기를 수행하기 위해서는 무엇을 고민해야 할까? 다양한 고려사항이 있겠지만 무엇보다 설명이 말을 통해 수행된다는 점에서 말의 특성을 이해해 볼 필요가 있을 것이다.

이 장에서는 다양한 목적을 갖는 말하기의 전제조건으로서 설명하기의 개념과 기능, 중요성에 대해 알아보고, 좋은 설명을 위한 기본적 전제로서 말의 특성에 대해 이해해 보도록 한다.

❶ 말하기의 기본적 기능으로서의 설명하기

　　말하기는 우리가 일반적으로 생각하는 것보다 다양한 목적을 가지고 수행된다. 가령, 우리는 말을 통해 자신이 원하는 것을 표현하기도 하고, 상대방과 친교를 이루려고 하기도 한다. 때에 따라서는 말을 통해 자신의 생각이 다른 사람들의 생각과 다름을 강조함으로써 자신의 생각에 담긴 고유성을 증명하려 하기도 하고, 어떤 때는 단지 내가 아는 뭔가를 상대방에게 알려주기 위해 말을 하기도 한다. 따라서 우리의 일상생활을 기준으로 말하기를 그 목적에 따라 구분할 수 있다면 우리의 말하기는 크게 다음과 같이 구분될 수 있다.

　　첫째, 정보 전달을 목적으로 수행되는 말하기인 '설명하기', 둘째, 자신의 취향 혹은 생각을 밝히거나 어떤 것을 호소하는 '주장하기', 셋째, 인간관계의 형성이나 친교를 위한 목적으로 수행되는 '대화' 등이다.

　　그러나 말하기는 사실 그 현실적인 실행 양상을 살펴볼 때 하나의 목적만을 가지고 수행되지는 않는다. 가령 우리가 상대방이 알고 있지 않은 어떤 대상을 소개하는 경우라고 하더라도, 그 말하기 행위 속에는 대상에 대한 정보의 전달, 즉 설명하기라는 목적과 더불어 대상에 대한 나의 인상, 상대방의 의사 확인의 목적이 동시에 담기는 경우가 빈번하다. 즉 단일한 말하기 행위 속에는 설명, 강조, 주장, 친교 등의 다양한 말하기의 목적이 동시에 담기는 경우가 흔하다. 그러나 우리가 일상생활에서 어떤 식의 말하기를 수행하는지를 돌아본다면, 그것이 어떤 목적을 가지는 말하기이든지 간에 '설명'은 말하기에 기본적으로 동반될 수밖에 없는 근본적 기능이라는 것을 쉽게 알 수 있게 된다. 왜냐하면 의사소통이란 결국 한 개인이 자신의 생각과 외부 세계의 정보를 타인과 교류하는 행위이고, 따라서 자신의 의사를 표현하거나, 자신의 지식, 정보를 타인과 나눈다는 행위 속에는 기본적으로 그 의사의 내용과 정보를 타인들에게 '설명'할 수밖에 없다는 사실이 전제되기 때문이다.

'설명하기'의 개념과 설명의 대상

설명explication이란 나는 알고 있지만, 상대방은 아직 모르고 있는 미지의 사실이나 아직 이해되지 않고 있는 사실, 혹은 어렴풋하게만 알고 있는 사실의 의미를 비교적 상세하고도 분명히 알기 쉽게 밝혀주는 것이라고 정의할 수 있다. '설명'이라는 개념을 생각할 때, 혹은 우리가 '어떤 것을 설명'하고자 하는 상황을 가정할 때, 일반적으로 우리는 그 설명의 대상을 특정 대상이나 특정 지식으로 한정하는 경향이 있다. 그러나 설명의 대상은 앞서 정의한 것과 같이, '상대방이 분명하게 이해하고 있지 않거나, 아직 알고 있지 않은 사실'을 의미하기에 매우 광의적으로 설정될 수 있다. 설명의 대상이 포섭되는 광의적 상황을 고려할 때, 우리는 설명의 대상, 혹은 설명의 종류를 다음과 같은 큰 줄기로 분류할 수 있을 것이다.

첫째, 개념(혹은 단어의 의미)에 대한 설명. 일상생활 속에서 우리가 설명하기라는 상황에 가장 빈번하게 노출되는 경우는 학교에서의 생활이라고 할 수 있을 것이다. 교육이란 '사회생활에 필요한 지식과 기술을 가르치고, 인간의 잠재 능력을 일깨워 훌륭한 자질, 원만한 인격을 갖도록 이끌어 주는 일'[4]로서 지식과 기술을 '가르친다'라는 것은 결국 학생들이 모르는 지식과 기술을 '설명'해서 이해시키는 것을 의미하기 때문이다. 즉, 어떤 단어의 의미나 용어에 대한 정의, 특정 개념의 기능과 특징에 대한 지식은 설명으로부터 습득 가능하며, 이에 따라 오늘 여러분이 학교에서 이전까지 모르던 어떤 것을 배웠다면, 그것은 그 지식에 대한 설명을 들은 것으로 치환에서 이해할 수 있게 된다.

둘째, 사건의 진행 과정과 의미에 대한 설명. 우리 각자는 신체적 한계를 지니기에 사회에서 일어나는 모든 사건을 직접 체험할 수 없으며, 따라서 우리가 직접

---

4   Oxford Languages 한국어 사전.

체험하지 못하는 특정 사건들의 진행 과정과 그 사건에 내포된 의미는 특정인 혹은 특정 매체의 설명에 의해 간접적으로 파악될 수밖에 없다. 가령 오늘 뉴스에서 본 어떤 사건을 우리가 이해하고 있다고 하는 것은 그 사건을 우리가 직접 체험했기 때문이 아니라 그 사건에 대한 '정보'를 전달받았음을 의미한다. 이때 정보의 전달을 가능하게 하는 것이 곧 설명이라고 할 수 있다.

셋째, 특정 대상의 특징이나 외형에 대한 설명. 설명이 요구되는 가장 빈번한 상황 중의 하나는 내가 알고 있는 구체적인 사물 혹은 인물에 대한 정보를 타인에게 전달해야 할 때라고 할 수 있다. 가령, 내 친구인 A를 아직 A를 만나보지 못한 B에게 소개하는 경우 우리는 내가 알고 있는 A를 A의 외형적 사실이나 A의 내적 특징을 통해 B가 지각할 수 있도록 A에 대한 말하기를 진행하는데 이때 A에 대한 말하기는 설명하기의 전형적 사례 중 하나라고 할 수 있다.

넷째, 나(혹은 타인)의 생각, 처지, 상황에 대한 설명. 설명의 대상은 객관적인 것에 국한되지 않는다. 일상생활을 구성하는 다양한 사물과 상황은 객관적으로 파악 가능한 것들도 있지만 주관적인 것들 역시 우리의 일상생활을 구성하는 하나의 요소이다. 실제로 대부분의 말하기에는 특정한 관점이 내포될 수밖에 없는데, 이는 말하기의 주제에 대해 갖는 주관적 입장들이 개별적으로 존재하기 때문이다. 가령, 낙태에 대한 주제로 이야기를 진행할 경우 '국내에서의 낙태 시술의 현황과 법적 조치' 등의 소재는 객관적 설명을 위한 정보를 전해주지만, 그것의 가치에 대한 상이한 인식(낙태에 대한 찬반의 의견)이나 주관적 태도 역시 낙태에 관한 중요한 고려 사항이 될 수 있다. 따라서 어떤 문제에 관한 충분한 의사소통이란 객관적 사실에 관한 설명과 주관적 처지에 대한 설명 모두를 충족할 때 가능할 수 있는 것으로 여겨야 한다.

❸
'설명하기'의 기능과 중요성

　말하기에 기본적으로 정보를 전달하는 설명의 요소가 담긴다는 것은 역으로 이해하자면 설명이 분명하게 이루어지지 않으면 말의 전체적인 기능 자체가 상실된다는 것을 의미하게 된다. 이는 설명하기가 담당하는 기능을 좀 더 구체적으로 생각해 보면 더욱 분명해진다.

3.1 관점의 변화 및 확장 기능

　설명하기란 특정 정보를 갖고 있지 않거나, 특정 정보에 대한 이해가 분명하지 않은 타인들에게 특정 정보 및 사실을 전달하여 그에 대한 앎을 갖게 하는 말하기 활동이다. 따라서 이는 설명 그 자체의 목적이 상대방에 대한 대상 이해의 확장에 집중되어 있음을 의미한다. 어떤 대상에 대한 관점 형성이 가능한가, 그렇지 않은가의 여부는 그것에 대한 정보 혹은 지식을 가지고 있는가 아닌가로 결정되며, 비록 대상에 대한 관점이 형성되어 있다고 할지라도, 그 관점을 형성시킨 대상에 대한 정보나 지식이 단편적이거나 부분적이라면 그 관점 역시 대상의 부분적 특성만이 반영되어 형성된 단편적 관점일 수밖에 없게 된다. 따라서 설명을 통해 어떤 대상에 대한 정보나 지식을 타인에게 전달하는 행위는 타인의 대상에 대한 관점을 확장시키는 작용을 하며, 이는 궁극적으로 세계를 보다 종합적으로 바라보고 옳은 결정을 할 수 있게 하는 핵심적인 동기가 된다.

상대방의 이해를 확장한다는 설명하기의 기능을 염두에 둔다면 우리는 자연스럽게 설명하기에 앞서 고려해야 하는 사항들을 짐작할 수 있다.

1. 화자는 자신이 할 설명의 내용이 담화 상황의 주제와 적합한 정보를 전달하는지를 고려해야 한다. 담화 주제와 무관한 정보 전달은 뭔가를 알려주는 기능을 하는 것이 아니라 오히려 상대방에게 대화의 주제를 잊게 할 위험이 있다.
2. 화자는 자신이 전달하는 정보를 청자가 이미 알고 있는지를 파악하여 전달할 정보를 선별해야 한다. 상대방이 알고 있는 정보를 전달하고자 하는 것은 시간 낭비일 뿐이다.
3. 화자는 자신이 전달할 정보가 담화의 주제에 있어 핵심적인 의미가 있는 정보인지를 파악해야 한다. 부차적인 정보의 전달은 (1)의 상황 시 발생 가능한 문제를 갖게 된다.
4. 화자는 자신이 전달하는 정보가 청자들의 요구를 만족시키는 정보인지를 확인해야 한다. 대부분의 담화 상황에서 청중들이 알고 싶어 하는 정보란 그 자체가 핵심적 내용인 경우가 많음을 상기하자.
5. 마지막으로 화자는 정보 전달을 목적으로 어떤 것을 설명할 경우 그것의 내용을 숙지할 필요가 있다. 화자가 완벽히 이해하는 내용을 설명하는 것과 어렴풋하게 이해한 내용을 설명하는 것에는 많은 차이가 존재하며, 때에 따라 어설프게 이해한 내용을 설명할 경우 설명하기의 근본적 목적인 올바른 정보의 전달을 방해할 가능성이 존재하게 된다.

3.2 이해를 통한 공감 기능

화자가 어떤 대상이나 상황에 대해 설명하기를 시행함으로써 청자의 이해를 확장할 경우 청자의 확장된 이해는 설득을 가능하게 하는 동기, 나아가 스스로의 생각이나 행동을 바꾸는 동기로 작용한다. 일반적으로, 우리가 어떤 문제를 해결하고자 할 때, 문제에 대한 설명 없이 대중에게 어떤 행동을 촉구할 경우, 대다수 사람들은 행동의 이유에 대해 합의할 수 없기 때문에 실제적인 행동을 하지 않게 된다. 예를 들어, 여러분들의 친구 중 누군가가 "친구 A를 돕기 위해 모금을 하고 있어. 그러니 너도 모금에 동참해"라고 할 경우, 만일 친구 A의 구체적인 상황에 대한 이해가 없다면, 우리는 선뜻 그 요구에 따를 수 없을 가능성이 크다. 그러나 동일한 상황에서 친구 A가 처한 딱한 상황과 도움의 필요성에 대한 설명이 있을 경우, 그 설명을 통해 친구 A에 대한 이해가 확장되고, 그 확장된 이해는 도움의 필요성에 대한 공감이라는 형태로 받아들여지게 된다. 이처럼 설명하기란 특정 대상에 대한 정보를 전달함으로써 이해를 확장하고, 그 이해를 통해 설득을 가능하게 하는 선설득적 동기를 지닌다.

3.3 방향 제시의 기능

이해의 확장과 이해의 확장에 따른 다양한 관점의 수용 여부, 그리고 다양한 관점의 수용에 따라 공감적 태도 또한 가능하게 하는 설명의 기능은 종합적으로, 그리고 현실적으로 우리가 어떤 행동을 선택해야 할 때, 바른 선택을 위한 기준으로 작용한다. 많은 경우 우리가 잘못된 선택 혹은 행동을 하는 경우는 그 선택 상황에 대한 이해나 행동의 동기에 대한 잘못된 판단에 기인하기 때문이다. 예를 들어, 어떤 직업을 선택할 때 그 직업을 선택하는 동기는 다양할 수 있으나 그 동기들의 대부분은 그 직업에 대한 간접 체험 및 지식, 즉 해당 직업과 관련된 지식이나 경험이 있는 사람들의 말이나 글을 통해 여러분들 스스로 이해한 것일 확률이 높다. 다시 말해, 설명을 통해 얻은 정보가 많으면 많을수록, 그리고 그 정보가 정확하면 정확할수록 이해해야 하는 대상이나 상황에 대한 판단에 오류가 포함될 가능성이 적어지고, 따라서 옳은 선택을 할 가능성이 커질 수 있다는 사실을 인식한다면, 좋은 설명은 지식이나 정보의 전달을 넘어 개인들에게 있어 옳은 선택이나 행동을 가능하게 하는 기준이 될 수도 있다는 사실을 이해할 수 있다.

3.1~3.3과 같은 설명하기의 기능과 중요성은 Osbern이라는 학자의 주장을 토대로 재정리된 것이다. 이와 더불어 그는 현대 사회에서 설명하기의 중요성을 정보의 홍수라는 현대적 특징과 결부하여 설명하기도 한다. 그에 따르면, 정보의 홍수 혹은 정보의 과잉 생산이라는 현대 사회의 문제는 우리의 사회 혹은 세계에 다양성을 부여하며 긍정적으로 작용하는 측면이 있으나 그에 못지않게 다양한 부작용 또한 초래하는데, 정보의 과잉 생산과 유동의 대표적인 부정적 사례가 공동체에 요구되는 중요 의제 선정을 어렵게 한다는 점이다. 쉽게 말해 수많은 정보가 유통되는 사회에서는 부정확한 정보의 난립으로 인해 공동체가 이야기해야 할 주요 논점 자체가 희미해지는 현상이 발생한다. 이때 설명하기는 정확한 정보를 공동체 구성원들이 공유할 수 있게 하는 기능을 수행함으로써 반드시 논의되어야 하는 핵심 논제를 명확하게 하는 기능을 수행하기도 한다는 것이다. 이처럼 설명하기는 개인의 차원을 넘어 공동체적 관점에서도 매우 중요하게 다루어져야 한다.

3.4 지적 자극을 통한 청자의 관심 유발 기능

어떤 것에 대한 설명이 청자에게 전달된다는 것은 청자가 갖게 되는 정보와 지식의 양과 질이 증가한다는 것이다. 일반적으로 뭔가에 대해 최소한의 정보와 지식이 갖추어질 때 그것에 대한 흥미와 관심이 증가한다는 점을 고려해 본다면, 타자에게 지식과 정보를 전달한다는 것은 화자가 이야기하는 주제에 대한 청자의 관심을 높인다는 것을 의미한다. 말하기에 있어 로고스-에토스-파토스적인 측면을 고려해야 한다는 것은(Chapter 1의 2 참조) 곧 좋은 말하기란 청자의 관심 속에서 이루어져야 하는 말하기라는 것을 의미한다. 따라서 청자의 관심을 높일 수 있는 설명의 방식은 좋은 말하기의 초석이라고 할 수 있다.

3.5 창의적 사고의 발현 기능

새로움이란 기존의 것에 대한 무조건적인 수용을 통해서는 찾아질 수 없다. 그렇기에 창의적 사고란 기존의 앎에 새로운 앎이 더해질 때 가능한 사고 유형이다. 새로운 지식과 정보의 전달이라는 설명의 기능은 따라서 청자의 융합적 혹은 창의적 사고를 가능하게 하는 핵심 동기이기도 하다. 청자는 자신이 알고 있는 이전의 지식과 정보에 화자가 수행하는 설명을 통해 전달받은 지식과 정보를 더하며, 청자가 이처럼 새로운 정보와 지식을 통해 대상에 대한 이해를 높일 수 있을 때 이전 대상 혹은 상황을 새롭게 바라볼 수 있는 능력을 갖게 된다. 앞서 우리는 설명하기가 관점의 변화 기능을 갖는다고 밝힌 바 있는데, 이는 곧 정확한 설명을 통해 얻게 되는 새로운 지식을 기존의 지식과 융합함으로써 창의적 사고를 실현시킬 수 있다는 것으로도 해석할 수 있다.

3.6 기억의 저장 기능

두서없는 설명과 정리된 설명을 들었을 때 어떤 설명을 더 분명하게 그리고 보다 오래 기억할 수 있을까? 후자가 전자에 비해 더 분명하게, 그리고 보다 오래 기억되는 이유는 그 설명의 방식이 체계적이기 때문이다. 앞으로 이야기하게 되겠지만 좋은 설명이란 설명을 위해 요구되는 기술, 정의, 비교와 대조, 이야기, 예시 등의 방법이 주제와 소재에 따라 효과적으로 배열되고 체계적으로 수행된 설명을 의미하며, 따라서 그 자체로 나름의 논리를 가진 말하기라고 할 수 있다. 따라서 좋은 설명은 보다 효율적인 기억을 가능하게 하는 기능을 가지게 된다.

좋은 설명을 위한 말의 특성 파악

앞서 이야기한 바와 같이 설명하기는 가장 기본적이고 근본적인 말의 기능이자 목적이며, 따라서 우리는 좋은, 그리고 보다 올바른 설명을 위해 필요한 다양한 설명의 방식들을 살펴볼 필요가 있다. 그러나 그에 앞서 설명하기란 말에 의해 수행되는 활동이라는 점에 있어서 좋은 설명을 위해서는 무엇보다 말의 특성에 대해 이해할 필요가 있다.

4.1 말의 긍정적 특성과 부정적 특성

우리는 사적인 자리에서건 공적인 자리에서건 자신의 의사를 표현하고, 타인의 의사를 이해하기 위해 말을 사용한다. 즉 우리가 말을 하는 이유는 다른 무엇보다 의사소통에 있어 다른 어떤 수단보다 말이 용이하고 효과적이기 때문이다. 물론 우리 인간은 말 이외에도 다양한 수단으로 의사소통을 하고자 한다. 얼굴을 마주하고 대화할 수 없을 때 우리는 글(편지, 문자메시지, SNS 등)로써 의사를 교환하고, 말만으로 나의 감정을 전달할 수 없을 때 몸짓을 동반하며, 때로는 음악으로, 때로는 그림으로 내가 미처 표현하지 못한 감정과 정서를 표현해내기도 한다. 그러나 글, 음악, 회화와 같은 표현 수단을 말과 비교할 때, 그것들은 공통적으로 말의 대체 혹은 보완 수단이라는 점에 이의를 제기하기는 쉽지 않을 것이다. 말이 이처럼 다른 표현 수단에 비해 효과적인 것은 무엇보다 말이 가지는 독자적인 특성으로부터 기인한다.

① 직접성

말이 편한 이유가 무엇일까? 즉흥적으로 이러한 질문을 접한다면 아마도 대부분 사람들은 내 생각을 즉흥적이고 직접적으로 드러낼 수 있기 때문이라고 이야기할 것이다. 실제로 수많은 표현 행위들과 말하기를 비교할 때, 말하기의 가장 눈에 띄는 점은 말하는 이의 생각을 가장 빠르게 표현할 수 있다는 것이다. 단어를 선택하고, 보다 정확한 표현을 검토하며, 정확한 메시지의 전달을 위해 문장 부호들과 띄어쓰기, 맞춤법 등을 고려해야 하는 글과 말을 비교할 경우 말의 이러한 효율성이 더욱 분명해진다. 말은 우리가 일단 말의 상황에 적응했을 경우 말을 하기 위한 예비과정을 다른 표현 활동에 비해 비교적 덜 요구하며, 그래서 머릿속의 생각을 거의 동시적으로 드러내는, 때로는 생각에 앞서 말로 생각을 구성하는 특징이 있다. 즉, 말의 직접성과 관련하여 말의 현상을 주의해서 관찰해보면, 우리가 일반적으로 생각하듯 말이란 생각이 구성된 이후에 그 생각을 표현하기 위해 요구되는 이차적인 활동이 아니라는 사실을 알 수 있다(Chapter 1의 1 참조). 지금 당장 머릿속으로 '아! 배고파. 밥 먹고 싶어'라는 생각을 한다고 가정해 보자. 이 생각은 무엇으로 구성되어 있는가? 바로 말로 구성되어 있다. 즉 말은 생각을 드러내는 생각의 옷이 아니라, 생각을 가능하게 하는 옷감이지 않은가! 상황이 이와 같다면, 과연 우리가 말이 생각에 뒤따라오는 활동이라고 이야기할 수 있을까? 따라서 말의 직접성은 표현의 효율성을 가짐과 동시에 생각 그 자체를 가능하게 하는 원초적인 특성이라고 할 수 있다.

② 경제성

또한 말하기는 말하는 행위에 요구되는 시간과 노력에 비해 보다 다양한 의미를 전달할 수 있는 장점이 있다. 일반적인 관점에서 말과 글을 비교할 때, 말에 대한 글의 장점을 내용 전달의 정확성이라고 말하곤 한다. 실제로 말은 메시지를 직접적으로 동시간대에 전달할 수 있다는 장점을 갖기는 하지만, 그 직접성은 다른 한 편으로는 메시지가 쉽게 휘발된다는 의미이기도 하다. 다시 말해, 말은 내용을 쉽고 편안하게 전달할 수는 있지만, 쉽게 잊혀진다. 기록되지 않고 담화의 상황 이후 사라지기 때문이다. 이에 반해, 글은 비록 내용을 전달하기 위해 많은 규칙들에 대한 고려와 시간이 요구되기는 하지만 한번 기록되면 그 내용이 사라지지 않기 때문에 메시지의 전달과 보관의 측면에서 매우 용이할 수 있다.

그러나 담화의 상황을 살펴보면 말이 가지는 매우 유용한 측면을 깨달을 수 있다. 그것은 말은 그 행위를 이루는 요소의 다양성으로 인해 정해진 메시지에 보다 많은 의미를 담을 수 있다는 점이다. 가령, 우리가 친구에게 '아이고 정말로 예쁘다' 라고 말을 하는 경우 이 말의 의미는 상황에 따라, 그리고 말을 하는 화자의 태도에 따라 달라질 수 있다. 만약, 친구와 사이가 좋은 상황이고, 정말로 그 친구가 예쁘게 보일 때 이 말의 의미는 말 그대로 예쁜 친구의 모습에 대한 칭찬이지만, 친구가 어울리지 않는 옷차림과 화장을 하고 있고, 그것이 꼴불견이어서 이 말을 한다면, 이 말의 의미는 반어적 표현 내지는 비꼼일 수 있게 된다. 즉 말은 단어나 문장의 언어적 의미 그 자체를 표현하기도 하지만, 여러 요소, 이를테면 표정, 목소리, 몸짓 등을 포함할 때 다른 의미들을 가질 수 있게 되는 것이다. 짧은, 혹은 정해진 표현보다 다양한 의미를 띨 수 있는 언어의 경제성은 말의 직접성과 관련하여 다시 말을 가장 편한 표현 수단이 되게 하는 요소이며, 일상적으로 다른 표현 수단에 비해 사람들이 말에 의지하게 하는 원인이 되기도 한다.

③ 휘발성

앞서 언급한 말의 직접성과 경제성은 우리를 말에 의존하게 하고, 말을 의사소통 행위의 핵심이 되게 하는 긍정적인 근본적인 요소라고 할 수 있다. 그런데, 만약 말에 이처럼 긍정적인 측면만 있다면 인간은 말 이외의 다른 표현 수단들에 대해 고민할 필요가 없었을 것이다. 따라서 글과 음악, 그림, 기호 등과 같은 말 이외의 표현 수단들의 존재는 그것들이 존재한다는 사실을 통해 말이 가진 한계, 혹은 부정적 측면을 암시한다.

그렇다면 말의 어떤 특성이 완전한 의사소통을 방해하는 것일까? 무엇보다 말의 부정적 측면은 말은 그것이 뱉어진 이후에 곧바로 사라진다는 사실이다. 언어 행위 혹은 의사소통의 목적은 궁극적으로 나의 생각을 타자에게 전달하는 것이라고 할 수 있다. 그런데 나의 생각인 메시지는 단순한 경우도 있지만, 때에 따라 매우 복잡한 내용을 가질 수도 있다. 만약 메시지가 단순하다면 내용이 전달된 이후에 곧바로 사라지는 말의 현상은 의사소통 행위에 방해가 되지 않는다. 단순한 메시지는 이해되고, 기억되기 쉬우며, 따라서 화자와 청자가 같은 공간에서 의사소통하는 공시적 상황에서 본래의 역할을 다할 수 있기 때문이다. 그러나 만일 메시지의 내용과 양이 복잡하고 길 경우 메시지에 대한 이해와 기억은 그 메시지를 받아들이는 인간의 이해력과 기억력에 상응하는 정도로만 전달될 수밖에 없게 된다. 만약 A라는 화자가 전달하는 말의 내용이 복잡하고 길다면, 그리고 그 말을 듣는 청자인 B의 이해력과 기억력이 A라는 화자의 말을 온전히 이해하고, 기억하기에 부족하다면 이러한 의사소통 상황은 생각의 효과적인 전달이라는 말 본래의 기능에 장애가 될 수밖에 없다. 예를 들어, 친구와 오늘 저녁 메뉴에 관한 이야기를 나누고, 저녁 7시에 학교 앞 식당에서 김치찌개를 먹자고 말할 경우 이 말의 내용은 이해되고 기억되기에 아무런 문제가 없기 때문에 말이 입 밖으로 내뱉어지자마자 사라진다고 할지라도 커다란 문제가 되지 않는다. 그런데 만일 내가 친구에게 해야 하는 말이 근대 철학의 시초로 평가받는 어떤 철학자의 철학 이론에 대한 것이라면 그 말의 양과 내용을 이해하는데 금방 사라져버리는 말의 특성이 도움이 될 수 있을까? 사람에 따라 다르겠으나 이 경우 금방 사라지고 잊히기 쉬운 말보다 글로서 내용을 파악하는 것이 용이할 것이 자명하다.

물론 말의 내용이 이해될 때까지 여러 차례 반복해서 말을 하며 목적을 달성할 수 있지만, 그 경우는 이미 말이 가지는 즉흥성과 직접성의 효과가 사라진 상태라고 보아야 할 것이다. 따라서 말의 휘발성은 그것이 말의 즉흥성, 직접성이라는 긍정적 측면과 관련된 특성이기는 하지만 의사소통의 목적에 비추어볼 때 말 내용의 정확한 전달을 방해하는 요소라는 점은 부정할 수 없게 된다.

④ 왜곡 가능성

말이 가지는 즉흥성과 휘발적 측면은 동시에 말을 듣는 청자로 하여금 말의 내용을 잘못 이해하게 하는 부정적 작용을 하기도 한다.

앞서 이야기한 것과 마찬가지로 말은 생각과 동시에, 때로는 생각에 앞서 발언되며 따라서 말로 전달되는 내용은 일반적으로, 특히 글과 비교할 때 메시지가 조리 있게 정리되지 않는 측면이 존재한다. 더불어 말의 내용은 그것이 발언되는 당시의 상황과 화자의 태도에 영향을 받음과 동시에 그것을 수용하는 청자의 상황, 심리상태 등에 따라 다양한 의미로 변질될 가능성을 갖는다. 예를 들어, 학교 급식 상태에 관한 내용을 글로 정리할 경우와 말로 이야기할 경우를 상상해보도록 하자. 만일 우리에게 주어진 시간이 넉넉해서 학교 급식 상태라는 주제에 대해 고민할 수 있는 경우 우리는 학교 급식 상태와 관련된 다양한 현상들을 관찰하고, 우리 학교 급식 환경을 다른 학교 내지는 다른 공동체의 급식 환경과 비교함으로써 다양한 정보를 수집할 수 있을 것이다. 그리고 이렇게 수집된 정보를 바탕으로 핵심 주제(반드시 전달해야 하는 메시지)를 선정하고, 이에 대한 근거들을 조리 있게 배치하여 한 편의 잘 짜인 글로 메시지를 구성할 수 있게 된다. 그러나 말의 경우 그 즉흥적 성격에 따라 말의 내용이 산발적으로 전개될 위험이 있게 된다. 다시 말해, 머릿속에 떠오르는 다양한 주제와 소재를 적절히 구조화할 시간적 여유가 부족함으로 인해 전달해야 하는 메시지의 체계성이 약해지고, 이는 듣는 이로 하여금 화자로부터 전달되는 정보의 중요성을 청자로 하여금 분류, 체계화시켜야 하도록 만들게 된다. 따라서 말로 전달되는 메시지는 첫째, 화자적 관점에서 구조화되기 힘들다는 점, 둘째, 전달된 메시지를 청자 스스로 평가, 이해해야 한다는 점에 따라 메시지의 내용이 곡해될 위험을 안게 되는 것이다.

또한 말로 전달되는 메시지는 그 표현의 방식에 대한 각 개인의 이해도와 인상에 따라 서로 다른 내용으로 변질될 위험을 안고 있기도 하다. 이는 앞서 언급한 말의 경제성으로 인한 위험이라고 볼 수 있는데, 우리의 표현은 매우 다양하며, 이는 동일한 내용을 서로 다른 표현으로 전달할 수 있는 표현의 풍부성으로 여겨지기도 한다. 하지만 의사소통의 일차적인 목적이 명료한 메시지의 전달이라는 점을 고려한다면 때에 따라 메시지의 변질을 초래하는 원인이 되기도 하는 것이다. 가령, 요즘 한창 사회적 이슈가 되는 페미니즘이 대화의 주제일 경우 각 개인이 평상시 페미니즘이라는 개념에 대해 가지고 있던 이해와 인상의 차이에 의해 화자가 메시지에 담는 의도와 청자가 메시지를 수용하며 갖게 되는 이해의 차이가 발생하고 이에 따라 메시지가 왜곡될 수 있는 것이다. 예를 들어, 어떤 사람이 "요즘 페미니스트들의 행동을 보면 참 잘하고 있는 것 같아"라고 말을 하는 상황을 가정한다면, 그리고 그 말을 하는 사람이 평상시 페미니즘에 대해 가지고 있는 이해와 인상이 긍정적이었다면, 이는 말 그대로 페미니스트들의 긍정성을 이야기하는 것으로 이해될 수 있다. 그런데 이 동일한 표현을 듣는 사람이 평상시 페미니즘에 대해 부정적 인상을 가지고 있는 사람이라면, 그리고 그 사람이 이 말을 하는 사람 또한 자신과 같은 입장을 가지고 있다고 믿고 있다면, 이 동일한 표현은 그것을 듣는 사람의 이해와 인상에 따라 말하는 사람의 의도와는 전혀 다른 의미, 이른바 반어적 표현으로 이해될 상황이 생기기도 하는 것이다.

따라서 말의 특성을 오롯이 긍정적이라고 평가하는 것은 성급하다. 말이 가지는 즉흥성과 경제성은 때에 따라 휘발성과 오류 가능성이라는 부정적 상황을 초래하기도 하기 때문이다.

내용 정리하기

1. 말하기는 크게 그 목적에 따라 정보 전달을 목적으로 수행되는 [   ]와 자신의 생각을 밝히거나 어떤 것을 호소하는 [   ], 그리고 인간관계의 형성이나 [   ]를 목적으로 하는 대화로 구분될 수 있다.

2. 의사소통이란 궁극적으로 한 개인이 자신의 생각과 외부 세계의 정보를 타인과 교류하는 행위이고, 따라서 그 밑바탕에는 [   ]의 기능이 자리한다.

3. 설명의 대상이나 설명의 종류는 [   ]에 대한 설명, 특정 대상의 특징이나 외형에 대한 설명, [   ]에 대한 설명, 그리고 나 혹은 타인의 [   ], 처지, 상황에 대한 설명으로 구분될 수 있다.

4. 설명하기의 기능으로는 '관점의 변화 및 확장의 기능', '[   ]를 통한 공감의 기능', '[   ] 제시의 기능', '[   ]을 통한 청자의 관심 유발 기능', '창의적 사고의 발현 기능', 그리고 '기억의 저장 기능'을 들 수 있다.

5. 말은 [   ]과 [   ]이라는 긍정적 특성과 [   ]과 [   ]이라는 부정적 특성을 동시에 가진다. 따라서 좋은 설명을 위해서는 이러한 말의 기능을 고려하여 설명의 전략을 고민할 필요가 있다.

좋은 설명을 위한 방법과 절차
: '분석'과 '범주화'라는 원리

Chapter 3에서 우리는 설명하기가 말하기의 기본적인 활동임을 살펴보았다. 일반적인 관점에서 좋은 설명이란 설명하고자 하는 대상이나 상황에 대해 세밀하고 정확한 정보 전달로 규정될 수 있으며, 이를 위해 우리는 비교, 대조, 서술, 정의, 예시 등과 같은 다양한 활동을 수행한다. 설명하기에 이러한 다양한 방법이 동원되는 이유는 좋은 설명이란 무엇보다 설명하고자 하는 대상에 대한 화자의 정확한 이해가 요구되기 때문이고, 나아가 그러한 화자의 정확한 이해는 대상에 대해 무지한 청자들의 이해를 위해 동원할 수 있는 정확한 설명 자료를 탐색할 수 있게 하기 때문이다. Chapter 4에서는 '분석'과 '범주화'라는 두 가지 기준을 통해 좋은 설명을 위해 요구되는 다양한 방법들의 특성과 적용 가능한 상황에 대해 이야기한다. 분석이란 무엇보다 설명하고자 하는 대상에 대한 화자의 정확한 이해를 가능하게 하는 기본 원리이며 좋은 설명을 위해 화자가 사용하는 다양한 설명 방식은 화자의 대상에 대한 분석에 기초한다. 범주화는 화자의 대상에 대한 분석에 따라 파악된 대상의 특성을 기본으로 하며, 대상의 특성 설명을 위해 화자는 대상의 특성과 유사한 특성을 갖는 다른 사물, 대상들을 설명 대상과 동일화하는 방식을 취함으로써 대상에 대한 이해를 돕는다. 따라서 좋은 설명이란 대상에 대한 분석과 그 분석에 따른 범주화라는 두 가지 원리에 입각한 다양한 설명 방식의 동원이라고 할 수 있게 된다.

① 좋은 설명을 위해 고민해야 할 것

우리는 왜 말을 하는가? 아마도 나의 생각을 전달하고자 하기 때문이라는 답이 가장 먼저 떠오를 것이다. '나의 생각을 전달하고자 하는 의도'라는 말하기의 목적에서 가장 핵심적인 부분은 바로 '전달'이다. '트랜스포터'라는 영화가 있다. 주인공은 의뢰인이 맡긴 물건을 언제나 한 치의 오차 없이 수신인에게 전달하는 특수한 직업을 가진 사람이다. 물건(심지어 사람까지도)을 어떤 장소, 인물에게 전달함에 있어 어떤 어려움이 있어도 주인공은 자신의 온갖 능력을 동원하여, 심지어 폭력을 동원해서라도 난관을 헤치고 전달에 성공한다. 영화 속에서 주인공이 배송의 프로라고 인정되는 이유는 그가 운전을 기가 막히게 잘해서도 아니고, 싸움을 잘해서도 아니고, 총을 기가 막히게 잘 쏴서도 아니다. 그것은 매우 단순하게도 그가 언제나, 어떤 상황에서나 배송, 즉 '전달'에 성공하기 때문이다. 온갖 방법을 총동원해서 말이다. 이는 우리의 말하기에도 그대로 적용될 수 있다.

이때 전달이란 곧 상대방이 나의 말, 나의 생각을 이해하는 사건을 의미한다. 그런데 상대방에게 나의 말, 생각을 이해시킨다는 것은 생각만큼 녹록한 일이 아니다. 왜냐하면 상대방은 나와 다른 삶을 살아 온 또 다른 주체이기 때문이다. 다시 말해, 그가 가진 지식의 정도나 사물을 이해하는 관점과 태도, 생각의 방식 등이 모두 나와 다르기 때문에 내가 어떤 것을 이해하고 파악하는 그대로 그것을 파악하지 않는 것이 곧 상대방인 것이다. 따라서 나의 생각, 나의 관점을 잘 '전달'하기 위해서는 트랜스포터의 주인공이 배송 성공을 위해 온갖 방법을 다 동원하듯 우리 역시 온갖 방법을 다 동원할 수밖에 없다. 그럼 이때 우리가 동원할 수 있는 온갖 방법이란 무엇을 의미할까? 그것은 곧 다양한 설명 방식을 의미한다. 전달하고자 하는 대상이나 생각을 이렇게 말해 봤을 때 상대방이 그것에 대한 이해에 도달하지 못했다면 다른 방식으로 설명해 보고, 그 방식도 성공하지 못했을 때 또 다른 방식으로 설명해 보는 사태가 곧 우리가 동원할 수 있는 '온갖 방법'이다. 결국 말을 잘한다는 것은 나의 생각이나 의도를 잘 전달한다는 것이고, 이는 다시 나의 생각이나 의도에 대한 설명을 잘한다는 것을 의미한다. 따라서 말을 잘한다는 것의 기본은 설명을 잘한다는 사실로 귀결되고, 따라서 좋은 설명을 위해서는 그 온갖 방법을 고민해봐야 하며, 그 온갖 방법을 체화하는 훈련이 뒤따라야 한다.

❷ 설명을 위한 방법들의 두 가지 원리: '분석'과 '범주화'

앞서 이야기한 것과 같이, 설명하기란 그리 녹록한 작업이 아니다. 실제로 우리는 내가 뭔가에 관해 설명할 때 상대방이 그것에 대해 내가 이해한 것과 같이 이해하지 못해 답답해했던 경험을 수없이 가지고 있다. 왜 그런 일이 발생할까? 앞서 이야기했듯, 단순히 나와 타자가 달라서이기만 할까? 설명에 요구되는 기본적 원리들을 중심으로 생각해 보도록 하자.

흔히 우리가 어떤 대상이나 사건, 나의 생각 등을 타인에게 설명할 때, 우리는 현재 설명하고자 하는 대상에 대해 가지고 있는 지식, 이미지 등을 두서없이 펼치는 경우가 많다. 그리고 대부분의 경우 이러한 설명은 설명의 목적인 상대방의 이해 충족에 정확하게 도달하지 못하게 된다. 이런 일상적인 설명의 방식이 소기의 목적을 달성하지 못하는 이유는 무엇보다 설명에 동원되는 두 가지 기본 원리가 충분하게 고려되지 않았기 때문일 가능성이 크다.

2.1 설명을 위한 첫 번째 원리: 화자의 대상에 대한 내적 이해로서의 '분석'

다시 강조하지만, 설명이란 설명하고자 하는 대상에 대해 내가 가진 생각을 타인에게 명확하게 전달하는 것이다. 따라서 좋은 설명을 위해서는 설명하고자 하는 대상에 대한 나의 이해라는 하나의 축과 설명하고자 하는 대상에 대한 효과적인 표현이라는 또 하나의 축이 동시에 고려되어야 한다. 이는 달리 말해 좋은 설명이란 나의 대상에 대한 이해도라는 내적 측면과 그 이해도를 바탕으로 구성되는 대상에 대한 표현이라는 외적 측면으로 구성됨을 의미한다. 전자가 설명의 주요한 한 원리가 되는 이유는 대상에 대해 내가 갖는 지식, 관점, 이해의 정밀성에 따라 설명에 동원될 수 있는 소재가 다양해질 수 있기 때문이다. 가령, 우리가 컴퓨터라는 사물에 대해 그것을 알지 못하는 사람에게 설명한다고 상상해 보도록 하자. 이때 컴퓨터에 관해 설명하는 당사자인 내가 가지고 있는 컴퓨터에 대한 이해도가 낮다면 그 설명은 어쩔 수 없이 컴퓨터에 대한 피상적인 설명에 그칠 수밖에 없다. 예를 들면, 다음과 같은 방식의 설명에 그칠 가능성이 크다.

사례 1
"컴퓨터란 요즘 없어서는 안 되는 기계인데, 우리는 그 기계로 정보를 찾을 수도 있고, 게임을 할 수도 있고, 요즘은 인터넷 수업을 듣기도 해."

물론 〈사례1〉과 같은 설명이 잘못된 것은 아니다. 컴퓨터에 대해 틀린 설명을 하는 것이 아니기 때문이다. 그러나 컴퓨터라는 사물의 일부 기능만을 설명하는 설명 방식을 과연 좋은 설명이라고 할 수 있는가? 설명하고자 하는 대상에 대한 좋은 설명이란 부분적 특성 설명보다는 원리적(본질적) 특성 설명에 초점이 맞추어져야 하며, 따라서 〈사례1〉과 같은 설명 방식은 부분적이기에 피상적인 설명에 머무르며, 결과적으로 컴퓨터라는 대상에 대해 제대로 설명하지 못하고 있다는 생각을 갖게 한다. 그럼 왜 우리는 이러한 피상적인 설명을 할 수밖에 없는가? 이유는 매우 간단하다. 그것은 우리가 컴퓨터라는 대상을 제대로 파악하고 있지 않기 때문이다.

이는 달리 말하자면, 우리가 컴퓨터라는 대상의 핵심적인 특징과 본질을 제대로 분석해 내고 있지 못하다는 의미가 되기도 한다.

'나눌 분分'과 '쪼갤 석析'이라는 한자어로 구성된 '분석'을 국립국어원 표준국어대사전에서 검색해보면, '얽혀 있거나 복잡한 것을 풀어서 개별적인 요소나 성질로 나눔'이라고 정의되어 있다. 다시 말해, 분석이란 대상에 대한 정확한 이해를 위해 대상을 구성하는 요소들을 세부적으로 나누어 그 전체성을 이해하는 대상 이해의 방식이라고 할 수 있다. 이러한 분석이 설명의 원리가 되는 이유는 설명을 위해 요구되는 화자의 대상 이해란 결국 설명하고자 하는 대상에 대한 화자의 분석적 이해를 통해 더 효과적으로 달성되기 때문이다. 즉, 화자는 대상에 대한 분석을 통해서 대상을 피상적 차원에서가 아닌 원리적, 본질적 차원에서 이해할 수 있게 되는 것이다.

사례 2

"컴퓨터란 입력장치, 프로세서, 출력장치, 저장장치를 기본 구성으로 하는 정보 처리 기계로서 전자 회로를 이용한 고속의 자동 계산기. 숫자 계산, 자동 제어, 데이터 처리, 사무 관리, 언어나 영상 정보 처리 따위에 광범위하게 이용되는 현대 생활의 필수품이다. 컴퓨터는 현재 현대 사회의 거의 모든 영역에서 광범위하게 이용되고 있으며, 따라서 현대 생활에 없어서는 필수품이라고 할 수 있다."

〈사례1〉과 〈사례2〉를 비교해보면 분석에 따른 대상 이해의 정도차를 파악할 수 있다. 〈사례2〉가 〈사례1〉에 비해 대상에 대한 보다 종합적인 이해로 보이는 이유는 무엇보다 대상을 구성하는 부분 요소에 대한 파악으로부터 시작하여 대상의 전체적 이해로 나아가며, 최종적으로 대상의 기능과 의미까지를 설명하기 때문이다. 즉, 〈사례2〉의 경우 컴퓨터라는 대상의 일부 측면만을 이해하는 것이 아니라 그 대상의 요소와 요소들의 합, 기능, 역할이라는 종합적인 파악을 대상에 대한 분석을 통해 달성하고 있다.

그렇다면 대상에 대한 분석을 통해 대상을 보다 종합적으로 이해한다는 것이 어째서 설명에 용이하게 작용하는 것일까? 그것은 대상에 대한 종합적인 이해를 통해 형성되는 화자의 관점이 대상에 대한 보다 다양한 설명 자료를 확보할 수 있게 하기 때문이다. 쉽게 말해, 분석을 통해 대상에 대한 이해가 높아질 때라야, 그 대상을 설명할 수 있는 관련된 자료들을 찾을 수 있다는 의미이다. 위의 사례의 경우, 컴퓨터의 특성에 대한 종합적인 이해가 있어야만 컴퓨터를 설명할 수 있는 다른 설명 자료들, 예를 들어, 컴퓨터의 특성을 일부분 공유하는 계산기, 스마트폰, 태블릿 PC 등과 같은 부가적인 설명의 소재들을 설명에 동원할 수 있다는 의미이다. 우리는 이를 '범주화'라는 말로 설명할 수 있다.

2.2 설명을 위한 두 번째 원리: 표현 방식의 확장을 가능하게 하는 '범주화'

대상에 대한 화자의 이해가 아무리 높다고 하더라도 이를 효과적으로 드러낼 수 없다면 청자에게 있어 대상에 대한 이해는 요원할 수밖에 없다. 즉, 대상에 대한 효과적이고 다양한 표현이 없이는 좋은 설명이 이루어지지 않는다는 의미이다. 우스갯소리로 훌륭한 학자가 곧 훌륭한 선생인 것은 아니라는 말이 있다. 어떤 분야에 있어 두각을 나타내는 훌륭한 학자만큼 그 분야에 대한 이해가 높은 사람은 없을 것이다. 설명의 관점에서 이야기하자면, 훌륭한 학자는 대상에 대한 높은 이해도를 가지고 있는 사람이며, 따라서 설명의 한 축인 대상에 대한 내적 이해를 달성하고 있는 사람이고, 결국 대상에 대한 설명을 잘할 가능성이 큰 사람이다.

그런데 왜 훌륭한 학자가 곧 훌륭한 선생인 것은 아니라는 말이 가능할까? 그것은 대상에 대한 높은 이해도가 효과적으로 표현되지 않을 수 있기 때문이다. 아무리 대상에 대한 이해도가 높다고 하더라도 그것을 듣는 사람에게 효과적으로 전달할 수 있는 표현의 방식이 마련되지 않으면 이는 내용 전달이라고 하는 설명의 목적을 달성하지 못하게 하는 원인이 되고, 결과적으로 좋은 설명이 되지 못하는 원인이 되기 때문이다. 그렇다면 왜 이런 일이 발생할까? 결론적으로 이는 대상에 대한 이해를 효과적으로 전달할 수 있는 다양한 방법들에 대한 고민이 부재하기 때문이다. 다시 말해, 대상에 대한 하나의 설명이 청자의 이해라는 목적을 달성하지 못했을 경우 청자의 이해를 도울 수 있는 다른 설명의 방식, 예를 들어, 대상의 특징을 드러낼 수 있는 다른 대상과의 비교 혹은 대조 등의 방법이 동원되어야 하는데 그런 요소들에 대한 고민이 없기 때문에 설명의 목적을 달성하지 못하는 것이다. 그럼 대상에 대한 이해를 도울 수 있는 설명의 소재들은 어떻게 찾아질 수 있게 되는가? 그것은 대상에 대한 이해를 바탕으로 찾아진 대상의 특징을 다른 대상들로 확장하는 방식을 통해 가능하게 된다. 확장의 방식에 따라 A라는 대상의 특징을 공유하거나 공유하지 않는 다양한 다른 대상들이 찾아지고, 그런 대상들과 설명하고자 하는 대상의 관계를 설정함으로써 대상에 대한 이해를 높일 수 있기 때문이다. 우리는 이를 '범주화'라는 용어로 정리할 수 있다. 예를 들어, '사랑'에 대해 설명해야 한다고 가정해보도록 하자.

사례 3

"청춘이란 새싹이 파랗게 돋아나는 봄철이라는 뜻으로, 십 대 후반에서 이십 대에 걸치는 인생의 젊은 나이 또는 그런 시절을 이르는 말이야."

어떤 화자가 청춘을 〈사례3〉과 같이 설명했다면, 그는 청춘을 표준국어대사전에서 정의하는 방식에 따라 '정의'했다고 할 수 있다. 그런데 삶의 경험이 다양하지 못한 청자의 경우 이러한 방식으로 설명되는 청춘을 종합적으로 이해하기 힘든 경우가 있을 수 있을 것이다. 실제로 이러한 설명은 '청춘'이라는 단어가 가지고 있는 다양한 의미를 종합적으로 설명했다고 보기 힘든 것이 사실이다. 우리 각자가 '청춘'이라는 단어에 대해 가지고 있는 이미지가 다 다를뿐더러, 일반적으로 우리가 청춘이라는 단어에 부여하는 정서적인 측면에 대한 설명이 부재하기 때문이다. 그렇다면 설명의 목적을 달성하기 위해 다른 방식의 설명 방법이 동원되어야 하는데, 가장 일반적인 방법은 청자가 이해하고 있는 다른 대상들 중 청춘이라는 설명 대상과 유사한 성질을 공유하는 대상을 통해 빗대어 청춘을 설명하는 방식이 있을 수 있다. 예를 들면, 다음과 같은 설명은 어떨까?

"청춘이란 인생의 어떤 한 시기가 아니라, 어떤 마음가짐을 의미한다. 청춘이란 장밋빛 볼, 붉은 입술 그리고 유연한 무릎을 뜻하는 것이 아니라, 강인한 의지, 풍부한 상상력, 불타는 열정이다."

〈사례4〉는 유대인 태생 독일인 시인인 사무엘 울만Samuel Ullman의 '청춘Youth'이라는 시의 일부이다. 시라는 문학 장르 자체를 '설명'이라고 할 수는 없지만, 그것 또한 기본적으로 '설명'을 통해 내용을 전달한다는 측면에서 설명의 한 방식으로 이야기될 수 있다. 위의 시는 청춘을 정의하는 것이 아니라 청춘을 다른 대상들에 빗대어 설명하고 있다. 이때 동원된 다른 대상들이란 '마음가짐', '장밋빛 볼', '붉은 입술', '유연한 무릎', '강인한 의지', '풍부한 상상력', '불타는 열정' 등인데, 이러한 단어들의 공통된 특성은 모두 청춘이라는 설명 대상의 속성을 일정 부분 공유한다는 것이다. 즉, 화자는 청춘을 설명함에 있어 청자들이 이미 알고 있는 대상에 빗대어 청춘의 특성을 이야기하는 것이다.

이런 설명이 가능할 수 있는 것은 청춘과 다른 대상-단어들이 공통된, 혹은 유사한 속성을 바탕으로 동일, 혹은 유사한 것으로 범주화되기 때문이다. 따라서 범주화란 설명의 세부 방법이라고 할 수 있는 비유, 은유, 비교와 대조, 예시 등의 방법을 가능하게 하는 원리가 되고, 이는 달리 말해, 좋은 설명을 가능하게 하는 다양한 표현 방식이란 범주화라는 원리를 통해 찾아질 수 있다는 것을 의미한다. 결국 범주화란 분석을 통해 가능한 대상에 대한 화자의 내적 이해를 타자들의 이해인 외적 이해로 연결하는 표현의 원리라고 할 수 있다.

설명을 위한 세부 방법들

이상에서 논의한 바에 따라, 결국 좋은 설명이란 '분석'이라는 내적 이해의 원리와 '범주화'라는 표현의 원리를 종합적으로 사용해야 하는 말의 기술이라고 할 수 있게 된다. 그럼 분석의 원리와 범주화의 원리는 실제 설명하기에 있어 어떻게 이용될 수 있을까? 결론부터 이야기해 보자면, 설명하는 말하기에 이용되는 다양한 실제적 방법들은 분석과 범주화의 원리가 상황에 따라 적절하게 조율된 결과라고 할 수 있다. 이는 다시 말해, 어떤 특정한 설명의 방식에 어떤 경우는 분석이 어떤 경우에서는 범주화가 일괄적으로 동원되는 것이 아니라 두 원리가 상황에 맞게 상호적으로 이용된다는 것을 의미한다.

이를 일반적인 설명의 방식들로 이야기되는 대표적인 세부 방법들, 다시 말해, 묘사, 서사, 인과, 정의, 비교, 대조, 예시의 방법을 통해 이해해 보도록 하자.

3.1 묘사(Description)

묘사란 어떤 대상이나 사건을 설명함에 있어 내가 사용하는 말을 통해 설명하고자 하는 대상이나 사건을 이미지화시켜 가급적 정확하고 생생하게 그리듯 이야기하는 설명의 방식을 의미한다. 묘사하기에 있어 중요한 점은 설명하고자 하는 대상의 특징이 청자가 쉽게 이미지화시킬 수 있을 정도로 이야기되어야 한다는 점이며, 이를 위해 다른 세부적인 설명 방식들이 동원되기도 한다.

사례 5

"그 집에는 삼룡이라는 벙어리 하인 하나가 있으니 키가 본시 크지 못하여 땅딸보로 되었고 고개가 빼지 못하여 몸뚱이가 대강이를 갖다가 붙인 것 같다. 거기다가 얼굴이 몹시 얽고 입이 몹시 크다. 머리는 전에 새꼬랑지같은 것을 주인의 명령으로 깎기는 깎았으나 볼밤송이모양으로 언제든지 푸 하고 일어섰다. 그래서 걸어 다니는 것을 보면 마치 옴두꺼비가 서서 다니는 것같이 숨차 보이고 더디어 보인다."

– 나도향의 〈벙어리 삼룡이〉 중 일부

나도향의 단편 소설『벙어리 삼룡이』중의 한 대목인 〈사례5〉는 묘사를 통해 설명 대상인 삼룡이를 설명하는 방식을 택하고 있다. 작자가 이야기하는 방식에 따라 우리는 벙어리 삼룡이의 모습을 이미지화시킬 수 있는데, 이러한 이미지화가 가능한 것은 화자가 설명 대상의 모습을 부분적으로 분석한 후, 이러한 부분적 요소들을 설명할 수 있는 설명의 소재들(설명 대상과 유사한 속성을 공유하는)을 범주화의 과정을 통해 적절하게 찾아내었기 때문이다. 이런 과정 속에서 비유의 방식들이 사용되기도 하는데, 이를 통해 좋은 설명이란 분석과 범주화의 원리를 통해 다양한 설명의 방식들이 종합적으로 사용되어야 함을 알 수 있다.

3.2 서사(Narration)

서사란 설명하고자 하는 대상을 가급적 자세하게 말함으로써 정보를 전달하는 가장 일반적인 방법을 의미한다. 일반적으로 설명의 방식에 서사의 방법이 동원되는 경우는 설명의 대상이 사건일 경우가 많은데, 이때 서사는 설명하고자 하는 사건을 시간적 흐름에 따라 과정적으로 설명하는 방식으로 표현되는 경우가 흔하다.

사례 6

"화수분은 간 지 일주일이 되고 열흘이 되고 보름이 지나도 아니 온다. 어멈은 아범이 추수해서 쌀말이나 가지고 돌아오기를 밤낮 기다려도 종내 오지 아니하였다. 김장 때가 다 지나고 입동이 지나고 정말 추운 겨울이 되었다. 하루 저녁은 바람이 몹시 불구 그 이튿날 새벽에는 하얀 눈이 펑펑 내려 쌓였다."

−전영택의 〈화수분〉 중 일부

〈사례6〉의 경우 작중 화자는 화수분 가족의 곤궁하고 비참한 삶을 설명하고자 하는데, 이때 동원되는 설명의 방식이 서사이다. 말 그대로 이야기하듯 전개되는 서사적 방식의 특징은 사례에서 보듯 사건을 시간적 순서로 배치한다는 점이다. 화수분이라는 인물의 출타, 화수분의 미귀가, 화수분의 미귀가 동안의 가족들의 기다림, 기다림 속에서의 사건들은 모두 화수분의 출타로부터 시간적 순서로 전개되며, 이러한 시간적 과정에 대한 서술을 통해 화수분 가족의 곤궁한 삶이 은연중에 청자들에게 전해지는 방식을 택하는 것이다.

서사란 일견하기에 묘사와 혼동될 수 있는 특징이 있는데, 이는 설명하고자 하는 사건이나 대상을 이미지화시키고자 하는 의도에 기인한다고 할 수 있다. 다만, 묘사가 대상의 모습이나 사건의 양상을 '재현'하는 데 초점을 맞춘 설명 방식이라는 점에 비해, 서사는 대상이나 사건의 변화 양상을 '진술'하는 것에 초점을 맞춘다는 점에서 차이를 발견할 수 있다.

서사란 대상이나 사건의 변화 양상을 단계적으로 파악해야 한다는 점에서 범주화보다는 분석의 원리를 차용하는 설명 방식이라고 할 수 있으나, 서사에 동원되는 설명 방식에 비유 등의 다른 설명 방식이 동원될 수 있다는 점에서 범주화라는 원리를 배제하지 않는다.

3.3 인과(Causality)

어떤 사건의 양상을 설명하고자 할 때, 일반적으로 사용되는 방식인 인과적 방법은 사건의 흐름을 원인과 결과의 방식으로 풀어내는 설명 방식을 의미한다.

사례 7
"어제 A라는 친구가 다른 친구들과 밤새 술을 마시고 놀고 하더니, 오늘 결국 아침 수업에 결석했어." "물은 온도가 100℃를 넘어야 끓기 시작해. 가스렌지에 올려 둔 주전자 물이 이제 끓고 있는 걸 보니, 이제야 물 온도가 100℃를 넘긴 모양이야."

인과적 설명 역시 사건이나 대상의 변화 양상에 초점을 맞춘 설명 방식이라는 점에 있어 서사의 설명 방식과 유사하게 파악될 수 있으나, 서사가 시간적 변화라는 기준으로 서술되는 것과 달리 인과적 설명은 변화의 원인과 결과를 중심으로 서술된다는 차이를 지닌다. 따라서 인과적 설명 방식은 범주화의 원리보다 분석의 원리가 강하게 작용하는 설명 방식이라고 할 수 있다.

3.4 정의(Definition)

정의란 대상의 의미를 개념적으로 규정하여 설명하는 방식을 의미한다. 설명의 방식 중 '육하원칙'의 설명 방식과 더불어 가장 원칙적인 설명 방식이라고 할 수 있으며, 따라서 가장 기본적인 설명의 방식이라고도 할 수 있다.

사례 8
"철학이란 인간과 세계에 대한 근본 원리와 삶의 본질 따위를 연구하는 학문으로 흔히 인식, 존재, 가치의 세 기준에 따라 하위 분야를 나눌 수 있다."

위의 사례에서 철학은 철학에 대해 각 개인이 갖는 이미지나 어떤 부분적 특징에 따라 설명되는 것이 아니라 철학이라는 단어가 갖는 보편적이고 본질적인 특징을 통해 설명된다는 점에 의해서 개념적인 설명 방식이라고 할 수 있다. 설명의 방

식에 있어 '정의하기'가 용이한 이유는 그것이 대상에 대한 가장 일반적인 이해라는 점에 있으며, 이는 쉽게 말해 가능한 많은 사람들이 그 이해에 공감할 수 있다는 것을 의미한다. 왜냐하면 개념적 이해란 화자의 주관적 이해라기보다 객관적 이해를 의미하기 때문이다.

3.5 비교와 대조(Comparison and Contrast)

비교와 대조는 설명하고자 하는 대상을 다른 대상들과 견주어 봄으로써 설명하고자 하는 대상과 다른 대상들 사이에서 유사성과 차이성을 찾아내고, 그러한 유사성과 차이성을 바탕으로 대상에 대한 정보를 전달하는 설명의 방식을 의미한다.

사례 9
"통영시 미륵산 꼭대기에서 바라본 바다는 너무도 아름다웠다. 그 아름다움은 지중해의 보물이라고 하는 나폴리 해안에 뒤지지 않았으며, 그래서 그곳에 있는 나를 한순간 지중해로 옮겨다 놓은 것이 아닌가 하는 착각이 들게 했다."

〈사례9〉의 경우 화자는 '비교'의 방식을 통해 통영 해안선의 아름다움을 설명하고 있다고 볼 수 있다. 이때 설명하고자 하는 대상인 통영 해안선의 아름다움은 그 자체로 설명되는 것이 아니라 나폴리 해안선의 아름다움에 빗대어 설명되며, 이러한 설명이 가능할 수 있는 것은 통영 해안선의 모습과 나폴리 해안선의 모습이 아름다움이라는 유사한 속성을 공유하기 때문이다. 설명의 원리 차원에서 보자면 통영 해안선의 아름다움은 나폴리 해안선의 아름다움으로 범주화되며 그러한 범주화를 통해 비교의 설명 방식이 가능해지는 것이다.

사례 10
"해질 무렵 서해안의 해안가가 전해주는 분위기는 노년의 인생과 같이 처절하면서도 장엄했다. 사라사테의 지고이네르바이젠을 떠올리게 하는 서해안의 넓은 갯벌의 일몰은 깔끔한 해안가에서 지평선 아래로 가라앉는 동해안의 그것에 비해 그래서 더욱 애절했다."

이와는 반대로 〈사례10〉의 경우 서해안 일몰의 풍경의 모습은 동해안 일몰의 풍경의 모습과 전혀 다른 특징으로 이야기됨으로 인해 그 아름다움이 두드러지고 있다. 즉, 〈사례9〉의 경우 설명하고자 하는 대상과 빗대어지는 대상의 유사한 속성으로 아름다움이 설명되는 것과는 반대로 〈사례10〉의 경우는 서해안의 일몰과 동해안의 일몰이라는 일견 유사해 보이는 두 대상에 포함되는 전혀 다른 속성으로 설명하고자 하는 대상인 서해안 일몰의 아름다움이 부각되는 것이다. 결국 〈사례9〉의 설명이 두 대상의 유사성을 통해 구성된다면 〈사례10〉의 설명은 두 대상의 차이성을 통해 구성되기 때문에 〈사례10〉의 설명 방식은 '비교'이기보다 '대조'의 방식으로 파악되는 것이다.

눈치 빠른 독자들은 '비교'와 '대조'의 경우 역시 다른 설명의 방식들과 같이 분석과 범주화의 원리가 동시에 작동함을 눈치챌 수 있을 것이다. 유사성이나 차이성이 부각되기 위해서는 대상에 대한 분석이 기본적으로 요구되며, 나아가 이를 통해 서로 다른 대상들을 비교하거나 대조하기 위해서는 각기 다른 대상들 사이에 범주화가 형성될 수 있는지 없는지가 판단되어야 하기 때문이다.

나아가 분석과 범주화의 원리에 따라 비교와 대조가 이루어지는 상황은 그 자체로 다양한 수사법, 이를테면, 비유법, 은유법, 환유법 등의 수사적 표현 방식으로 연결된다. 다시 말해, 만약 달을 설명할 때 '쟁반같이 둥근 달'이라는 표현을 사용할 경우, 이러한 비유법은 비교의 설명 방식과 맥이 닿아있고 따라서 그 근본에 분석과 범주화의 원리가 작용한다고 볼 수 있게 된다.

3.6 예시(Exemplification)

예시란 설명하고자 하는 대상이나 사건의 이해를 돕기 위해 구체적인 예를 들어 설명하는 방식이다. 일반적으로 예시의 설명 방식이 고려되는 상황이란 설명하고자 하는 대상이나 사건의 특성이 일반적이어서 이러한 일반성의 하위 카테고리에 속하는 특수한 대상이나 사건을 차용해서 설명할 때 설명 대상의 그 일반성이 보다 명료해지는 상황인 경우가 많다.

사례 11

"인간의 감정은 매우 다양하다. 대표적인 인간의 감정으로는 기쁨, 분노, 즐거움, 슬픔, 선호, 혐오, 공포, 불안 등이 있으며, 대부분의 감정은 복합적으로 형성되며 표현된다. 예를 들어, 하이데거라는 철학자는 인간의 근본적 감정 상태를 불안이라고 주장했는데, 이때의 불안 감정은 매우 다양하게 해석될 수 있다."

〈사례11〉의 경우, 크게 두 부분의 예시적 설명 방식이 사용되었다. 먼저 인간의 감정이 다양하다는 것을 설명하기 위해 구체적인 감정 상태인 '기쁨', '분노', '즐거움', '슬픔', '선호', '혐오', '공포', '불안' 등이 예시로 사용되었고, 이와 더불어 감정의 형성과 표현이 복합적이라는 사실을 설명하기 위해 하이데거라는 철학자가 이야기하는 '불안'의 감정을 다시 예시로 사용하였다. 〈사례11〉에서 설명하고자 하는 것이 궁극적으로 인간의 감정의 다양성이라고 할 때, 그것은 일반적 사실에 속하며, 감정이라는 카테고리에 속할 수 있는 각각의 감정들은 그 자체로는 개별적인, 그래서 특수한 사실들로서 이것들 모두는 인간의 감정을 드러내는 구체적인 표지들인 셈이다.

예시가 가능한 대상, 사건들 또한 분석과 범주화의 원리를 통해 찾아진다고 보아야 하는 이유는 결국 예시란 개별적 사건들을 하나의 카테고리로 범주화할 수 있는 분류의 방식이 동원되기 때문이며, 분류의 방식은 대상들의 특성들을 비교, 대조할 수 있는 분석의 능력을 요하기 때문이다.

이외에도 설명의 방식들은 관점에 따라 매우 다양하게 이야기될 수 있다. 가령, 육하원칙의 방법은 대표적인 객관적 설명의 방식이라고 할 수 있으며, 열거, 인용, 부언 등의 방법 및 온갖 수사적 표현법들 역시 광의적인 측면에서 설명의 방식에 이용되기 때문이다. 중요한 것은 설명의 방식에 이용되는 다양한 방법들이 결국 '분석'과 '범주화'의 원리에 따라 형성된다는 점이며, 따라서 좋은 설명을 위해서는 무엇보다 설명하고자 하는 대상이나 사건을 깊이 있게 관찰하고, 그 특성들을 명확하게 파악하는 태도, 나아가 우리 주위의 사물이나 사건들에 관심을 가지는 태도가 필요하다는 점일 것이다.

💬💬 다음의 그림을 보고 느껴지는 감정을 다양한 수사법(예, 비유법, 은유법, 환유법, 직유법 등)과 본문에 언급된 표현법을 사용해 설명해 보자.

출치: 빈센트 반 고흐의 '구두 한 컬레' https://www.vangoghmuseum.nl/en/collection/s0011V1962

예시: 비유법과 대조의 방법을 사용해 표현할 경우

"한 컬레의 구두가 마치 패잔병과 같은 모습으로 늘어져 있다. 새 구두의 광택에서 느껴지는 삶에 대한 희망은 느낄 수 없지만, 삶의 무거움을 온전히 받아낸 존재의 치열함이 느껴진다."

내용 정리하기

1. 좋은 설명을 위해서는 대상에 대한 나의 이해를 정확하게 하기 위해 필요한 [   ]
의 원리와 다양한 표현 소재의 확보를 위한 [   ]의 원리가 동원되어야 한다.

2. 다음에 제시된 표현법과 그에 대한 설명으로 옳은 것을 연결해 보시오.

A. 묘사 •   • a. 사건의 흐름을 원인과 결과의 방식으로 풀어내는 설명의 방식

B. 서사 •   • b. 서로 다른 대상들 사이의 유사성을 바탕으로 대상에 대한 정보를 전달하는 방식

C. 인과 •   • c. 내가 사용하는 말을 통해 설명하고자 하는 대상이나 사건을 이미지화시켜 가급적 정확하고 생생하게 그리듯 설명하는 방법

D. 정의 •   • d. 서로 다른 대상들의 차이점을 바탕으로 대상에 대한 정보를 전달하는 방식

E. 비교 •   • e. 설명하고자 하는 대상이나 사건의 이해를 돕기 위해 구체적인 예를 들어 설명하는 방식

F. 대조 •   • f. 설명하고자 하는 사건을 시간적 흐름에 따라 과정적으로 설명하는 방식

G. 예시 •   • g. 대상의 의미를 개념적으로 규정하여 설명하는 방식

Part II

그 생각은
좋은 생각일까?

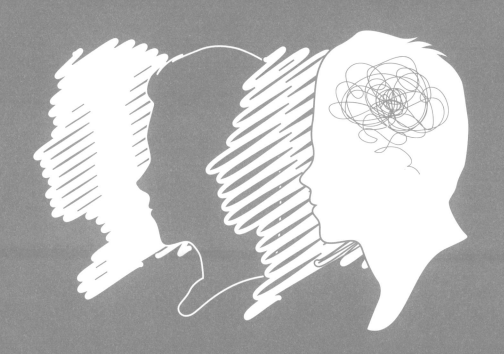

논증적으로 사고하기
: 논증의 분석

Chapter 5에서는 논증이란 무엇인지 학습한다. 첫째로 논증이란 어떻게 규정되고 그것의 구성 요소는 무엇인지 살펴볼 것이다. 둘째, 논증과 설명을 비교함으로써 논증의 특징을 익힐 것이다. 셋째, 연역논증과 귀납논증을 통해 논증의 두 종류를 학습할 것이다. 마지막으로 주어진 논증의 주장과 근거를 찾아내 논증의 구조를 분석하는 방법을 배울 것이다.

왜 논증적으로 사고할 수 있어야 할까?

"이 회사에서 당신을 왜 고용해야 합니까?" 면접 시험장에서 갑자기 이런 질문을 받게 되었을 때, 당황해하며 답을 제대로 하지 못하는 사람이 있는가 하면, 술술 답하는 사람도 있을 것이다. 답변을 제대로 하지 못한 사람은 그 회사에서 필요로하는 역량을 자신이 얼마나 많이 갖추었는지에 대해 깊이 생각해 보지 않았을 것이다. 반면에 당황해하지 않고 답을 한 사람은 그 이유에 대해 이미 여러모로 생각해본 상태에서 자기가 이 회사에서 꼭 필요한 인재라는 점을 주장했을 것이다. 면접관은 후자에게 높은 점수를 부여하기 마련이다. 자기 의견을 타당한 것으로 받아들이게 하려면 어떻게 해야 하는지 사고하는 능력, 즉 논증적 사고 능력을 갖춘 사람이기 때문이다.

면접시험 이전에 보게 되는 필기시험을 통과하려면 논증적 사고 능력을 측정하는 문제를 잘 풀 수 있어야 한다. 일반 회사에서 시행하는 인·적성 시험이나 공기업 취업에 필요한 NCS시험, 7급 공무원 이상이 치러야 하는 공직적격성평가PSAT 그리고 법학전문대학원 입학을 위해 요구되는 법학적성시험LEET 등에는 논증적 사고력과 관련된 문제가 빠지지 않고 출제되기 때문이다.

그런데 왜 우리 사회에서는 논증적 사고 능력을 갖춘 사람을 원하는 것일까? 회사원에게, 관광공사 직원에게, 7급 공무원에게, 변호사 등등에게 논증적 사고 능력이 필요한 이유는 도대체 무엇일까? 우리가 살아가는 일상생활에서 합리적 이유를 가지고 자기 의견의 타당성을 주장하면서 상대방을 설득하는 능력이 필수적으로 요구되기 때문이다. 또한 상대방의 주장이 무엇이고, 그것이 어떤 이유에 의해 주장되고 있는지 분석할 수 있는 능력이 현대 사회를 살아가는 데 있어서 반드시 필요하다고 여겨지기 때문이다. 변호사가 논리적 근거에 의한 것이 아니라 우격다짐으로 변호를 한다면 어떻게 되겠는가? 회사원이 합리적 근거에 의하지 않고 오직 느낌에 의존하여 원자재를 구매한다면 어떤 일이 벌어지겠는가? 회사와 기관과 관청과 법원 등을 비롯해 사회를 합리적으로 운영하고자 한다면, 합리적 근거로 결정하고 주장할 줄 아는 인재가 많아져야 할 것이다. 이것이 우리 사회가 논증적 사고력을 갖춘 사람을 그렇지 못한 사람보다 높게 평가하는 이유다.

이 절에서는 논증적 사고의 기초적 방법에 대해 알아볼 것이다. 이를 잘 익힌다면, 최소한 "이 회사에서 당신을 왜 고용해야 합니까?"와 같은 도발적 질문에 말문이 막히는 일은 없을 것이다.

❷
논증이란 무엇인가?

사람들과 대화를 하다 보면 의견이 충돌하는 경우가 있다. 자신의 의견이 올바름을 인정받기 위해서는 이성적으로 생각해 볼 때 받아들일 수 있을 만한 이유를 들어 주장해야 한다. 논증argument이란 이유를 가지고 자기주장이 타당함을 입증함으로써 타인을 논리적으로 설득하려는 언어 활동을 의미한다. 설득력 있는 논증이 되려면 이유와 주장이 참이어야 하고, 주장이 이유에 따라 논리적으로 도출되어야 한다.

2.1 논증은 무엇으로 구성되어 있는가?

논증은 이유와 주장으로 구성되어 있다. 이유는 근거, 전제, 논거 등의 용어로도 표현될 수 있다. 또한 주장은 결론이라는 용어로 대체할 수 있다.

그러면 사례를 통해 논증이란 무엇인지 이해해 보자.

사례 1
"넌 틀림없이 취직을 할 수 있을 거야. 졸업 학점이 좋잖아."

이것은 논증이다. "넌 틀림없이 취직을 할 수 있을 거야"라는 주장이 타당함을 입증하기 위해 "졸업 학점이 좋잖아"라는 이유를 제시하고 있기 때문이다. 물론 이 논증이 과연 설득력이 높은지는 비판적으로 따져봐야 할 일이다. 그러나 논증의 평가는 나중에 다루고 여기서는 논증이란 무엇인지만 이해하기로 하자.

그렇다면 다음 사례는 논증일까?

사례 2
영수는 지폐를 줄줄 흘리면서 도망쳤다. 그는 제일 가까운 택시로 달려가 부리나케 뛰어들었다. 그리곤 운전사를 칼로 위협하며 "출발해"라고 외쳤다. 택시가 허겁지겁 고속도로로 접어들었다.

이것은 논증이 아니다. 주장하고자 하는 내용도, 그 주장이 타당함을 증명하고자 하는 이유도 제시되고 있지 않기 때문이다. 이 문장은 단지 사건을 묘사하고 있을 뿐이다.

2.2 논증과 설명은 어떻게 구분하는가?

그렇다면 이유를 통해 결론을 제시하는 진술은 모두 논증이라고 말할 수 있을까? 다음의 예를 살펴보자.

사례 3
땅이 젖었다. 비가 왔기 때문이다.

이 진술은 '땅이 젖게 된' 결과를 '비가 왔다'라는 원인을 통해 설명하는 진술이다. 원인이 이유인 것처럼 보이기 때문에 논증으로 생각될 수 있지만, 결코 논증이 될 수 없다. 이것은 발생한 사건의 원인을 설명하는 인과적 설명일 뿐이다.

그렇다면 논증과 설명은 어떻게 구분할 수 있을까? 논증은 서로의 주장에 대해 동의하지 않고 다른 의견을 내세우며 충돌할 때, 상대방을 설득하기 위해 제시된다. 하지만 설명은 우리가 이미 사실이라고 인정하고 있는 일이 왜 발생했는지 알 수 없을 때, 사건에 대한 원인을 알기 쉽게 풀이해 주기 위해 제시된다.

하지만 논증과 설명은 구분하기가 쉽지 않다. 같은 진술이라도 맥락이나 상황에 따라 논증일 수도 있지만, 설명이 될 수도 있기 때문이다. 아래를 보자.

사례 4
재석: 오늘 날씨 좋네. **제시**: 왜 그렇게 생각해요? **재석**: 구름 한 점 없잖아.

재석과 제시가 '오늘 날씨가 좋다'는 사실에 모두 동의하고 있다고 해보자. 이 경우 '하늘에 구름 한 점 없다'라는 재석의 말은 '날씨가 좋다'는 사건에 대한 원인을 제시하고 있다. 따라서 이것은 설명이다.

하지만 이 대화는 논증으로 볼 수도 있다. 만일 제시가 의아한 표정으로 '왜 그렇게 생각해요?'라고 물었다면, 제시는 재석의 주장에 이의를 제기하는 것이다. 이 경우 '구름 한 점 없잖아'라는 재석의 말은 제시의 이의를 반박하는 근거로 기능한다. 따라서 이 대화는 논증이다.

이처럼 논증인지 설명인지는 상황과 맥락에 따라 달라진다.

❸
연역논증과 귀납논증은 무엇인가?

3.1 연역논증과 귀납논증

논증에는 크게 연역논증과 귀납논증이 있다. 연역논증deduction은 참이라고 여겨지는 전제에서 결론의 참이 필연적으로 도출되는 논증을 의미한다. 반면에 귀납논증induction은 참이라고 여겨지는 전제에서 결론의 참이 개연적으로 도출되는 논증을 말한다.

3.2 연역과 귀납은 그런 게 아니다

국립국어원 표준국어대사전에서는 연역에 대해 "일반적인 사실이나 원리를 전제로 하여 개별적인 사실이나 보다 특수한 다른 원리를 끌어내는 추리를 이른다."라고 풀이한다. 귀납에 대해서는 "개별적인 특수한 사실이나 원리로부터 일반적이고 보편적인 명제 및 법칙을 유도해 내는 일"이라고 정의하고 있다. 이로 인해 일반적으로 연역논증은 '일반적 진술에서 특수한 사실을 추론하는 논증'이며, 귀납논증은 '특수한 진술에서 일반적인 진술을 도출하는 논증'으로 알고 있다. 하지만 이것은 잘못된 지식이다. 연역논증과 귀납논증은 '일반성과 특수성'의 차원에서 구분되지 않는다. 정확하게 말하자면, 전제와 결론의 도출 관계가 필연적으로 맺어져 있는가 개연적으로 맺어져 있는가에 의해 구분된다.

3.3 연역논증

연역논증의 대표적 사례는 아래와 같다.

① 모든 사람은 죽는다.
② 소크라테스는 사람이다.
③ 따라서 소크라테스는 죽는다.

이 논증에서 전제는 ①과 ②이고, 결론은 ③이다. 이 논증을 이루고 있는 모든 진술이 모두 참이라고 할 때, 결론 ③은 전제 ①과 ②에서 필연적으로 도출된다. 필연적으로 도출된다는 것은 전제 ①과 ②를 참이라고 인정하게 되면, 결론 ③이 반드시 도출될 수밖에 없다는 뜻이다. '모든 사람은 죽는다.'라는 속성을 지니는데, 소크라테스는 사람에 속하므로, 소크라테스가 '죽는다'라는 속성을 지니지 않을 수는 없기 때문이다. 만일 소크라테스가 사람에 속함에도 불구하고 '죽는다'라는 속성을 지니지 않는다고 주장한다면, 전제 ①을 참이라고 인정했다는 점과 모순을 일으키게 된다. 따라서 논리적 모순을 범하지 않으려면, 결론 ③에 이르지 않을 도리가 없는 것이다.

이처럼 연역논증은 결론이 전제에서 필연적으로 도출되는 논증이다(이때 전제와 결론은 모두 참이어야 한다). 왜 결론이 전제에서 필연적으로 도출될까? 결론에서 말하고 있는 모든 내용이 전제들 속에 이미 포함되어 있기 때문이다. 따라서 연역논증의 결론은 전제에서 말하지 않은 새로운 내용을 포함할 수 없다. 새로운 정보나 지식을 제공하는 데에는 약점이 있는 논증이기는 하지만 결론이 옳음을 확실하게 보증해 줄 수 있다는 장점을 갖고 있다. 만일 절대적으로 타당한 주장을 제시하고 싶다면, 연역논증을 활용하는 것이 좋다.

3.4 귀납논증

귀납논증의 대표적 사례는 아래와 같다.

① 1번 까마귀는 검다.
② 2번 까마귀도 검다.
③ 3번 까마귀도 검다.
        …
④ 1,000번 까마귀도 검다.
⑤ 따라서 모든 까마귀는 검다.

이 논증에서 결론은 ⑤이고 전제는 ①~④이다. 결론이 참임을 증명하기 위해 까마귀 1,000마리의 색깔이 검다는 점을 관찰한 자료를 근거로 제시하고 있다. 까마귀가 검다는 결론을 주장하기 위해 증거를 1,000개나 동원하고 있지만, 그렇다고 해서 '모든 까마귀가 검다.'라는 결론에 반드시 이르는 것은 아니다. 1,001번 까마귀가 하얀색일 수도 있기 때문이다.

이처럼 귀납논증은 결론이 전제에서 필연적으로 도출되지 않는다. 아무리 적더라도 예외가 생길 가능성을 아예 무시할 수 없기 때문이다. 따라서 귀납논증의 결론은 전제로부터 개연적으로 도출된다. 전제가 참일 때, 참인 결론이 개연적으로 도출되는 경우 그것은 귀납논증이라 할 수 있다. 귀납논증에서는 참인 전제가 많을수록 결론이 더욱 그럴듯하게 받아들여진다. 또한 귀납논증의 결론은 전제에서 말하고 있는 내용보다 더 많은 것을 말한다. 위 예에서 보듯이 전제들은 단지 지금까지 관찰된 까마귀가 검다고만 말하고 있지만, 결론은 앞으로 발견될 까마귀까지 모두 검다고 말하고 있다. 이처럼 귀납논증은 결론의 참을 확실하게 보장하지는 못하지만, 전제들을 통해 새로운 사실을 발견하게 한다는 점에서 지식을 넓혀 가는 데 도움을 준다.

4

논증의 분석은 어떻게 하는가?

논증적 사고의 궁극적 목표는 좋은 논증을 제시하고 나쁜 논증은 제시하지 않기 위함이다. 혹은 좋은 논증을 받아들이고 나쁜 논증은 거부하기 위함이다. 이는 모두 논증 평가를 통해 가능하다. 하지만 논증 평가를 잘하기 위해서는 논증의 분석을 정확하게 할 수 있어야 한다.

4.1 논증 분석의 방법

논증의 분석은 논증이 어떤 구조를 갖추고 있는지 파악하는 것이다. 논증의 구조를 파악하기 위해서는 우선 제시된 진술들 중에서 무엇이 전제이고 무엇이 결론인지 구분해야 한다. 나아가 전제가 결론을 어떻게 이끌어내고 있는지 분석해야 한다. 그 과정에서 숨어 있는 전제와 결론을 드러내고, 중간 결론과 최종결론을 구분하는 분석도 필요하다.

다음 논증을 분석해 보자.

사례 7
① 구릿값이 상승하면 경기가 좋아진다.
② 지난 30년간의 자료가 이 점을 잘 보여주고 있다.
③ 지난달부터 구릿값이 상승하고 있다.
④ 앞으로 경기가 좋아질 것이다.

먼저 전제와 결론을 구분한다. 결론은 ④이고, 전제는 ①~③이다. 하지만 ①은 ④의 전제이기도 하지만, ②의 결론이기도 하다. 이를 중간 결론이라고 한다. 즉, 이 논증은 하위논증을 포함하고 있는 복잡한 논증임을 알 수 있다. 이 논증의 구조를

다이어그램으로 그려보면 다음과 같다. (참고로 화살표는 전제로부터 결론이 도출되고 있음을 의미하고, +는 전제들의 연합관계를 나타낸다.)

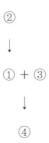

이와 같이 복잡한 논증을 이해할 때, 다이어그램으로 논증을 분석하면 전제와 결론의 지지관계와 전제들 간의 연합관계를 간명하게 파악할 수 있다.

내용 정리하기

1. 논증(argument)이란 [   ]를 가지고 자기주장이 타당함을 입증함으로써 타인을 논리적으로 [   ]하려는 언어 활동을 의미한다.

2. 논증은 이유와 주장으로 구성되어 있다. 이유는 [   ], [   ], [   ] 등의 용어로도 표현될 수 있다. 또한 주장은 결론이라는 용어로 대체할 수 있다.

3. 논증은 서로의 주장에 대해 동의하지 않고 다른 의견을 내세우며 충돌할 때, 상대방을 설득하기 위해 제시된다. 하지만 [   ]은 우리가 이미 사실이라고 인정하고 있는 일이 왜 발생했는지 알 수 없을 때, 사건에 대한 원인을 알기 쉽게 풀이해 주기 위해 제시된다.

4. 연역논증(deduction)은 참이라고 여겨지는 전제에서 결론의 참이 [   ] 도출되는 논증을 의미한다. 반면에 귀납논증(induction)은 참이라고 여겨지는 전제에서 결론의 참이 [   ] 도출되는 논증을 말한다.

5. 논증의 분석은 [   ]과 [   ]를 찾는 것에서 시작한다. [   ]과 [   ]를 찾았으면, [   ]에서 [   ]이 도출되는지 분석한다. 복잡한 논증은 벤다이어그램을 통해 그것의 구조를 파악할 수 있다.

1. 다음 진술에서 전제와 결론을 찾아보라.

> ① 이 시험은 불공정합니다.
>
> ② 저는 며칠 동안 줄곧 공부만 했습니다.
>
> ③ 자료를 네 번이나 읽었고, 중요한 부분은 밑줄을 쳐 가면서 공부했습니다.
>
> ④ 이렇게 했는데도 B밖에 못 받았습니다.

2. 다음 대화에서 A는 B의 물음에 두 번 대답하고 있다. 각 대답이 논증인지 설명인지 구분해 보라.

> A: 방이 아까보다 시원해졌군.
>
> B: 왜?
>
> A: 에어컨을 켰거든.
>
> B: 아니, 아직 시원해지지 않은 것 같은데?
>
> A: 아까는 30℃였는데, 지금은 27℃잖아.

3. 아래의 논증과 같은 형식의 논증은 무엇인가? (사용된 진술들은 모두 참이다.)

> 모든 공은 둥글다. 이것은 농구공이다. 이것은 둥글다.

① 지금까지 해는 동쪽에서 떴다. 따라서 내일도 해는 동쪽에서 뜰 것이다.

② 모든 사람은 죽는다. 소크라테스는 죽는다. 모든 사람은 소크라테스이다.

③ 우리 반 아이들은 모두 8명이다. 따라서 우리 반 아이들 중 적어도 두 명은 같은 요일에 태어났다.

④ A 음식점은 손님이 많다. 그 집 음식은 맛있다. B 음식점도 손님이 많다. 그 집 음식도 맛있을 것이다.

4. 다음 논증의 구조를 분석해 다이어그램으로 그려보라.

① 자연 선택이 없다면 진화는 멈출 것이다.

② 그런데 이제 자연 선택은 인간에게는 적용되지 않는다.

③ 자연 선택이 이루어지려면 약한 개체들이 강한 개체들보다 훨씬 많이 죽어야 하는데, 현대 의학은 약한 자들도 생존하여 번식할 수 있도록 만들어 놓았다.

④ 따라서 인간은 더 이상 진화하지 않는다.

비판적으로 사고하기 1
: 논증의 평가와 진술의 비판적 분석

앞으로 우리는 Chapter 6과 7에 걸쳐서 비판적 사고는 어떻게 하는지 학습할 것이다. Chapter 7에서는 우선 논증 평가의 기본적 방법을 배울 것이다. 다음으로 논증에서 사용된 진술들이 과연 신뢰할 수 있는 정보로 이루어졌는지 비판적으로 검증하는 방법을 익힐 것이다. 마지막으로 주어진 논증을 비판적으로 검토함으로써 그것에 함축된 숨은 전제와 결론을 드러내는 방법에 대해 살펴볼 것이다.

❶
왜 비판적으로 사고할 수 있어야 할까?

동방예의지국으로 이름난 우리 사회는 윗사람에 대한 존중의 문화를 소중히 지켜왔다. 하지만 그것이 위계적 서열 문화로 자리 잡으면서 '윗사람'의 부당한 요구에도 군말 없이 순종하는 게 미덕인 양 간주되고 있다. 그러다 보니 우리 사회는 어떤 일에 직면했을 때 그것이 타당한 것인지 비판적으로 따져보는 사고 태도를 불편해한다. 그러나 이런 식의 '예의 바른 태도'는 긍정적이라고 할 수 없다.

예를 들어 인턴사원으로 근무한다고 해보자. 그리고 어느 날 상급자가 갑자기 인턴사원들은 모두 의무적으로 회식에 참여하라고 요구하고, 회식 자리에서 여성 인턴사원들은 남성들 옆자리에 앉아 술을 따라줄 것을 지시했다고 해보자. 이것은 분명히 부당한 요구이기 때문에 비판적으로 따져야 할 사안이다. 회식 자리 참석은 계약된 직무에 해당하지도 않을뿐더러 성적 수치심을 주는 요구를 했기 때문이다. 하지만 우리 사회의 많은 사람들은 상사의 요구를 고분고분하게 들어준다. 그러나 상사의 행동이 잘못되었음을 비판적으로 지적하면서 시정을 요구하지 않는다면 비슷한 일은 반복적으로 발생하게 된다. 오늘은 내가 피해를 보지 않을 수 있지만, 내일은 자신이 피해자일 수 있다.

비판적 사고는 하다못해 노트북을 구매하는 사소한 일에서도 필요하다. 전자 상가를 방문해서 노트북을 산다고 해보자. 판매자들마다 다른 모델을 추천하면서 저마다 자기가 추천한 상품이 좋다고 하고, 나는 무엇을 사야 할지 혼란스럽기만 하다. 이때 비판적으로 사고하는 태도가 몸에 밴 사람은 혼란을 겪는 일이 적어진다. 나에게 적합한 기능은 무엇이며, 노트북의 사용에 있어서 가장 중요한 목적이 무엇인지 등등에 관한 생각을 미리 명확하게 해 봤다면, 판매자들이 추천하는 모델을 비판적으로 따져봄으로써 그것이 나에게 적합한 것인지 판단할 수 있을 것이다. 그렇다면 '용팔이들'의 농간에 놀아나거나 지름신에게 빠지는 일은 피할 수 있다.

또한 비판적 사고는 학과 공부를 위해서는 필수적으로 갖춰야 할 역량이다. 보고서를 작성할 때, 토의 및 토론 수업을 할 때, 강의를 들을 때, 교재를 읽을 때, 시험 문제에 대한 답을 작성할 때 등등 학업 활동에서 비판적 사고 능력이 필요하지 않은 곳은 없다.

더구나 수많은 정보와 지식이 넘쳐나는 오늘날 어떤 정보, 지식, 뉴스 등이 사실이며 가치 있는 것인지 비판적으로 따져보는 능력을 갖추지 못하면, 정보 범람의 시대에서 균형 잡힌 시각을 갖고 살아가기 어렵다. 비판적 사고 역량을 제대로 갖추지 못해서 가짜 소식에 놀아나 잘못된 결정을 내리는 사람들이 많은 사회는 문명화된 사회에서는 좀처럼 볼 수 없는 야만적인 일들이 종종 발생하기도 한다. 그래서 칸트는 「계몽이란 무엇인가에 대한 답변」이라는 글에서 과감히 비판적으로 사고하는 태도를 지닐 것을 강조했다. 비판적으로 사고하려는 행위가 사회를 계몽시키고 야만으로부터 우리를 보호해 준다고 믿었기 때문이다. 200여 년 전의 이 주장은 여전히 낡지 않았다.

2
논증의 평가[4]

2.1 논증 평가의 세 기준

논증은 자신의 의견을 근거에 의해 주장하여 타인을 설득하고자 하는 진술 형식이다. 그런데 저마다 논증적으로 자기주장을 전개한다면, 도대체 어떤 논증이 좋

---

4 최훈(2015). *논리는 나의 힘*. 우리교육. 4~6부의 내용에 기초하여 서술하였다.

은 논증인지 알 수 있을까? 논증이 좋은지 나쁜지, 받아들일 만한 것인지 거부해야 할 것인지 판정하는 것을 논증의 평가라고 한다. 그렇다면, 논증 평가의 기준은 무엇일까? 그것은 다음과 같다.

① 수용 가능성: 진술들이 받아들일 만한가?
② 관련성: 전제들이 결론과 관련성이 있는가?
③ 충분성: 전제들이 결론을 충분히 뒷받침하고 있는가?

① 수용 가능성: 진술들이 받아들일 만한가?

논증에 제시된 진술들은 참이어야 한다. 그래야만 믿을 만한 사실로 받아들일 수 있기 때문이다. 주어진 진술이 참인지 확실히 밝혀지지 않았다고 할지라도 최소한 그것은 사람들이 받아들일 수 있을 만큼 합당한 이유를 갖추어 제시되어야 한다. 즉 거짓이거나 의심스러운 사실이 표현된 진술은 받아들일 만한 게 아니므로, 이런 전제를 포함한 논증은 좋은 논증으로 평가되지 못한다. 논증을 이루고 있는 진술 중에 참인 사실을 말하고 있지 않다는 점이 발견된다면 이 논증은 수용 가능성 기준을 통과하지 못한 나쁜 논증이라고 평가된다.

사례 1
홍길동은 남자다. 그러므로 그는 홍씨 집안의 아들일 것이다.

우리가 알고 있다시피 홍길동이 남자라는 진술은 참이다. 따라서 홍씨 집안의 아들이라는 결론은 의심의 여지 없이 도출된다. 하지만 '홍길동'이 우리가 알고 있는 그 홍길동이 아니라, 어느 여성의 이름이라고 해보자. 이 경우 전제는 참이 아니므로 그에 따라 도출되는 결론도 받아들일 수 없게 된다.

② 관련성: 전제들이 결론과 관련성이 있는가?

논증에 사용되는 전제들은 결론이 다루고 있는 사안과 상관없거나 벗어나 있으면 안 된다. 결론은 전제들로부터 도출될 수 있을 만큼 관련성이 있어야 하고, 전제들은 결론이 수용 가능함을 증명할 수 있다고 여겨질 만큼 관련성이 깊은 사실을 진술해야 한다.

사례 2
영화 〈겟아웃〉은 미국에서 흥행에 실패했다. 그러므로 한국에서도 실패할 것이다.

이 논증에서 전제와 결론은 흥행성이라는 동일한 문제에 관해 진술하고 있다. 따라서 '전제와 결론은 관련성이 있는가'라는 기준을 충족시키고 있다.

③ 충분성: 전제들이 결론을 충분히 뒷받침하고 있는가?

전제들은 결론이 수용 가능한 것임을 충분히 증명할 수 있을 만큼 강하게 뒷받침할 수 있어야 한다. 단순히 전제와 결론이 관련성이 있다는 정도만으로는 충분하지 않다. 전제들은 결론을 받아들이는 것이 타당하다고 할 수 있을 만큼 충분할 정도로 제시되어야 하는 것이다.

사례 3
드라마 〈킹덤〉은 조선 시대를 배경으로 한다. 서양인들은 조선 시대 사극을 좋아하지 않는다. 그러므로 〈킹덤〉은 미국인 관객들이 좋아하지 않을 것이다.

이 논증은 ② 관련성의 기준은 충족시키지만 ③ 충분성 기준은 충족시키지 못하고 있다. 서양인들의 기존 선호도를 근거로 결론을 도출하고 있지만, 이 전제가 결론이 타당함을 충분히 증명하고 있지는 않기 때문이다. 같은 사극이라도 어떤 형식과 내용을 담아 전달하는가에 따라 흥행 성적은 달라질 수 있다. 실제로 〈킹덤〉은 서양인들에게도 높은 관심을 모았다.

2.2 신뢰성 평가

논증 속에서 제시된 지식과 정보가 신뢰할 만한 것인지를 판단하는 것은 무척 어려운 일이다. 상황이나 조건에 따라서 달라질 수 있기 때문이다. 따라서 여기서는 대강의 조건들에 대해서만 서술하겠다. 아래의 조건들을 충족시킨다면 최소한 신뢰할 만한 정보나 지식의 후보로 올릴 수는 있다. 하지만 확신은 금물이다. 그것이 현재 논의되는 맥락에서 수용 가능한 것이 될 수 있는지는 비판적으로 꼼꼼히 따져봐야 한다.

① 직접적 경험을 통한 증언

자기가 직접 경험해 본 사실에 근거하여 증언한 것은 신뢰할 만한 것이라고 여길 수 있다. 흡연으로 인해 폐암에 걸린 사람의 체험적 증언보다 흡연의 위험성에 대해 효과적으로 말할 수 있는 것은 아마도 없을 것이다. 몸으로 직접 보고 느낀 것만큼 확실한 것도 없기 때문이다. 그러므로 직접적 경험에 의한 진술은 수용 가능한 전제로서 인정될 수 있다.

하지만 직접적 경험을 통한 증언은 주관성의 편향에 빠질 수 있다. 또한 직접 경험을 일반화하기 어려운 경우도 많다. 라스베이거스에서 도박해서 돈을 번 사람의 체험적 증언을 근거로 돈을 벌려면 라스베이거스로 가서 도박해야 한다고 주장해 봐야 믿을 사람은 많지 않기 때문이다.

② 선험적으로 참인 진술

경험은 참을 보장하는 경우가 많지만 때로는 우리를 거짓으로 이끌기도 한다. 고된 시집살이를 경험했다고 해서 모든 결혼이 불행하다고 감히 주장할 수는 없기 때문이다. 반면에 선험적 진술은 그것이 참이라면 경험적 진술의 약점을 극복할 수 있다.

예를 들어 "Mr.스미스는 남성용품이 필요할 것이다"라는 진술이 참인지 거짓인지 알아보기 위해 Mr.스미스를 직접 만날 필요는 없다. 'Mr.'가 무엇을 뜻하는지 알고 있다면 스미스를 직접 만나는 수고는 하지 않아도 되기 때문이다. 이처럼 참인지 거짓인지 판단하기 위해 감각 경험에 의존할 필요가 없는 진술을 선험적$_{\text{a priori}}$ 진술이라고 한다. 선험적으로 참인 진술로 이루어진 논증은 굳이 경험적으로 따져보지 않아도 타당하다고 할 수 있다. 수학은 이러한 논증의 방식을 자주 사용한다.

③ 널리 알려진 지식이나 믿음 혹은 상식

많은 사람이 오랜 경험을 통해 맞는다고 합의한 지식이나 믿음은 신뢰할 만하다. 상식이 바로 그러한 지식이다. '여름은 덥다'와 같은 것을 상식의 예로 들 수 있다. 널리 알려진 지식이나 믿음은 시간의 시련과 변화된 조건의 도전을 물리치고 많은 사람이 타당하다고 합의한 지식이기 때문에 쉽사리 부정되지 않는다.

하지만 널리 알려진 지식이나 믿음이라고 해서 반드시 참을 보장하거나 신뢰할 만한 것으로 인정되는 것은 아니다. 시대나 지역에 따라 상식은 달라질 수 있기 때문이다. 과거 한국에서는 '남존여비$_{\text{男尊女卑}}$'가 상식이었지만 현대 한국에서 그런 주장을 하는 사람은 온전한 정신을 지닌 사람으로 취급받지 못한다. 하지만 한국과 달리 '남존여비'와 같은 야만적 상식의 질곡에서 벗어나지 못하고 그것을 널리 알려진 지식이나 믿음으로 삼으며 여성을 억압하는 나라도 여전히 존재한다. 이처럼 상식은 특정 시대와 공간에서 합당한 것으로 합의된 지식이기 때문에 편견이나 오류로부터 완전히 해방된 것이라고 보기는 어렵다. 따라서 널리 알려진 지식이나 믿음이라는 이유로 무턱대고 신뢰해서는 곤란하다.

④ 전문가의 의견

전문가의 의견은 해당 영역에 대한 전문적 지식을 바탕으로 제시되는 것이므로 일반인의 의견보다 신뢰성이 높다. 신종 전염병의 예방법에 대해서라면, 우리는 유튜버의 의견보다는 의사의 의견에 좀 더 귀를 기울인다. 의사가 의학적 전문 지식을 더 많이 지니고 있다고 생각하기 때문이다. 유의할 것은 경우에 따라서는 일반인보다 나을 게 없는 지식을 갖춘 전문가의 의견도 있다는 점이다. 신종 전염병의 예방법에 관한 전문적 조언은 예방 의학을 전공한 의사가 제공할 수 있는 것이다. 이 경우 예방 의학을 전공하지 않은 의사의 의견은 일반인의 의견보다 나은 수준일 수는 있겠지만 전문가적 의견으로서 신뢰할 만한 것은 아니다.

⑤ 실험과 통계적 지식

현대 과학은 각종 실험과정과 결과를 엄밀히 관찰해 검증한 지식을 중시한다. 예를 들어 새롭게 개발한 치료제가 있다고 하자. 현대 과학은 그 치료제가 효과가 있다고 섣불리 주장하기 전에 임상 실험을 거쳐 효력을 입증한다. 이처럼 실험적 지식은 그것이 타당함을 고도로 통제된 실제적 경험 상황에서 입증받은 것이므로 높은 신뢰성을 확보할 수 있다.

또한 수많은 관찰 사례를 통해 확보된 지식을 바탕으로 일정한 결론을 도출하는 귀납적 논증 방법도 신뢰받을 만한 것으로 인정될 수 있다. 예를 들어 '경제 활성화를 위해 재벌 총수의 사면이 필요하다'라는 주장이 타당한지 알아보고자 한다면, 그동안 재벌 총수의 사면과 회사의 성장성을 비교한 다수의 통계자료를 분석해 봄으로써 검증할 수 있다.

⑥ 기존 믿음과 부합하는 진술

실험과 통계를 바탕으로 한 주장이라고 해서 모두 신뢰할 만한 것이라고 보기는 어렵다. 실험이나 통계자료가 많은 사람들이 널리 인정하고 있는 지식과 믿음에 정면으로 배치된다면, 이를 통해 도출된 결론은 쉽게 신뢰할 수 없기 때문이다.

어느 저명한 의학 기관에서 '담배가 암을 유발한다는 직접적 증거를 찾기 어렵다'라는 주장을 실험을 통해 제시했다고 해보자. 이 주장이 적절한 실험을 통해 입증되었고, 수많은 관찰 사례를 바탕으로 하고 있다고 해서 신뢰할 만하다고 결론을 내리는 것은 섣부르다. 담배가 유해하다는 일반적 믿음(상식)과 우리의 직접적 경험 그리고 다른 전문가들의 일치된 수많은 의견에 반하는 것이기 때문이다. 이 새로운 주장이 신뢰할 만한 것으로 받아들여지려면 기존의 믿음이 옳지 않음을 뚜렷하게 보여줄 만한 강한 증거가 충분하게 제시되어야 한다.

⑦ 이해관계

위의 사례를 계속 이어가 보자. 만일 이 의학 기관에 담배 회사가 오랫동안 거액의 연구 자금을 제공했다는 사실이 밝혀졌다면, 이 기관의 주장은 신뢰하기 어려워진다. 이해관계에 의한 편향의 가능성이 있기 때문이다.

특정 회사나 국가, 정치적 집단 등의 이익을 위해 과학적 실험 결과가 바뀌는 경우는 그다지 드문 일이 아니다. '적포도주가 심혈관 질환을 예방한다'라는 주장이 프랑스의 학자들이 수행한 실험 결과를 통해 제시되자, 적포도주 소비량이 증가했던 적이 있었다. 술을 마시면 심혈관 질환에 걸릴 확률이 높아진다는 것은 일반적 상식이다. 하지만 프랑스 학자들의 연구 결과는 적포도주에 있어서는 이러한 일반적 상식에서 예외일 수 있음을 보여준다. 그래서 이런 역설적 현상을 '프렌치 패러독스'라고 일컫게 되었다. 그러나 여러 나라에서 수행된 연구 결과 적포도주가 심혈관 질환을 예방한다는 뚜렷한 증거는 찾을 수 없었다. 프랑스 학자들의 연구는 훗날 자국의 포도주 수익을 증가시키기 위해 조작되었다는 사실이 밝혀져 이른바 '프렌치 패러독스' 현상은 신뢰하기 어렵게 되었다. 이처럼 특정한 이들의 이익을 위해 과학적 자료를 악용하는 경우가 많으므로 항상 비판적 태도를 유지해야 할 것이다.

⑧ 신뢰할 만한 출처

인터넷과 소셜미디어 그리고 1인 매체가 일반화되면서 수많은 정보와 지식이 빠르게 확산되고 있다. 정보와 지식의 활발한 순환은 인간의 삶을 유익하게 만들지만, 혼란을 초래하기도 한다. 얼마 전 북한의 최고 지도자 김정은이 사망했다는 뉴스가 퍼졌고, CNN마저도 이 뉴스에 힘을 싣는 듯한 보도를 하기도 하였다. 하지만 이것은 동영상을 짜깁기하여 유튜브 등을 통해 퍼져나간 출처 불명의 가짜뉴스로 밝혀졌다. 새로운 정보와 지식을 접했을 때 우리는 반드시 그것이 신뢰할 만한 출처를 갖고 있는가 확인해야 한다. CNN과 같은 유명 언론기관을 언급하면서 출처의 신뢰성을 확보하는 듯 보인다고 해도, CNN의 보도 내용이 어떤 출처를 바탕으로 하고 있는지 확인해야 한다. 만일 그 뉴스가 신뢰할 만한 출처에 의한 것이 아니라면 CNN이 보도한 것이라고 해도 믿기는 어렵다.

숨은 전제와 결론

실제 논증에서는 전제나 결론을 생략하는 경우가 많다. 너무나 당연한 사실이고 굳이 밝히지 않더라도 충분히 파악할 수 있다고 여겨졌기 때문이다. 이러한 것들을 숨은 전제 혹은 숨은 결론이라고 한다. 다음 예를 보자.

사례 4
어떤 사람이 이제 막 에베레스트 산을 올라가려 한다. 그런데 관리인이 다가와 그를 말리며 이렇게 말했다. "폭풍이 오고 있어요. 지금 올라가시면 죽을 수도 있어요."

이 관리인의 조언에 숨어 있는 전제는 무엇일까? 그것은 다음과 같은 것이다.

숨은 전제
• 사람들은 누구나 죽고 싶어 하지 않는다. • 이 사람은 폭풍이 몰려오고 있다는 사실을 모른다. • 이 사람은 전문 구조요원이 아니라 평범한 등산객이다.

전제나 결론이 생략된 경우, 그것을 명확히 드러내어 좋은 논증인지 여부를 따져보는 것이 중요하다. 논증을 전개하는 사람의 입장에서는 자명하다고 여겨져서 굳이 밝히지 않은 것이겠지만, 숨은 전제나 결론이 자명하고 타당한 것인지는 실제로 따져봄으로써 확인해 봐야 한다. 그럼으로써 함축된 숨은 전제가 결론에 부합하며, 그것이 결론을 강하게 지지하고 있는지 비판적으로 평가해 볼 수 있다. 또한 전제를 바탕으로 함축된 결론을 밝혀 봄으로써, 추론 능력을 향상시킬 수 있다. 다음의 예에서 함축된 결론은 무엇인지 추론해 보자.

사례 5

피살자는 토요일 밤 9시에 숨졌다. 범인은 철수임이 분명하다. 시체에서는 머리에 난 심각한 상처와 중독의 흔적이 발견되었다. 머리의 상처는 둔기에 의한 것은 아니었다. 철수는 토요일 밤 7시에서 10시 사이에 살인 현장과 5㎞ 떨어진 곳에서 친구와 함께 있었다.

진술된 전제가 모두 사실이라고 할 때, 전제들은 다음의 결론을 함축하고 있다.

결론

범인 철수는 7시 이전에 피살자에게 독약을 먹였다. 독약의 효과는 밤 9시경 발생하였다. 덕분에 철수는 알리바이를 확보할 수 있었다. 머리의 상처는 피살자가 쓰러지면서 바닥에 머리를 부딪쳐 생긴 것이다.

내용 정리하기

1. 논증 평가의 기준은 세 가지이다. 첫째, [   ]은 논증을 구성하는 진술들이 수용가능할 수 있으려면 참인 사실을 포함해야 한다. 둘째, [   ]은 전제들과 결론이 진술하는 내용이 서로 깊은 관련성을 지닌 사실을 진술하고 있는지 살펴보는 것을 의미한다. 셋째, [   ]은 주어진 전제들이 결론을 충분히 뒷받침하고 있는가를 살펴보는 것을 의미한다.

2. [   ] 평가는 주어진 진술들이 믿을 만한 것인지를 비판적으로 평가하는 것을 의미한다. 진술의 신뢰성은 직접적 경험, 경험을 통하지 않더라도 참임을 알 수 있는 선험적 진술, 참이라고 널리 알려지고 인정받고 있는 진술, 전문가적 진술, 실험과 통계에 의해 참임이 입증된 진술, 기존에 널리 수용된 믿음과 부합하는 진술, 이해관계로부터 자유로운 진술, 신뢰할 만한 기관이 보증하는 진술 등에 의해 보장될 수 있다.

3. 논증에서는 당연한 사실 혹은 굳이 밝히지 않더라도 그 내용을 파악할 수 있는 내용이라면 진술하지 않는 경우가 많다. 이러한 것들을 [   ] 혹은 숨은 결론이라고 한다.

1. 다음 논증은 어떤 점에 있어서 좋은 논증으로 평가될 수 없는지 비판적으로 설명하라.

> 엄청난 노력을 기울인다면 천재적 작곡가가 될 수 있다. 76명의 작곡가를 조사한 결과 그들은 대부분 10년 동안 엄청난 연습을 한 것으로 드러났다. 모차르트는 작곡을 시작하기 전 작곡술을 익히기 위해 많은 훈련을 받았고 엄청난 노력을 기울였다.

2. 다음 논증의 숨은 전제는 무엇인지 밝혀라.

> 이 시험은 불공정했습니다. 저는 며칠 동안 줄곧 공부만 했습니다. 자료를 네 번이나 읽었고, 중요한 부분은 밑줄을 쳐 가면서 공부했습니다. 이렇게 했는데도 B를 받았습니다. 너무나 불공정합니다.

3. 다음 논증의 신뢰성을 평가해 보라.

> 제가 타이어 가게만 십 년째입니다. 손님이 원하시는 타이어보다는 제가 추천하는 타이어가 더 좋습니다. 제 말대로 하시면 3~4년은 너끈할 겁니다.
>
> – 타이어 가게 사장님의 말

비판적으로 사고하기 2
: 오류 피하기와 복잡한 논증 평가하기

올바른 사고를 위해서는 오류를 피하는 것이 중요하다. 비판적 사고는 무엇이 오류를 범하고 있는 사고인지 가려내는 가운데 증진된다. Chapter 7에서는 올바른 것처럼 보이지만 사실은 잘못된 여러 가지 사고 형식을 살펴볼 것이다. 이를 통해 오류를 범하지 않으면서 합리적 사고를 통해 결론을 도출할 수 있는 능력을 키울 수 있다.

또한 지금까지 학습한 비판적 사고의 기술을 활용하여 복잡하게 이루어진 논증을 평가해 보는 연습을 할 것이다.

❶ 여러 가지 오류[5]

　　논리적 사고를 전개하다 보면, 잘못된 논증임에도 올바른 것인 것처럼 여겨지는 경우가 있다. 논리학에서는 이러한 잘못들을 몇 가지로 묶어 정리하고 있다. 그 숫자와 내용은 학자마다 다르다. 여기서는 전형적 오류로 합의된 사례를 중심으로 살펴보고자 한다. 오류의 이름을 암기하는 데에 집중하기보다는 어떤 점에서 오류를 범하고 있는지 따져보는 것이 중요하다. 즉 여기서 제시되는 오류가 7절에서 배운 논증 평가의 세 기준과 어떻게 연관되고 있는지 살펴보면서 논증의 흠을 파악하는 데 집중하도록 해야 한다.

1.1 부적합한 권위에 호소하기

　　7절에서 우리는 검증된 전문가의 의견이 신뢰성 평가 기준을 만족시킬 수 있다고 배웠다. 일반인의 의견보다는 전문적 지식을 지닌 사람의 의견이 좀 더 많은 권위를 지닐 수 있기 때문이다. 하지만 같은 전문가라고 해도 해당 분야에 대한 지식과 경험이 없다면 그 사람의 의견은 적절한 것으로 받아들여질 수 없다. 그럼에도 불구하고 많은 사람들은 전문가의 의견에 무작정 권위를 부여하는 오류를 범한다. 이런 오류를 부적합한 권위에 호소하기라고 한다.

사례 1
아리스토텔레스는 위대한 학자다. 그는 지상계의 원소가 불, 공기, 물, 흙으로 구성되어 있다고 말했다. 따라서 그의 4원소설은 진리다.

---

[5]　최훈(2015). *논리는 나의 힘*. 우리교육. 16,17,19,20장의 내용에 기초하여 서술하였다.

이와 같은 주장의 근거는 아리스토텔레스가 위대한 학자라는 사실에 바탕을 두고 있다. 분명히 아리스토텔레스는 위대한 학자다. 하지만 그는 철학자로서는 신뢰할 만하지만, 과학자로서는 신뢰할 만하지 않다. 그러나 근대 이전까지만 해도 아리스토텔레스라는 학자의 위명에 눌려 수많은 과학적 주장들이 타당한 것으로 인정받지 못한 경우가 많다. 제시된 정보에 대해 정당한 권위를 부여할 수 있는지 따져보지 않으면 부적합한 권위에 의존하게 되는 오류를 범하게 된다.

1.2 논점 일탈

논증을 평가하는 세 기준 중 하나는 관련성이다. 전제들이 결론과 관련성이 있는가를 따져보는 것이다. 전제들이 결론과 아무런 관련성이 없다면, 전제들에서 결론이 이끌어져 나올 수는 없다. 그런데 관련성이라는 기준을 적용할 때 주의해야 할 것은 논의 주제에 관한 관련성이라는 점뿐만 아니라 전제에서 결론이 도출될 만큼 관련성이 있느냐는 점에 있다. 논증 평가에 있어서는 후자에 더 주의를 기울여야 한다. 왜냐하면 논의 주제에는 어느 정도 연관되지만, 전제와 결론 간의 관련성에 있어서는 그다지 깊지 않은 전제들을 늘어놓으면서 자기주장이 정당함을 말하고자 하는 사람들이 있기 때문이다.

이처럼 관련 없는 전제를 제기하면서 논점에서 벗어난 주장을 정당화하려는 것을 논점 일탈의 오류라고 한다.

사례 2
오바마를 대통령으로 뽑는 것은 말도 안 됩니다. 왜냐하면 그는 흑인이기 때문입니다.

대통령에 적합한 인물인지 아닌지는 그가 어떤 인종에 속하는가와는 아무런 관련이 없다. 하지만 많은 사람들이 인종이라는 기준으로 그 사람의 역량이나 신용도 등을 평가하는 경우가 많다. 주장의 올바름을 평가하는 것과는 무관한 전제를 들어

공격하고 있으므로 이 논증은 논점 일탈의 오류를 범하고 있다고 해야 할 것이다.

위의 사례는 논점 일탈의 오류를 범하고 있다고 분명하게 알 수 있다. 하지만 그렇지 않은 경우도 많다.

사례 3
김 후보는 과거에 전과가 있었습니다. 범죄 경력이 있는 사람이 우리나라의 미래를 이끌 국회의원이 되는 것은 막아야 합니다.

이 논증은 김 후보 개인의 과거를 근거로 하여 자신의 주장이 합당함을 말하고 있다. 이것은 논점 일탈의 오류일까? 그것은 김 후보의 과거 전과가 어떤 것이었는가에 따라 다르게 판단될 수 있다. 만일 김 후보의 범죄 전과가 국회의원직을 수행하는 데에 있어 부정적인 영향을 미칠 만큼 관련성이 깊은 것—예를 들어 뇌물 수수, 위증, 협박, 사기 등—이라고 한다면, 이것은 논점 일탈의 오류를 범하는 논증이라고 할 수 없다. 하지만 그것이 의원직 수행에 부정적 영향을 미칠 만한 전과—예를 들어 반독재 시위 등으로 인한 것들—가 아니라고 한다면, 이 논증은 논점 일탈의 오류를 범한 것이라고 할 수 있다.

1.3 감정에 호소하기

어떤 주장을 할 때, 상대방의 감정에 호소하면서 자신의 주장을 받아들이도록 한다면 그것은 대체로 감정에 호소하기의 오류를 범한 것이라고 말할 수 있다. 감정은 어떤 주장이 타당하다는 사실을 뒷받침하는 것과 그다지 관련이 깊지 않다.

사례 4
교수님께 이번 학기에 열심히 가르쳐 주셔서 감사합니다. 하지만 제가 개인적 사정으로 인해 학업을 소홀히 하여 성적이 낮게 나왔습니다. 교수님의 평가에 이의를 제기하는 것은 아닙니다. 다만 C로 평가되면, 다음 학기 장학금을 받기가 힘들어집니다. 그다지 넉넉지 않은 형편이라서 장학금이 없으면 학업을 계속하는 데에 지장이 생깁니다. 널리 고려해 주시기 바랍니다.

이 메일을 쓴 학생은 동정심에 호소하고 있다. 하지만 동정심은 정상 참작의 요소가 될 수는 있지만, 학점을 올려 줘야 한다는 주장의 논리적 이유로 작용할 수는 없다. 논리적 차원에서 생각한다면, 위 메일은 감정에 호소하기의 오류를 범하고 있다.

그렇지만 감정에 호소한다고 해서 무조건 오류라고 할 수는 없다. 감정이 주장을 수용하게 하는 합당한 근거로 작용할 만큼의 관련성을 갖고 있다면 그것은 감정에 호소하는 오류를 범하는 것이 아니다.

사례 5

코로나19는 전염성이 높은 위험한 질병입니다. 하지만 대규모 백신 접종을 통해 유행을 막을 수 있습니다. 대규모로 백신을 맞지 않으면 삽시간에 전염되어 병원은 환자로 가득할 것입니다. 대유행은 노령층과 기저질환을 지닌 고위험군에게 치명적인 결과를 초래합니다. 또한 많은 자영업자들이 심각한 피해를 볼 것입니다. 백신 접종은 꼭 필요합니다.

위의 논증은 공포라는 감정에 호소하여 주장을 펼치고 있다. 백신 접종에 협조하지 않으면 직면하게 될 불행한 사태들을 나열함으로써 사람들의 마음에 공포와 염려를 불러일으키고, 그것을 바탕으로 하여 주장을 받아들일 것을 요구하고 있기 때문이다. 비록 공포라는 감정에 호소하여 주장하고 있기는 하지만, 이것을 감정에 호소하는 오류로 평가할 수는 없다. 대규모 유행에 대한 공포는 백신 접종을 해야 할지 말아야 할지를 결정하는 문제에 있어서 관련성이 깊다. 그뿐만 아니라 이 공포는 백신 접종을 통해 방지할 수 있다는 생각을 논리적으로 도출하기 때문에 오류를 범한다고 볼 수 없다.

1.4 허수아비 공격의 오류

허수아비 공격의 오류란 상대방 논증의 진의를 왜곡하여 공격하기 쉬운 논증으로 바꾼 후 반박할 때 범하는 오류를 말한다. 진짜 주장하고자 하는 것을 상대하는 것이 아니라 물리치기 쉬운 허수아비를 만들어 공격하는 것이다. 허수아비 주장은 진짜 주장과 관련이 없는 것이므로 설사 반박된 것으로 보인다고 해도 사실은 좋은 반박 논증이 될 수 없다.

사례 6
양심적 병역 거부자들은 병역의 의무를 거부한다. 군대에서 고생하기 싫어서 그런 주장을 하는 것이다. 남들이 하는 고생을 자기만 안 하겠다는 생각은 버려야 한다.

양심적 병역 거부자들은 '전쟁 반대와 평화 수호'라는 신념을 위해 병역을 거부하는 이들이다. 이들의 주장이 논쟁거리가 되고, 간혹 합법적이라고 인정되는 이유는 헌법이 개인의 신념과 양심에 따른 행위의 자유를 보장하고 있기 때문이다. 이러한 헌법적 가치는 보편적으로 인정되고 있기 때문에 반박하기가 쉽지 않다. 따라서 양심적 병역 거부자들이 내세우는 '헌법이 보장하는 양심의 자유에 따른 결단'이라는 강력한 근거를 공격하는 대신에 '군대 가기 싫은 마음'이라는 허수아비를 세워 물리침으로써 논증에서 승리한 것처럼 보이게 하려는 것이다. 이는 관련 없는 논거를 공격하는 반박 논증이기 때문에 오류 논증이라고 할 수 있다.

1.5 선결문제 요구의 오류, 순환논증의 오류

선결문제 요구의 오류란 어떤 주장을 하면서 주장과 같은 내용을 그 주장의 전제랍시고 내세울 때 범하는 오류를 말한다. 즉, 결론에서 주장하는 바와 같은 내용을 말만 바꿔서 전제로 내세울 때 이러한 오류를 범하게 되는데, 이런 바보 같은 짓을 누가 하랴 싶지만, 실제 토론에 임하다 보면 의외로 적지 않은 사람들이 선결문제 요구의 오류를 범하는 경우가 많다.

모든 사람에게 표현의 자유를 무제한적으로 허용하는 것은 우리 모두에게 이익이 된다. 설사 그것이 성적으로 문란하거나 현재의 도덕적 가치에 반하는 것이라 할지라도 표현의 자유는 무제한적으로 허용되어야 한다. 모든 개인의 의사를 표현할 자유를 완전히 폭넓게 누리게 할 때 공동체의 이익은 증진될 수 있기 때문이다.

위의 논증은 겉보기에는 좋은 논증으로 보인다. 하지만 가만히 들여다보면 주장하는 바와 그것을 뒷받침하는 전제가 동일한 내용을 말하고 있음을 알 수 있다. '모든 사람에게 표현의 자유를 무제한적으로 허용하는 것'이나 '모든 개인의 의사를 표현할 자유를 완전히 폭넓게 누리게 하는 것'은 표현만 다를 뿐 같은 내용이다. 또한 '우리 모두에게 이익이 된다'라는 사실과 '공동체의 이익이 증진된다'라는 사실도 같은 내용을 다르게 표현한 것뿐이다. 따라서 이 논증은 선결문제 요구의 오류를 범하고 있다. 전제는 주장이 담고 있는 내용을 입증할 수 있어야 한다는 요구를 만족시켜야 하는데, 그것은 하지 않고 다만 결론의 내용을 반복하고 있다.

선결문제 요구의 오류는 순환논승의 오류라고도 한다. 결론의 내용과 전제의 내용이 동일하여 지지관계가 전제에서 결론으로 도출되는 방향으로 구성되는 것이 아니라 빙빙 돌고 있기 때문이다. 결론이 전제에 의존하고, 전제도 결론에 의존하는 식으로 구성된 것이다.

그런데 선결문제 요구의 오류(순환논증의 오류)를 범하고 있는 듯이 보이는 논증도 때에 따라서는 아닐 수도 있다.

낙태는 옳지 않다. 모자보건법은 특별한 사정에 처할 경우가 아니라면 낙태를 금지하고 있으므로 낙태는 옳지 않다.

만일 이 논증이 '낙태가 윤리적으로 옳은가 옳지 않은가'를 따지는 상황에서 제기된 것이라면 순환논승의 오류를 범하고 있다고 해야 할 것이다. 하지만 이 논증이 낙태의 윤리적 올바름 여부를 따지는 상황에서 제시된 것이 아니라, 단지 낙태의 합법성만—낙태에 관한 법 조항이 있는가 없는가만을—따지는 상황에서 제시된 것이라면 이것은 순환논증이 아니다.

복잡한 논증 평가하기

지금까지 우리는 비교적 짧고 단순한 구조를 지닌 논증을 중심으로 제시된 논증이 좋은 논증인지 평가하는 방법을 학습했다. 이제부터는 좀 더 길고 복잡한 구조를 지닌 논증을 대상으로 하여 논증 평가를 해보도록 하자.

길고 복잡한 구조의 논증을 평가하는 데 있어 지금까지와는 다른 방법을 활용하는 것은 결코 아니다. 이제까지 배운 논증의 세 가지 평가 기준을 이용해 제시된 논증이 어떤 점에서 잘못을 범하고 있는지 종합적으로 평가하는 동일한 과정을 밟을 뿐이다. 복잡한 구조로 이루어진 다양한 분야의 텍스트를 접하면서 논증을 평가하는 연습을 거듭할수록 제시된 논증에 대한 비판적 평가 능력은 더욱 크게 신장된다.

2.1 복잡한 논증 평가의 순서

익숙하지 않은 내용과 주장을 복잡한 구조를 통해 제시하는 논증을 접했을 때, 많은 사람들이 난처해한다. 배경지식이 부족하고 텍스트에 제시된 개념과 정보가 이해되기 어려운 내용으로 구성되어 있다면 당혹감은 더 깊어진다. 하지만 차근차근 접근하면 쉽게 풀릴 수 있다. 복잡한 것을 단순한 구조로 분석하여 정리하면 제시된 논증이 어떤 구조로 되어 있고, 그것이 타당한 전제를 통해 주장을 이끌어내고 있는지 평가할 수 있다. 복잡한 구조의 논증을 접했을 때 아래와 같은 순서로 접근해 보도록 하자.

① 전제와 결론을 찾는다.

② 전제를 위에, 결론을 아래에 배치한다.

③ 전제들과 결론이 관련성이 있는지 살펴본다.

④ 전제들이 타당하게 수용 가능한 것인지 살펴본다.

⑤ 전제들이 결론을 충분히 튼튼하게 지지하고 있는지 살펴본다.

사례 9

적포도주는 건강에 좋다고 한다. 심장병을 예방하고 장수하게 만든다는 사실이 과학적으로 증명되었다는 것이다. 과연 그럴까? 안타깝지만 사실이 아니다.

적포도주의 효능을 주장하는 많은 사람들은 프랑스의 통계를 근거로 한다. 통계에 의하면, 프랑스 사람들은 심장병으로 죽는 경우가 영국보다 25~30% 적다. 둘 다 흡연율이나 지방 섭취율은 비슷한데도 말이다. 프랑스 과학자들은 이와 같은 차이가 적포도주 때문이라고 주장했다. 그렇지만 이를 뒷받침할 만한 증거는 별로 없다. ①연구에 따르면, 어느 술이든 하루 한두 잔 마신다면 심장병에 걸릴 위험은 약 20% 줄어든다. 꼭 적포도주일 필요는 없다. ②술은 피에 찌꺼기가 생기는 것을 막아주기 때문에 심장병을 예방한다. 심장병 예방에는 가끔 많은 양의 술을 마시기보다는 매일 적은 양을 마시는 것이 더 효과적이다. ③피를 맑게 하는 술의 효과는 24시간을 넘기지 못하기 때문이다.

그런데 ④양주나 맥주를 즐겨 마시는 사람들은 가끔 많이 마시는 음주 습관을 보이지만, 포도주를 즐겨 마시는 사람들은 매일 조금씩 먹는 경향이 있다. 이렇게 볼 때, ⑤적포도주가 심장병 예방에 효과적으로 보이는 까닭은 적포도주의 효과 때문이 아니라 술을 매일 조금씩 마시는 프랑스 사람들의 음주 습관에 따른 것이라 할 수 있다. 어느 술이나 심장병 예방에는 똑같이 효과적이었다. ⑥적포도주에 있다는 산화 방지 페놀 복합물이 혈액 순환을 촉진한다는 증거를 찾아낸 사람은 아무도 없다.

런던 대학 심혈관 연구소 소속 의학자인 마이클 앤더슨은 적포도주 가설에 대한 다른 설명을 제시했다. "프랑스 사람들의 현재 지방 섭취량은 미국인이나 영국인들과 비슷하다. 하지만 그렇게 많이 섭취하게 된 것은 비교적 최근에 와서다. 이전에는 그렇게 많이 섭취하지 않았다." 그래서 그들은 다음과 같이 설명한다. ⑦프랑스인들은 고지방 음식을 먹은 시간이 짧기 때문에 동맥에 쌓인 지방의 양도 적을 것이다. ⑧동맥에 쌓인 지방의 양이 적으니 심장병도 적을 것이다. 적포도주 섭취량 때문이 아니라는 것이다. ⑨적포도주가 심장병 예방에 효력이 있다는 주장은 잘못된 증거에 근거해 있다.

우선 전제와 결론을 찾아야 한다. 이 논증의 결론은 ⑨(적포도주가 심장병 예방에 효력이 있다)이다. 이 결론을 뒷받침하는 전제들은 ①~⑧인데, 몇몇 전제들(①⑤⑥⑧)은 중간 결론의 역할을 하기도 한다. 전제들과 결론의 지지 관계를 다이어그램으로 정리하면 아래와 같다.

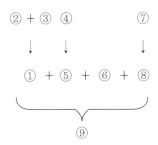

각 전제와 결론의 관련성을 따져보자. 이 논증은 전제들이 언급하는 내용과 결론이 언급하는 내용이 동일한 주제를 다루고 있으며, 각 전제에서 결론이 도출되는 형식적 구조를 지니고 있다. 그런 면에서 전제들과 결론은 관련성을 지니고 있다.

그렇다면 전제들이 결론을 충분히 뒷받침하고 있는가? ①, ②, ③은 연구 결과들에 의한 것이라고 말하고 있지만, 그것의 출처를 분명히 밝히고 있지는 않다. 따라서 신뢰성에 의문을 품을 수 있는 전제들이다. ⑤의 주장은 ④를 근거로 하고 있지만, ④에서 말한 바와 같이 포도주를 즐기는 사람들이 매일 조금씩 술을 마시는 습관을 갖고 있다고 해서 프랑스인들도 그러할 것이라는 결론이 강하게 도출되는 것은 아니다. 프랑스인들의 적포도주 음주 습관이 실제로 매일 조금씩 마시는 쪽인지는 좀 더 명확한 통계자료를 통해 뒷받침되어야 한다. ⑥이 합당한 근거로서 받아들여질 수 있으려면, 전문 연구기관의 관련 연구 자료를 첨부해야 한다. ⑦과 ⑧은 믿을 만한 전제로 인정될 수 있다. 신뢰할 만한 연구기관의 전문가를 인용하고 있기 때문이다.

결론적으로 위 논증은 비교적 좋은 논증으로 평가될 수 있다. 하지만 구체적 연구 자료를 통해 주장을 입증하였다면 더 좋은 논증이 될 수 있었을 것이다.

1. _____에는 부적합한 권위에 호소하기, 논점 일탈, 감정에 호소하기, 허수 아비 공격의 오류, 선결문제 요구의 오류, 순환논증의 오류 등이 있다.

2. _____에 호소하기는 전문적 지식이 없는 전문가나 유명인의 권위에 호소함으로써 범하는 오류다.

3. _____은 관련 없는 전제를 제기하면서 논점에서 벗어난 주장을 정당화함으로써 범하는 오류다.

4. _____는 이성적 사고보다는 감정에 호소함으로써 자신의 주장이 정당하다고 할 때 범하는 오류다.

5. _____는 상대방의 논증의 진의를 왜곡하여 공격하기 쉬운 논증으로 바꾼 후 반박할 때 범하는 오류를 말한다.

6. _____는 주장에서 이미 말한 내용을 그 주장의 전제랍시고 내세울 때 범하는 오류를 말한다. 순환논증의 오류는 결론의 내용과 전제의 내용이 동일하여 지지관계가 전제와 결론 사이를 맴돌게끔 구성됨으로써 범하게 되는 오류를 말한다.

7. 복잡한 논증을 평가할 때는 다음의 순서로 한다. ① _____을 찾는다. ②전제를 위에, 결론을 아래에 배치한다. ③전제들과 결론이 _____이 있는지 살펴본다. ④전제들이 타당하게 _____ 것인지 살펴본다. ⑤전제들이 결론을 충분히 튼튼하게 지지하고 있는지 살펴본다.

1. 다음 논증이 어떤 오류를 범하고 있는지 쓰고 그 이유를 설명하라.

김영수 교수는 다음과 같이 말하였다. "우리나라에서는 1978년 고리 1호기를 시작으로 원전 운영을 가동한 이래 현재 운영 중인 25기의 원전 중 단 한 건의 사고도 발생하지 않았다. 체르노빌 원전 사고 당시 격납건물도 없는 상황과는 달리 우리 원전은 든든한 원자로 격납건물이 있으며, 다중의 사고 대처 설비가 갖춰져 있다." 따라서 원전은 안전하다고 할 수 있다.

Chapter 8

사려 깊게 이해하고
지혜롭게 판단하기

Chapter 8에서는 사려 깊은 이해와 지혜로운 판단에 대해 학습한다. 우리는 먼저 이해와 판단을 가로막는 장애물에는 어떤 것이 있는지 살펴볼 것이다. 그럼으로써 사려 깊은 이해와 지혜로운 판단을 가능하게 하는 태도와 관점이 무엇인지 알아볼 것이다. 이 절에서 다루는 판단력은 규정적 판단력과 반성적 판단력이다. 이 둘은 무엇을 의미하고 어떻게 활용될 수 있는지 알아보고자 한다. 마지막으로 이해력과 판단력의 결여가 도덕적 비극을 초래할 수 있음을 살펴봄으로써 양자의 중요성을 다시 한번 강조해 볼 것이다.

❶
이해와 판단의 장애물

　　다양한 관점과 정보 그리고 지식이 범람하고 있는 현대 사회에서 사려 깊게 이해하고 지혜롭게 판단하기란 좀처럼 쉬운 일이 아니다. 우리가 살고 있는 사회는 과거와 달리 누구나 자신의 생각과 의견을 자유롭게 표현할 수 있고 존중받아야 한다는 민주주의적 가치 아래 운영되고 있다. 사람들의 생각과 의견은 가치관과 신념에 따라 저마다 다르게 형성되기 때문에 모든 사람의 생각과 의견을 존중하면서 상대방의 입장을 이해하는 것은 어려운 일이라 할 수 있다. 더구나 서로의 삶에 대해 참견하는 것을 삼가는 게 미덕임을 강조하는 개인주의 사회의 가치 속에서 살아온 우리에게 타인의 입장을 깊이 있게 이해하기는 더욱 용이한 일이 아니다.

　　게다가 현대 사회는 지식정보사회다. 우리가 사는 사회는 정보와 지식을 통해 운영된다. 정보와 지식이 돈이고 권력이다. 어떤 정보와 지식을 어떤 방식으로 제공하는가에 따라 경제력과 정치적 권력의 세기가 결정된다고 볼 수 있다. 하루 사이에도 산더미 같은 양의 정보와 지식이 제공되었다가 사라지는 상황에서는 어떤 정보와 지식이 유용하고 선택할 가치가 있는 것인지 이해하고 판단하는 능력이 무척이나 중요하다. 만일 정보와 지식이 특정한 가치에 편향된 형태로 제공되거나 특정한 인물이나 세력에게 유리하게—혹은 불리하게—제공될 경우 어떤 문제가 발생하게 될까? 아마도 우리는 제대로 된 결정과 판단을 못 하게 될 것이다.

　　이처럼 현대를 살아가는 우리에게 나와 다른 사람들의 생각과 관점을 사려 깊게 이해하고, 주어진 정보와 지식을 지혜롭게 해석하여 판단하는 능력은 더할 나위 없이 중요한 역량이다. 하지만 우리 앞에는 사려 깊은 이해와 지혜로운 판단을 가로막는 장애물이 놓여 있다. 그것은 우리 인간이 태생적으로 지닌 자연적 한계에서 기인하기도 하지만, 그러한 한계를 바탕으로 자신의 이익을 추구하려는 인위적 시도로 초래되기도 한다. 그렇다면 사려 깊은 이해와 지혜로운 판단을 가로막는 장애물들이 무엇인지 살펴보기로 하자.

1.1 믿는 대로 보는 뇌

흔히 우리는 간접적으로 전해 들은 말보다는 직접 목격하고 경험한 것을 훨씬 믿을 만하다고 여긴다. 눈과 귀로 직접 보고 들은 것은 확실하다고 생각하기 때문이다. 과연 그럴까? 우리의 눈과 귀 그리고 신체는 있는 그대로의 사실을 그대로 전달하기만 할까? 다음의 사진을 보자.

출처: Stephen K. Read(2014), 인지심리학.

그림 8-1 **숨은그림찾기**

이 사진은 무엇을 찍은 것일까? 얼핏 보기에는 그저 검은 얼룩이 여기저기 흩어져 있는 것으로 보일 것이다. 하지만 이것은 달마시안 개가 숲속에서 냄새를 맡으며 홀가분하게 산책하고 있는 모습을 찍은 것이다. 그렇게 안 보인다고? 정신을 집중해서 다시 한번 사진을 보자. 신기하게도 보이지 않던 달마시안이 비로소 눈에 들어온다.

왜 이런 현상이 나타날까? 우리는 눈이 아니라 뇌로 보기 때문이다. 우리의 눈은 단지 시각 이미지를 뇌에 전달하는 역할을 할 뿐이다. 그 이미지가 무엇을 의미하는지 판정하는 역할은 우리 머릿속의 뇌가 담당한다. 뇌는 새로 들어온 이미지를 기억 속에 존재하던 기존의 여러 이미지 해석들과 대조한 후 그것이 무엇인지 판정해 준다. 따라서 우리는 눈이 아니라 뇌로 사물을 본다고 할 수 있다.

게슈탈트 심리학Gestaltpsychologie에 의하면 우리의 뇌는 복잡한 정보를 단순화하여 처리한다. 뇌는 정보들을 유사한 것끼리 묶어 단순하게 정리하려는 경향을 갖고 있다. 그리고 새로운 정보가 유입되면 앞서 분류했던 패턴과 대조하여 해석한다. 이 과정에서 기존 패턴과 부합하는 정보만 선택되고 부합하지 않는 나머지는 버려진다. 쓸데없는 정보의 잡음은 줄어드는 반면에 부족하게 들어온 정보는 기존 패턴에 의해 보완된다. 덕분에 빠르고 유효한 판단이 가능해진다. 하지만 오류나 해석 불가능이 야기되기도 한다.

뇌는 왜 복잡한 것보다는 단순한 것을 좋아할까? 그 이유에 대해 진화심리학자들은 뇌의 편향적 선택 능력, 즉 수용된 정보 중 필수적이거나 중요하다고 여겨지는 것을 중심으로 정보를 단순화하는 능력이 인류의 생존에 유리했기 때문이라고 설명한다. 먼 옛날 수렵 생활을 하던 우리의 조상들 중 생존에 유리했던 이들은 적은 정보를 통해 효과적인 판단을 신속하게 내릴 줄 아는 이들이었을 것이다. 어두운 숲속에서 나무들 틈 사이로 무언가가 어렴풋이 보였다가 사라져 버릴 때 그것이 호랑인지 토끼인지 빠르게 판단할 줄 아는 능력을 갖춘 사람이 아무래도 생존에는 훨씬 유리했을 테니 말이다.

위의 사례에서 알 수 있는 바와 같이 우리는 있는 그대로의 객관적 사실대로 이해하거나 판단하지 못한다. 우리의 뇌가 만들어낸 틀에 견주어 이해하고 판단한다. 우리가 태생적으로 지니게 된 이러한 자연적 한계로 인해 어쩌면 인간은 '있는 그대로의 사실', 즉 진리를 영원히 알 수 없는 존재로 머물러야만 할지도 모르겠다. 웬만한 노력이 아니고서는 인간이 실재reality 혹은 진리에 다가서기란 쉽지 않은 것이다.

1.2 사회적 실재

무엇이 진실일까? 우리가 지금 경험하고 있는 사건의 진짜 모습은 어떻게 밝혀질 수 있을까? 우리는 객관적으로 존재하는 '있는 그대로의 사실'을 밝혀냄으로써 사건의 진실에 도달할 수 있다고 생각한다. 그것이 우리의 상식이다. 하지만 위에서 살펴보았듯이 우리의 신체는 있는 그대로 보는 게 아니라 믿는 대로 보게끔 설계되었다. 그럼에도 불구하고 우리는 실제 있는 그대로(실재)를 알고자 하고, 거짓과 실재를 구분할 수 있다고 자부하며 살아간다. 우리가 실재를 알 수 없게 설계된 존재라고 한다면, 도대체 우리가 파악했다고 믿고 있는 실재란 어떤 것일까?

사회심리학자 쿠르트 레빈Kurt Lewin에 따르면, 우리가 진실 혹은 실재라고 생각하는 것은 있는 그대로의 실재나 진실이 아니라 사회적 실재라고 한다. 사회적 실재란 우리가 실재한다고 인식하고 있는 세상이 타인과의 상호 교류를 통해 사회적으로 형성된 것이라는 뜻이다. 새로 산 옷이 멋있는지 확신하지 못하고 있는데, 주변 사람들 중에 멋있다고 말하는 이들이 많으면 어느새 옷이 멋있어 보이는 경험을 한 적이 많을 것이다.

이는 옷에 관한 문제만은 아니다. 같은 대상이라도 자신이 속한 집단 구성원들의 관점에 따라 다르게 평가될 수 있다. 지구가 평평하다고 믿는 집단에서 지구는 둥글지 않고 평평하다. 그들에게는 그것이 지구의 실재다. 하지만 우리는 지구가 평평하지 않고 둥글다고 생각하는 집단에 속해 있다. 따라서 우리에게 지구의 실재는 둥글다. 지구가 평평한지 둥근지 알 수 없다고 주장하려는 것이 아니다. 우리는 실제의 세계에 사는 것이 아니라 사회적으로 인지된 세계를 실재라고 믿으며 살고 있다는 점을 직시해야 한다는 말이다. 주목해야 할 것은 우리가 지닌 이러한 심리적 경향성이 때로는 올바른 이해와 판단을 가로막는다는 사실이다.

1.3 기술 매체 사회에서의 부작용: 필터 버블, 반향실, 인지 부조화 그리고 선택적 지각

유튜브는 이용자가 선호하는 동영상을 자동적으로 추천해 준다. 따라서 같은 유튜브를 이용하더라도 선호하는 주제에 따라 다른 정보를 얻게 된다. 유튜브뿐만이 아니다. 페이스북과 같은 SNS 서비스에서 추천해 주는 글들도 이용자의 선호도에 따라 저마다 달라진다. 결과적으로 이용자들은 같은 서비스를 이용하면서도 완전히 다른 정보에 노출된다. 이용자가 원치 않거나 부담스러워하는 정보는 알고리즘에 의해 자동적으로 걸러진다. 이른바 필터 버블filter bubble을 통해 개인화된 정보만이 제공되고 있다.

필터 버블이 유포된 사회에서는 수많은 정보를 접할수록 편향된 관점을 갖게 되는 역설에 빠진다. 알고리즘이 이용자의 기호와 관점에 부합하는 정보만을 제공하기 때문이다. 자신의 믿음과 가치 그리고 기호에 어긋나는 다양한 정보를 접할 수 없기 때문에 필터 버블 사회의 사람들은 바깥세상을 편협한 관점으로 이해하게 된다.

필터 버블에 반향실 효과echo chamber effect가 더해지면 올바른 이해와 판단은 더욱 불가능해진다. 페이스북에 자동으로 올라오는 글들은 이용자와 '친분이 있는' 이들이 제공하는 정보들이다. 이

TIP

필터 버블 미국의 시민단체 '무브온(Move on)'의 일라이 파리저Eli Pariser는 그의 저서인 『Filter Bubble』에서 처음으로 사용. 페이스북, 유튜브 등이 이용자의 취향에 맞춰 미리 걸러낸 정보를 제공함으로써 다른 정보에서 멀어지게 하는 효과를 의미한다.

반향실 효과 비슷한 생각을 지닌 사람들이 모임으로써 같은 생각이 메아리처럼 돌고 돌다가 점점 강화되어 다른 사고방식에서 멀어지는 현상을 이르는 말이다.

인지 부조화 자신의 생각과 믿음이 잘못된 것으로 판명되었을 경우, 자기가 잘못 생각하고 있었다고 인정하는 모멸감을 감수하기보다는 차라리 기존의 잘못된 신념을 옹호함으로써 모멸감을 회피하려는 심리적 경향을 뜻한다.

선택적 지각 사람은 누구나 기존에 지니고 있던 인지 틀에 기초하여 지각 작용을 수행하고자 하는 심리적 경향을 지닌다. 설령 기존 인지 틀이나 정보에 어긋나는 사실이 발생한다 해도 이를 무시한 채 기존 틀에 부합하는 사실만을 선택적으로 지각하는 심리적 현상을 이르는 개념이다.

들은 이용자의 가치, 선호, 신념 등을 공유한다. 따라서 이들이 추천하고 올리는 정보와 지식은 불쾌하거나 보기 싫은 것을 미리 걸러낸 것인 동시에 가치, 선호, 신념, 인생관, 세계관, 정치적 신조 등을 함께 하는 '동료 집단'의 승인을 받은 것이다. 이들이 추천하는 글에 '좋아요'를 누르고 '추천'을 열심히 하면 할수록 동일한 신념을 지닌 집단의 관점에서 벗어나지 못하게 된다. '좋아요'가 메아리를 울리면서 자신들이 지닌 기존의 신념을 강화하기 때문이다. 간혹 자신들의 신념과 어긋나는 정보가 올바른 것이라고 증명된다고 해도, 이들은 인지 부조화cognitive dissonance와 선택적 지각selective perception으로 곤경을 헤쳐나간다. 즉, 자기들의 신념과 조화를 이루지 못하는 정보로 간주하여 무시하거나 기존 신념과 일치할 수 있는 정보들만 선택적으로 지각하는 것이다. 그럼으로써 이들은 자신의 생각을 바꾸지 않고 편견을 유지한다.

SNS의 이용과 함께 현대인들이 겪게 된 인지적 오류의 사례를 찾아 적어보자.

사려 깊은 이해와 지혜로운 판단을 위한 태도

앞에서 살펴보았듯이 있는 그대로 세상을 이해하고 사건을 판단하는 것은 어려운 일이다. 그것은 우리 인간이 지닌 신체의 자연적 한계에서 비롯하기도 하고, 인위적으로 조성된 사회적 생활양식에서 기인하기도 하며, 우리가 발전시키고 유지하고 있는 기술적 조건에 의해 야기된 것이기도 하다. 그렇다면 우리는 올바른 이해와 판단을 포기해야 할까? 그렇지 않다. 이러한 장애에도 불구하고 인류는 진리와 실재에 가까이 다가가기 위해 끊임없이 노력해 왔다. 그럼으로써 사려 깊은 이해와 지혜로운 판단을 가능하게 하는 합리적 태도를 발견해 문화적으로 성숙시켜 왔다.

2.1 입장 바꿔 생각해보기

'서 있는 자리가 다르면 풍경도 달라진다'라는 말이 있다. 각자가 어떤 처지에 있느냐에 따라 같은 일이라도 다르게 보인다는 뜻이다. 거리에서 마구 짖어대는 개를 만났다고 해보자. 개 훈련사에게 이것은 조련해야 하는 개로 보일 뿐이다. 하지만 어렸을 때 개에게 물린 기억이 생생한 사람에게는 생명을 위협하는 무시무시한 존재로 보인다. 이처럼 각자의 생각, 경험, 가치관, 입장, 처지 등은 서로 다르고 다양하다. 그렇기 때문에 같은 일을 경험하거나 같은 상황에 놓인다고 해도 각자 다르게 생각하고 행동할 수 있다. 거리에서 마구 짖어대는 개를 보고 의연하게 대처하는 훈련사의 행동이 정상적이고, 개를 피해 멀리 돌아가는 행인은 비정상적이라고 감히 주장할 수는 없다. 그들의 반응은 각자 상이하게 살아 온 경험에 따라 나타난 것이기 때문이다. 이 점을 고려해 보지 않고 어느 한 사람의 관점이나 특정한 집단의 입장이 절대적으로 맞다고 단언하는 것은 성급한 태도다. 따라서 서로의 처지를 바꾸어 생각해 보고 상대방을 이해해 보려는 태도, 즉 역지사지易地思之해 보고자 하는 태도가 무척이나 중요하다.

영화 〈히든 피겨스Hidden Figures〉는 1950년대 미항공우주국NASA에서 연구원으로 근무하던 흑인 여성들의 이야기를 다루고 있다. 이들은 뛰어난 능력을 지녔음에도 불구하고 인종과 성적 편견에 의해 차별을 당했다. 당시 그들이 일하는 건물은 흑인 구역과 백인 구역으로 동떨어져 있었다. 뛰어난 계산 능력을 지닌 주인공은 백인 건물에서 일할 수 있었지만, 볼일을 보려면 멀리 떨어진 흑인 건물에 있는 화장실로 뛰어가야 했다. 시시각각으로 변화하는 상황에 대처하기 위해서는 계산 결과가 빠르게 수집되어야 하는데, 주인공은 화장실 문제 때문에 제대로 일을 할 수 없었다. 사정을 알지 못하던 책임자는 처음에는 주인공의 '무능력'을 탓하다가, 주인공의 항변을 듣고 그제야 문제를 해결한다.

이 어처구니없는 일은 상대방의 처지를 알려 하지도 이해하려 하지도 않으려는 태도로 인해 발생한 사건이다. 당대 최고의 과학적 지식과 지성을 가진 NASA의 엘리트들도 이러한 오류를 피하지는 못했다. 역지사지의 태도를 견지하면서 사태를 바라보는 것은 그만큼 어려운 일이다. 하지만 문제를 자신의 관점에서만이 아니라 나와 공존하는 상대방의 관점에서도 파악하려는 사려 깊은 이해의 자세를 견지하고자 할 때, 인간은 지금까지의 한계를 뛰어넘는 괄목할 만한 진보를 이루게 된다. 〈히든 피겨스〉는 이 점을 잘 보여주고 있다.

2.2 다원주의적 태도

현재 우리는 다원주의 사회에 살고 있다. 다원주의 사회란 하나의 가치, 하나의 신념, 하나의 관점에 의해 운영되는 사회가 아니라 구성원들이 저마다 다양하게 보유하고 있는 가치관과 신념을 존중하면서 운영되는 사회를 의미한다. 다원주의 사회는 가치관의 상호존중을 미덕으로 삼는다. 특정한 신념이나 가치관이 지배적 위치를 차지하면서 다른 가치들을 억누를 때, 초래되는 부작용이 너무도 크다는 것을 익히 경험했기 때문이다.

다원주의 사회에서 살아가기 위해서는 타인의 입장과 견해를 존중하는 태도를 지녀야 한다. 타인의 입장과 견해 그리고 신념과 가치관 등을 존중하는 태도란 어떤 것일까? 그것은 가류주의적으로 비판적인 태도에서 시작된다. 가류주의fallibilism란 자기 생각의 오류 가능성을 염두에 두면서 여러 의견들을 합리적으로 생각해 보려는 비판적 태도를 의미한다. 자기 견해가 옳지 않을 수도 있고 자기 생각보다 더 나은 생각이 가능할 수 있다는 점을 염두에 두면서 살아갈 때, 상대방의 합리적 의견을 귀담아듣고 받아들일 수 있는 여지가 더 커진다.

그런데 타인의 견해를 존중한다는 것은 상대방의 신조나 행동을 무조건적으로 승인하는 것을 의미하는 것일까? 그렇지 않다. 다원주의적 상호존중은 맹목적 상대주의와 다르기 때문이다. 다원주의적 상호존중은 사회 구성원들이 합당하게 받아들일 수 있는 가치에 대한 존중을 의미한다. 예를 들어 '여자는 집안 살림이나 해야 한다'라는 신조는 사회 구성원들이 이성적으로 검토해 봤을 때 합당하게 수용될 수는 없는 믿음이므로 승인되거나 존중받을 수 없다.

결론적으로 다원주의적 상호존중의 태도는 비판적 합리성을 바탕으로 한다. 모든 것은 합리적 관점에서 비판적으로 검토되어야 한다. 비판적 합리성에 의한 검토 과정을 통과하지 못하는 가치관은 그것이 나의 것이든 상대방의 것이든 승인될 수 없다. 이러한 합리적 비판의 과정은 자유로운 의사소통행위를 통해 이루어질 수 있다. 누구의 눈치도 보지 않고 억압을 받지 않으면서 상대방과 부담 없이 합리적인 의사소통 관계를 이어갈 때, 우리는 미처 알지 못했던 서로의 입장을 사려 깊게 이해하게 되고, 각자의 입장을 절대적으로 옳다고 고집하지 않는 비판적으로 합리적인 관용의 태도를 갖게 된다.

규정적 판단력과 반성적 판단력

　사람은 살아가면서 판단을 내려야 할 때가 많다. 그때마다 상황에 적절한 지혜로운 판단을 내리기를 바라지만 생각만큼 쉬운 일이 아니다. 그래서 어떤 상황에든 일반적으로 적용할 수 있는 원칙을 미리 마련해서 그에 따라 판단을 내리곤 한다. 일반적 원칙이 마련되면 이리저리 고민할 필요 없이 신속한 판단을 내릴 수 있으며, 잘못된 판단을 내릴 확률도 낮아지는 이점이 있다. 이렇게 일반적 원칙에 따라 판단을 내리는 능력을 규정적 판단력determinant judgment이라고 한다. 어떤 경우든 올바르게 적용 가능하다고 간주될 수 있는 일반적 원칙을 미리 규정해 놓고 그에 따라 판단을 내리는 것이기 때문이다. 규정적 판단에서 관건은 상황에 알맞게 적용할 수 있는 일반원칙이 무엇인지를 파악하는 능력이다. 즉, 도둑질한 남자에게 적용할 수 있는 여러 가지 법 조항 중에서 이 사건에 가장 알맞은 법 조항을 선택해 형량을 판단하는 능력이 이에 해당된다고 하겠다.

　하지만 세상에는 규정적 판단에 의해서도 해결될 수 없는 일들이 심심치 않게 벌어진다. 일반적 원칙에 따라 판단하기에는 왠지 불합리하게 여겨지는 일들이 존재한다는 것이다. 이 경우 우리는 새로운 일반적 규칙을 마련하여야 하지만, 사건이 너무나 특수하고 사례도 많지 않은 경우에는 섣불리 일반적인 규칙을 만들기가 어렵다. 반성적 판단력reflective judgment은 이러한 상황에서 요구된다. 반성적 판단력은 일반적 규칙을 적용하기에는 해결하기 어려운 예외적 상황이 발생했을 때, 일반적 규칙의 한계와 상황의 특수성을 반성적으로 사고하면서 새로운 해법을 범례적으로 창조해 내는 판단 능력을 의미한다.

　경제 대공황 시기였던 1930년대 초 뉴욕의 치안판사 피오렐로 라과디아의 법정에 배가 고파 빵을 훔친 노인이 붙잡혀 왔다. 라과디아 판사는 법대로 10달러의 벌금형을 내리며 다음과 같이 말한다. "배고픈 사람이 거리를 헤매고 있는데도 나는 그동안 너무 좋은 음식을 배불리 먹었습니다. 이 도시 시민 모두 책임이 있습니다. 그래서 나는 내 자신에게 10달러 벌금형을 선고합니다. 방청객 모두에게도 각 50센트 벌금형을 선고합니다." 이렇게 해서 모인 57달러 50센트를 피고인에게 줬다. 그는 벌금을 내고도 47달러 50센트를 가질 수 있었다.

　라과디아 판사는 법률이라는 일반적 규칙에 내포된 비정함을 비판적으로 성찰했다. 그럼으로써 합법성의 이름으로 저질러질 수 있는 악을 보았을 것이다. 법의 맹목적 준수는 가난한 사람들을 범죄로 내몰 수 있다. 사회적 악은 고려하지 않은 채 법에 따라 맹목적으로 좀도둑을 벌하는 것은 범죄자를 양산하는 또 다른 악을 저지를 수 있다. 라과디아 판사는 반성적 판단력을 발휘하여 모든 시민들이 연대성의 정신을 상기하도록 만드는 동시에 사회의 귀감이 되는 범례적 판결을 창조할 수 있었다.

❹
판단력 부재의 악

　독일 작가 베른하르트 슐링크Bernhard Schlink의 소설 『책 읽어주는 남자』는 제2차 세계대전 이후 세대의 청소년 미하엘과 나치 부역자로 일했던 여성 한나의 관계를 다루고 있다. 한나는 강제 수용소의 간수로 일했던 전범자였지만 일상생활에서는 선량한 행동을 하는 보통 사람이다. 하지만 자신이 저지른 행위가 왜 극악한 범죄인지는 깨닫지 못하는 사람이다. 그녀는 유대인들을 교회에 가둬두고 폭격 속에서 죽음을 맞이하게끔 방치하였다. 이에 대해 판사의 추궁을 받자 그녀는 이것이 어떻게 죄가 되는지 영문을 모르겠다는 표정으로 어처구니없는 질문을 던진다. "그러면 어떻게 했어야 되죠?" 여기서 우리는 한나가 도덕적으로 생각하고 판단하는 능력을 상실한 상태임을 알 수 있다.

이것은 단지 한나에게만 해당되는 문제는 아니었다. 나치 치하에서 생활하던 당시 독일인들은 무엇이 도덕적으로 올바른 행위이며, 어떤 것이 인간으로서는 도저히 할 수 없는 행위인지에 대해서 스스로 생각하고 판단할 줄 모르는 상태로 퇴화되었다. 나치 정부는 어제까지 같은 국민이었던 유대인들과 반정부 인사들을 학살하거나 수용소에 가두는 것이 민족과 국가를 위한 길이자 정의로운 일이라고 선전했고, 독일 국민들은 이것을 무비판적으로 수용하면서 자발적으로 협조했다.

철학자 아렌트Arendt는 『예루살렘의 아이히만』에서 전체주의 체제가 무사유성 thoughtlessness과 판단의 무능력을 특징으로 하는 비인간적 인간형을 만들었다고 비판하였다. 그 대표적인 사례가 바로 아돌프 아이히만이다. 친위대 고위 장교로 근무하면서 절멸 수용소의 전체적 운영과 기획 임무를 맡았던 그는 수용소 행정의 효율적 합리화를 고도로 높일 정도로 똑똑했고 근면했다. 주변에서는 그가 지극히 정상적이며 성실하고 가정에 충실한 모범적인 생활인이라고 증언했다. 하지만 그는 자신이 책상 위에서 입안한 계획들이 수백만 명의 생사를 결정하는 일이라는 사실을 전혀 이해하지 못할 정도로 생각이 없는 사람이었다. 그리고 이러한 일이 인간으로서는 도저히 할 수 없는 일이기 때문에 회피하거나 거부하는 행동에 나서야 한다는 판단을 내리지 못할 정도로 판단력이 부재한 사람이었다.

한나와 아이히만은 자기 앞에서 벌어지고 있는 일이 어떤 의미를 지니며, 자신의 행위 선택이 타인에게 어떤 결과를 낳을지, 스스로의 도덕적 인격에 어떤 악영향을 미칠지 등에 대해 비판적으로 반성해 보는 능력을 상실했다. 또한 반성적 사유에 기초하여 상황에 적합한 판단을 내리는 능력을 제대로 갖추지도 못했다. 그로 인해 사소한 일에서는 선량했으나 중대한 일에서는 극악한 인물이 되었다. 인간이 생각하고 판단하는 능력을 제대로 갖추지 못하고 살아갈 때, 인간은 돌이킬 수 없는 범죄를 저지르는 악마가 될 수도 있다. 사려 깊게 이해하고 지혜롭게 판단하는 능력을 갖추는 것은 인간답고 도덕적인 인격이 되는 데에 중요한 일이라 하겠다.

어느 날 이웃집 여자가 우리 집 문을 두드리며 남편의 폭력을 못 이겨 도망치고 있으니 숨겨 달라고 부탁하였다. 부탁대로 여자를 숨겨준 나에게 그녀의 남편이 찾아와 아내를 보지 못했냐고 다그쳤다. '어려움을 겪고 있는 사람은 도와줘야 한다'라고 생각하지만 '거짓말을 해서는 안 된다'라는 원칙도 지켜야 한다는 개인적 원칙을 갖고 살아왔다. 두 개의 원칙이 충돌하는 이런 상황에서 과연 어떤 판단이 정당한 결정일 수 있을까? 자신이 내린 결정과 그 이유에 대해 써 보고 서로 이야기해 보자.

1. 현대인에게 타인의 생각과 관점을 사려 깊게 [   ]하고, 주어진 정보와 지식을 지혜롭게 해석하여 [   ]하는 능력은 더할 나위 없이 중요한 역량이다. 하지만 우리 앞에는 사려 깊은 이해와 지혜로운 판단을 가로막는 장애물이 놓여있다.

2. 우리는 있는 그대로의 객관적 사실대로 이해하거나 판단하지 못한다. 우리의 [   ]에 따라 사건을 이해하고 판단하기 때문이다.

3. 우리는 객관적으로 존재하는 세계를 실재로 여기는 것이 아니라, [   ]를 실재라고 믿는 심리적 경향성을 갖고 있다. 우리가 지닌 이러한 심리적 경향성이 때로는 올바른 이해와 판단을 가로막는다.

4. SNS와 더불어 살아가고 있는 현대인은 가까운 사람들이 믿는 대로 보고 판단하는 경향이 심해지고 있다. 이러한 심리적 경향이 [   ], [   ], [   ] 그리고 선택적 지각 현상과 맞물리면 현실을 왜곡해서 이해하고 잘못된 판단을 내리는 오류를 범하게 된다.

5. 선입견과 편견에 사로잡히지 않으려면 입장 바꿔 생각해보기와 [   ]의 태도를 갖춰야 한다. 유념할 것은 비판적 합리성의 관점을 바탕으로 삼아야 한다는 것이다.

6. 판단력은 두 종류가 있다. 하나는 일반적 원칙에 따라 판단을 내리는 능력을 [   ]이라고 한다. 다른 하나는 [   ]이다. 이것은 일반적 규칙을 적용하기에는 해결하기 어려운 예외적 상황이 발생했을 때, 일반적 규칙의 한계와 상황의 특수성을 반성적으로 사고하면서 새로운 해법을 범례적으로 창조해 내는 판단 능력을 의미한다.

7. 인간이 생각하고 판단하는 능력을 제대로 갖추지 못하고 살아갈 때, 인간은 돌이킬 수 없는 범죄를 저지르는 악이 될 수도 있다. 아돌프 아이히만의 사례는 이 점을 잘 보여준다.

창의적으로
사고하기

❝
──

창의에 대한 어원적 정의와 학문적 정의를 살펴보고, 나만의 창의
적 개념을 정의해 보자. 그리고 새로운 결과물을 통해 부가가치
를 창출한 사례를 확인해 보자. 창의적인 사람이 가지고 있는 그들만의 공
통된 특성을 찾아보고, 창의에 있어 개인적 요인을 학습한다. 나의 창의적
역량을 높이는 방안을 모색할 수 있다.

지각심리학에서 '인간은 보여서 본다'가 맞느냐, 아니면 '인간은 보려고
해서 본다'가 맞느냐는 논쟁을 거듭해왔다. 여러분은 무엇이 맞는 진술
이라고 생각하는가? 아마 대부분은 '보이니까 보는 거다'라고 말할 것이
다. 그러나 다시 생각해 보면, 이미지가 망막에 맺혔을지는 모르나 실제
로는 기억에 아무런 잔상을 남기지 않고 사라진 경우가 다수임을 알 수
있다. 다시 말해 보였을지 모르나 보지 못한 것과 다르지 않다는 것이다.
이러한 현상은 보려는 의지적인 노력이 인지 과정을 촉진하며, 이는 기억
과 사고로 이어지게 됨을 제시하는 하나의 사례이다. 따라서 우리는 시
청(視聽)보다는 보고 듣는 견문(見聞)이 중요함을 알 수 있다. 이 장에서
는 인간의 지각과 인지 과정을 통해 창의적 아이디어 발상과 현실화에 대
해 학습해본다.

──
❞

① 창의란 무엇인가?

우리가 사는 시대를 창의의 시대라 부르고 있다. 창의란 단어가 너무 흔할 정도다. 창의적 사고, 창의적 문제해결과 같은 구체적인 용어도 어렵지 않게 듣는다. 과거에 지적 능력을 우선순위에 두었던 시절에는, 열심히 성실하고 꾸준하게 공부 잘해서 높은 성적을 받고 시험에 잘 통과하면 어느 정도는 능력을 인정받을 수 있었다. 그러나 이제는 창의적 능력을 길러 창의 인재로서 역량을 보여주어야 하는 시대로 바뀌게 되었다.

창의에 대해서 '새롭다' 또는 '쓸 만한', '돈 되는 것'이라고 생각하는 경우가 많다. 단순하게 즐거움을 위한 결과를 도출하기 위한 사고활동을 창의적이라고 하지는 않는다.

이처럼 창의는 어떠한 목적을 가지고 혁신하기 위한 노력을 동해 기존 사고의 패턴에서 벗어나 유용하고 새로운 방법들을 찾아내는 사고활동이라고 정의할 수 있다. 즉, 창의는 목적을 가진 혁신으로, 문제에 대한 창의적 해결책을 찾아내기 전에 문제가 발생한 맥락을 이해하고 문제의 배후에 존재하는 가치나 전제들도 이해의 범위에 포함하여 새로운 것을 창출하거나 가치 있고 유용한 것을 생산해 내는 활동이다.

1.1 창의의 어원적 정의

창의는 영어 단어로 'Creativity'로 표기한다. 이 단어의 어원을 통해 그 의미를 살펴보면, 'Creo'는 '만들다'라는 의미의 어근으로 'Creatio'라는 말에서 유래되었다. 즉, 창의라는 단어는 무엇인가를 '만들다'라는 의미에서 시작한 단어로, 새로운 것을 만들어낸다는 지금의 개념과 일치한다. 창의의 어원 변천 과정은 아래와 같다.

- Creare : 만들다 (라틴어)
- Creatio : 신이 무(無)에서 유(有)를 창조하다 (중세시대)
- Créativité : 프랑스어 (1946년)
- Creativity : 영어, 언어학자 노암 촘스키Noam Chomsky에 의해 본격 사용, 심리학자 길포드Guilford에 의해 1950년 일반화

이번에는 동양의 언어, 한자로 '창의'의 뜻과 의미를 다시 한번 파악해 보자.

- 創 비로소 창 = 곳간 倉 + 도끼 刀 (형성문자)
- 意 뜻 의 = 소리 音 + 마음 心, 설 立 + 해(빛) 日 + 마음 心 (회의문자)

박영태 교수는 『창의성의 별』이라는 자신의 저서에서 창의의 어원을 한자로 풀이하였다. 창(創)의 의미는 비로소 창, 아픈 창이다. '비로소'는 '마침내, 드디어, 그제야'와 같은 부사로, 어느 한 시점을 기준으로 그전까지 이루어지지 아니하였던 사건이나 사태가 이루어지거나 변화하기 시작함을 나타내는 말이다. 바로 '새롭다'라는 우리가 생각하는 창의의 의미와 일치한다. 그러나 '아픈'의 의미는 창의의 의미를 다시 생각해 보게 만든다.

창創을 나누어보면 곳간 창倉과 도끼 도刀이다. 여기서 창創은 '곳간을 도끼로 부순다'라는 의미가 내포되어 있으며, 이는 '기존의 생각을 파괴한다'라는 의미로 유추해 볼 수 있다. 일반적으로 기존의 생각은 개인의 존재와 관련이 있으므로 기존 생각의 파괴는 개인의 존재가치 붕괴와 연결된다. 여기서 창이 '비로소'라는 뜻과 '아프다'라는 뜻이 함께 존재하는 의미를 생각해 볼 수 있다.

의意는 마음心에 소리音를 내는 것, 또는 마음心에 빛日을 세우는立 것으로 볼 수 있다. 따라서 창의란 기존의 것을 파괴하고 마음에 세워지는 새로움을 만드는 것으로 동시에 아픔을 수반한다고 볼 수 있다.

1.2 창의의 학문적 정의

학문적으로 창의는 학자들마다 다르게 정의 내려져 왔다.

- 유(有)에서 또 다른 유(有)를 발견하고 만들어내는 것(Weisberg, 1993, 2006)
- 개인이나 소집단이 만든 새롭고 적절한 아이디어(Amabile, 1998)
- 새롭고(즉, 독창적이고 기대되지 않은) 질적으로 수준이 높으며 적절한 산물을 생산해 내는 능력(Sternberg, Kaufamn, & Preetz, 2002)

인간이 만드는 창의는 하늘 아래 온전히 새로운 것의 창조라기보다는, 기존에 있던 것에 대한 또 다른 발견과 발명이라는 관점이다. 과학적 이론은 창조가 아니라 현상에 대한 발견이며, 엄청난 지식량 속에서도 여전히 새로운 지식이 만들어지고 하나의 발명은 관련 특허기술을 급증시키고 있다는 사실이 와이즈버그Weisberg의 주장을 이해하게 한다.

아마빌레Amabile는 새롭고 적절한 아이디어를 창의라고 정의한다. 아무리 새롭더라도 적절한, 다시 말해 유용성과 타당성을 갖추지 못하면 창의라고 보기 어렵다고 말한다. 스턴버그Sternberg를 비롯한 학자들은 아이디어에 그치는 것은 그저 상상일 뿐, 산물로서의 생산적 능력을 강조하며 창의의 개념을 차별화하고 있다.

 '창의'에 대한 나만의 정의 내려보기. '창의'하면 떠오르는 특정 단어를 중심으로 그렇게 생각하는 이유를 적어본다. 이렇게 빗대어 생각하는 창의적 사고방법을 메타포(은유)라고 한다.

창의란 _____ 이다.

왜냐하면 _____

_____ 이기 때문에.

② 창의가 만드는 부가가치

금값은 매일 국제 시세와 국내 시세에 따라 달라진다. 변동 폭이 있다고 해도 매우 크지 않아 안정적인 자산으로 인정된다. 하지만 아래 사례를 본다면, 금의 가치는 금 자체보다 다른 요소가 있음을 알 수 있다.

2020 도쿄올림픽은 코로나19 팬데믹으로 인해 2021년 개최되었다. 1년 늦춰 치러진 데다 올림픽 역사상 유례가 없는 무관중경기로 진행되었다. 하지만 선수들의 열정과 새로운 기록은 방송과 인터넷을 통해 전 세계가 함께 느꼈다. 특히 '도쿄올림픽 금메달은 진짜 금이 아니다'라며 친환경과 지속가능성의 가치를 더욱 알리는 데 이바지했다.

IOC규정에 따르면 금메달은 순도 92.5% 이상의 은에 6g 이상의 금을 도금해야 한다. 여기에 사용된 재료는 일본 전역의 교육기관과 전자제품 소매점, 우체국과 길모퉁이의 기부박스 등을 통해 무려 7만 8천 톤에 이르는 폐 가전기기를 수거하여 금속 부품을 녹여 충당했다. 개최국 국민이 모두 참여해 메달을 만든 세계 최초의 프로젝트였다. 환경친화적인 프로젝트는 메달 제작에 그치지 않고, 성화 봉송에 사용될 유니폼은 플라스틱 물통을 재활용한 소재를 사용했고, 시상대는 가정에서 배출된 재활용품과 해양 플라스틱 폐기물을 45톤을 활용했다.

이처럼 올림픽 메달은 최고의 선수라는 의미 이상으로 '함께, 더 나은 세상, 지구와 사람들을 위해'라는 도쿄올림픽 조직위원회의 테마를 창의적으로 담아냄으로써 그 가치를 더욱 빛나게 만들었다.

💬💬 창의적으로 문제를 해결한 사례, 새로운 방식으로 높은 부가가치를 만들어낸 사례를 찾아 적어봅시다.

---

❸
창의적인 사람들, 그들은 누구인가?

마이크로소프트, 애플, 구글, 페이스북, 소프트뱅크, 카카오, 엔씨소프트

위의 기업들은 인터넷과 모바일을 통해 우리에게 친숙한 기업들이며, 각자의 분야에서 사용자들로부터 인정받는 비즈니스모델을 구축한 기업들이다. 마이크로소프트와 애플은 전 세계 컴퓨터 운영체제를 주요 사업으로 하고, 구글과 애플은 모바일 운영체제를 놓고 경쟁 중이다.

페이스북은 SNS의 최초 기업은 아니지만 전 세계를 네트워크로 묶어 2021년 4월 28일자로 계정 10억 개를 돌파했고 월 27억 4천만 명 이상의 이용자를 보유하고 있다. 참고로 유튜브는 22억 9천만 명이다.

소프트뱅크는 소프트웨어 유통 및 IT 투자기업으로 전 세계 800여 개의 인터넷 관련 백본망을 제공하며 반도체, 전자상거래, 파이낸스, 기술 관련 사업을 영위한다. 카카오는 대한민국 국민 대부분이 사용하는 온라인 메신저를 기반으로 다양한 생활 서비스 및 빅데이터를 제공하며 다음 포털사이트를 운영하고 있다. 엔씨소프트는 게임을 만들기 전, PC통신 넷츠고를 구축하고 그룹웨어를 만들다가 온라인게임 리니지의 성공으로 PC게임에만 집중하여 대한민국 e-스포츠 시장을 선도하고 있다.

이 기업들은 IT산업에 속하면서도 다른 사업영역을 가지고 있다. 이들 기업의 공통점은 바로 시대를 이끄는 '창의적 리더'로 평가받는 창업주가 있다는 것이다. 마이크로소프트의 빌 게이츠Bill Gate, 애플의 스티브 잡스Steve Jobs, 구글의 래리 페이지Larry Page와 세르게이 브린Sergey Brin, 페이스북의 마크 주커버그Mark Zuckerberg, 소프트뱅크의 손정의(마사요시 손), 카카오의 이재웅과 김범수, 엔씨소프트의 김택진이다.

사람들은 흔히 창의적인 인물들이 선천적으로 타고난 능력이 있다고 생각한다. 하지만 앞에 소개한 기업의 창업주들은 이러한 평판을 쌓고 기업을 키워내는 데 일반인들은 상상할 수 없을 만큼의 대의명분과 꾸준한 노력이 있었기 때문에 가능했으며, 이러한 과정에서 개인적 창의력이 조직 창의력으로 더욱더 발전된 사례로 보는 것이 적합할 것이다.

 내가 알고 있는 가장 창의적인 사람을 떠올려 보고, 그 사람이 가지고 있는 남다른 성격적인, 행동적인 특성을 적어봅시다.

1950년부터 활발히 진행되어온 창의에 관한 연구는 1970년대까지 창의적인 사람들의 심리적인 능력, 인지적인 능력을 찾으려는 노력이었다. 아마빌레Amabile는 통합적인 접근을 통해 개인 창의력 발휘의 세 가지 공통된 요소를 규명하였다. 첫 번째는 '학습지식', 두 번째는 '창의적 사고 기법', 마지막으로 '내적 동기부여'이다.

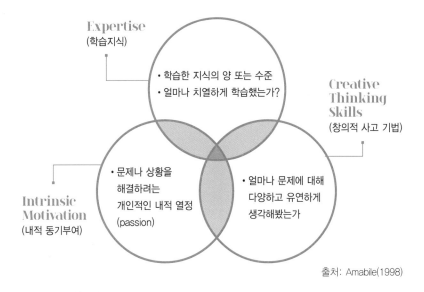

출처: Amabile(1998)

그림 9-1 **창의 발현의 3요소(The three components of creativity)**

앞서 소개한 창의적 인물들은 세 가지 요소를 모두 갖추고 있다고 할 수 있다. 각자의 산업 분야에서 일하기 위해 오랜 시간 동안 관련 지식과 경험을 학습하는 데 많은 투자를 하였고, 자신의 업무를 수행하는 데 있어 적극적으로 문제를 해결하는 리더십을 갖추었다. 그리고 예측이 어려운 경영환경에서도 문제가 있을 때마다 다양하고 유연한 접근으로 대처해온 유명한 일화나 사례를 하나씩은 가지고 있다.

특히, 창의적 행동은 세 가지 요소의 균형과 결합으로 나타나기 때문에, 만약 창의적 사고를 통해 문제해결을 잘하는 사람이라 할지라도 내적 동기부여가 빠져 있다면 소극적이거나 실행력이 떨어질 수 있다. 또 내적 동기부여가 충분하여 스스로 문제를 해결하기 위한 열정이 가득하더라도 해당 분야에 전문적인 지식이 없거나 부족하다면 정작 창의력은 발현할 수 없다. 또한 학습지식이 충분하고 지적 능력은 뛰어나지만, 자신의 사고에 갇혀 창의적 발상으로 문제해결의 방법을 찾아내려는 유연한 대처가 부족하다면 창의의 발현은 막혀버릴 것이다.

조직 창의력에 대한 또 다른 연구 성과를 제시한 경영의 구루, 게리 하멜_{Gary Harmel} 교수의 사례를 살펴보자. 그는 조직의 창의적 성과를 끌어낸 기업인의 인터뷰를 통해 어떤 요인이 성공을 끌어냈는지 조사하였다. 그 결과, 근면, 지성, 추진력, 창의력 등의 요인이 중요하기는 하나, 성패를 좌우했던 요인으로는 '열정'이 무려 35%의 영향력이 있다는 결론에 이르렀다.

창의는 결코 쉬운 성공에 이르는 길이 아니다. 기존과는 다른 방식을 취하면 성공보다는 실패의 가능성이 크므로, 새로운 방식에 대한 개선과 끊임없는 시도를 전제로 한다. 따라서 개인이 자신이 하는 일이나 분야에 대해서 적극적으로 하고자 하는 열정이 없다면 다른 능력이 뛰어나더라도 창의적 성과를 획득하기 어렵다.

④
창의 발현을 저해하는 요인들

　　매일 반복되는 노력을 통해 혁신할 수 있는 수준의 자신감을 가진다고 하더라도, 여러 문제에 부딪히며 창의적 사고를 통해 문제를 해결하는 데 자신의 역량을 다하지 못하는 경우가 발생한다. 기업의 요구는 창의 산업 시대에 걸맞은 창의 노동이 가능한 인재이다. 한 분야에서만 전문성을 가진 인재를 요구하기도 하지만, 동시에 다양한 과업을 처리할 수 있는 다기능자multitasker를 필요로 한다. 같은 방식으로 경쟁해서는 살아남을 수 없다는 기업들의 현실 인식 탓이다.

　　이처럼 창의 인재를 요구하는 시대이지만, 실제 창의력을 발현하려고 할 때 이를 가로막는 저해 요인은 많다. 개인 차원에서의 심리적인 문제, 관련 지식의 부족, 잘못된 문제의 설정, 모순의 해결을 회피하려는 것들을 예로 들 수 있다. 관습적이고 전통적인 사고가 갖는 안정적인 효율성이 혁신적 아이디어의 창출을 방해하기도 하고, 다양한 관점에서의 문제를 검토할 기회나 여유를 갖지 못할 때도 있으며, 새로운 기술 개발을 쫓아가지 못하면 문제해결에 접근할 방안이나 도구에 다다를 수 없기도 하다. 그리고 해결하고자 하는 문제의 본질과는 무관한 목표를 설정하거나 새로운 지식에 대한 수용 없이 자신이 가지고 있는 지식이나 경험 안에서만 해결안을 찾으려고 할 경우에도 창의를 발현하는 데 도움이 되지 않는다. 또한 논리적으로 맞지 않는 모순이 발생하였을 때, 이를 해결하지 않고 회피하거나 숨어 있는 논리적 불합리성을 찾지 못한 채 단면적인 해결책만을 찾으려고 하는 경우에도 창의는 발현되기 어렵다.

　　그러나 이러저러한 저해 요인들을 해결할지라도, 과거의 경험을 토대로 형성된 잘못된 믿음으로 새로운 경험이나 행동을 하지 못하게 되어 자신을 스스로 제한하는 자기제약Assumed Constraint에 빠지게 되면 창의는 시도조차 하지 못하게 된다. 즉, 할 수 없다는 강력한 믿음은 하려는 동기마저도 그 싹을 잘라내는 것이다.

창의적 산물을 얻기 위해서는 개인이 독창적이고 유용한 아이디어를 창출해 내는 것이 기본 전제라고 할 수 있다. 많은 연구는 이런 아이디어를 생성할 수 있는 개인의 특성에 초점을 맞추어 왔지만, 문제는 어렵게 얻은 창의적 아이디어도 이를 평가하는 위치에 있는 조직이나 집단에서 이의 소중함이나 잠재적 가치를 간과한다면 결국 쓸모없는 것이 되어 버릴 수 있다.

❺
상자 밖 창의

지각이란 외부의 환경으로부터 자극을 선택적으로 받아들여서 해석하고 의미를 부여하는 일련의 심리적 과정을 말한다. 지각 오류perception error는 외부환경으로부터의 자극이나 정보를 잘못 판단하거나 왜곡하여 받아들이는 경우이다. 인간의 지각과정은 전혀 완벽하지 않으며, 편견Stereotyping, 선택적 지각Selective Perception, 후광 효과Halo Effect, 대비 효과Contrast Effect, 주관의 객관화Projection 등의 다양한 오류를 발생시킨다.

우리는 살면서 공정하지 못하고 한쪽으로 치우친 생각을 하게 되는 경우가 있다. 이런 상황에 대해 '편견을 가진다'라고 이야기하며 차별 대우를 하는 것과는 구분해야 한다. 일반적으로 편견을 가진 사람은 자기가 싫어하는 소수집단의 구성원들이 서로 유사하다고 생각하는 경우이며, 이것이 굳어지면 '고정관념'이라는 고착화된 사고방식으로 표현하기도 한다. '부자들은 가난한 사람을 무시한다'라는 말은 상당한 편견을 보여주는 예이다. 세계적인 부자 중에 실제로 어려운 사람을 위해 자신이 가진 것을 기부하고 나누는 경우를 많이 만날 수 있다. 또 사회의 주요 인사가 참여하는 국제 로터리클럽의 경우 봉사활동을 통한 나눔을 중요시하는데, 게이츠재단과 함께 소아마비를 세계에서 퇴출하는 데 큰 공헌을 한 사례도 있다.

흔히, '내 귀에 필터 있거든'이란 대화를 친구들과 한 번쯤은 나누어봤을 것이다. 이것을 우리는 전문적인 용어로 '선택적 지각'이라고 한다. 정보를 모두 받아들이는 것이 아니고, 자신이 가지고 있는 지식이나 가치관에 비추어 일치하거나 자신에게 유리한 것만 선택적으로 받아들임을 말한다.

'후광 효과'는 인상이나 외모 등 시각적으로 지각할 수 있는 대상의 어느 한 특성이 그 대상 전체에 영향을 미치는 것을 말한다. 예를 들어 학점관리를 잘하고 성적에 신경을 많이 쓰고 있으니 스펙이 좋을 것이라고 인지함으로써 한 특성이 그 사람의 전체라고 생각하는 것이다.

'대비 효과'는 지금 지각하는 대상에 대해 최근에 상호작용했던 다른 대상과의 대조 평가를 하는 것을 의미한다. 매우 잘생긴 사람과 함께 있을 경우 상대적으로 자신의 외모가 낮게 평가될 거로 생각하는 것을 대비효과에 의한 오류로 볼 수 있다.

'주관의 객관화'는 자신이 가지고 있는 성향이나 생각을 다른 사람에게도 귀속시켜 생각하는 데서 나타나는 오류를 이야기한다.

결론적으로 눈으로 보고 지각하는 것만으로 판단하기에 앞서, 내가 생각하게 된 것들이 실제로 보고 있는 것과 맞는지 다시 한번 생각해 보아야 한다. 성급하게 판단하기보다는 다각도로 생각해 보는 연습이 필요하다.

사람들이 지각오류를 범할 경우, 해석과 이해에서도 정보를 왜곡하여 받아들이게 된다. 광고나 미술작품 등에서 이러한 지각의 오류를 활용하는 사례를 자주 볼 수 있는데, 작품이나 결과물을 통해 강한 메시지를 전달하는 데 효과적일 수도 있다. 지각의 과정은 주관적이기 때문에 조직화 및 해석 과정에서 객관적인 실체와 차이가 발생할 수 있다. 사람들은 실체에 반응하는 것이 아니라 해석된 실체에 반응하는 것이다. 우리가 지각한 것은 기억으로 넘어가는 구조를 가지게 되는데, 눈으로 본 것을 자신의 욕구와 동기에 의해서 정서적 반응을 나타내고 지각이나 이해 그리고 기억 등과 함께 인지적 반응을 거쳐 태도로 형성되는 과정을 거친다. 같은 사건이나 시각적 정보를 가진다고 하더라도 내용을 가공하여 기억하고 다른 느낌으로 받아들이게 되는 것이 이러한 사고과정을 통해 생성되는 것이다. 지각 오류는 사람들에게 연상 작용을 강화하거나 오래 기억에 남게 할 수 있으므로 어떠한 것을 정하고 판단하는 데 있어서 오류가 있는지 검토해 보아야 한다.

우리가 보자마자, 들자마자 떠오르는 인식의 틀, 그것이 '통념'이다. 통념은 잘 변하지 않고, 행동을 주로 결정하는 확고한 의식이나 관념을 뜻한다. 통념 자체가 잘못이라기보다는 고착되거나 고정되어 잘못된 판단을 끌어낼 때 문제가 된다. 이럴 때는 고정관념이라고도 칭하며 일반화generalization와는 다른 개념이다. 일반화는 한 집단에 속한 대부분이 유사하다고 보는 관점으로, 연구나 폭넓은 증거를 근거로 하고, 새로운 객관적 사실에 의해 변화의 여지를 가지고 있다. 특히 편견이나 차별이 아니라 관계를 개선하고 확대하는 호기심으로 이어지게 한다.

가령 '강남에 사는 사람들은 모두 다 잘 산다'라는 고정관념은 강남지역에 사는 배려 계층 지원을 약화하는 오류를 발생시킬 수 있다. 우리는 살아가면서 학습과 경험을 통해 인식의 틀을 강화해 나간다. 특정 분야에 대한 학문적 지식은 그 분야에는 통하는 개념, 즉 언어를 형성한다. 따라서 학교생활을 하고 사회에서 일하면서 통념을 쌓게 되는 것은 당연하지만, 지나친 일반화나 선입견으로 인해 다양성을 존중하지 않고 창의적이고 유연한 사고를 확산하는 데 방해가 되어서는 안 된다. 통념을 극복하기 위해서는 다른 사람들과의 의사소통을 통해 다양한 사고를 받아들이고 관습이나 관행 등의 이해로 서로 다를 수 있음을 인식하며, 생각의 다른 관점들을 연결하여 조합하는 유연성이 필요하다.

내가 가지고 있는 '통념'에는 어떤 것이 있는지 적어보고, 그 문제점과 개선방안을 찾아 보자.

내용 정리하기

1. 창의(Creativity)란 ◻◻◻◻과 ◻◻◻◻을 갖춘 아이디어, 창의력은 이러한 아이디어를 구현해 내는 능력을 말한다. 참신성은 '독창적인, 기존과는 다른'이라는 새로움을 뜻하며, 유용성은 '가치 있는, 쓸모 있는'이라는 적절함을 뜻한다.

2. 창의 발현에는 세 가지 요소가 필요하다. 첫째, 개인이 학습한 지식의 양 또는 수준을 말하는 ◻◻◻◻◻◻◻, 둘째, 문제에 대한 다양하고 유연하게 생각하는 ◻◻◻◻◻◻◻◻◻, 셋째, 문제나 상황을 해결하려는 열정인 ◻◻◻◻◻◻◻◻◻◻이다.

3. 창의 발현을 저해하는 개인적 요인에는 심리적 타성, 지식의 부족, 잘못된 문제의 설정, 모순의 해결 회피 등이 있다. 특히 과거의 경험을 토대로 형성된 잘못된 믿음이 새로운 경험이나 행동을 하지 못하게 자신을 제한하는 ◻◻◻◻◻은 창의를 시도하는 것조차 막는 가장 큰 요인이다.

4. 사람들이 외부로부터 정보를 받아들일 때, 잘못 판단하거나 왜곡하여 수용하는 ◻◻◻◻◻◻◻가 발생한다. 이러한 사례에는 편견, 선택적 지각, 후광 효과, 대비 효과, 주관의 객관화 등이 있다.

5. 인식의 틀이라고도 불리는 '◻◻◻◻'은 잘 변하지 않고 행동을 주로 결정하는 확고한 의식이나 관념을 뜻한다. 이러한 통념을 깨는 새로운 시도를 '◻◻◻◻◻◻◻'라고 일컫는다.

Part IIII

깊이 생각하고
이성적으로 말하기

Chapter 10

발표 원고 작성과
연습

'백문불여일견(百聞不如一見)'이라는 말이 있다. 백 번 듣는 것이 한번 보는 것보다 못하다는 말이다. 이 말을 말하기에 적용해 보자면 '백문백견불여일언(百聞百見不如一言)'이라고 할 수 있을 것이다. 즉, 좋은 말을 하기 위해서는, 다시 말해, 말을 잘하기 위해서는 '백 번 보고, 백 번 듣는 것이 한 번 말하는 것만 못하다'라고 할 수 있는 것이다. 이 장에서는 구체적인 사례를 중심으로 실제 공적 말하기의 과정이 어떻게 이루어지는지를 살펴볼 것이다.

공적 말하기란 사적 말하기와는 다른 특징을 지니고 있으며, 따라서 좋은 공적 말하기란 공적 담화의 성질을 유지하면서, 말하기의 궁극적 목적이라고 할 수 있는 청자의 화자에의 동화(공감)를 이끌어내는 말하기라고 할 수 있다. 이러한 공적 말하기는 말하기가 이루어지는 상황에 대한 객관적 파악과 청자의 공감을 이끌어낼 수 있게 고민된 체계적 전략, 그리고 실제 말하기에 앞선 준비의 과정을 요구한다. 우연히 잘 수행되는 말하기란 없다.

❶
공적 말하기에서 고려할 것들: 무엇을 말해야 하는가? 어떻게 말해야 하는가? 왜 말해야 하는가?

학생들과 말하기 수업을 진행해보면 종종 학생들이 공적 상황에 대한 인식을 분명하게 가지고 있음에도 불구하고, 사적 말하기 방식과 공적 말하기 방식을 혼동하는 것을 확인할 수 있게 된다. 수업에 참여하는 학생들의 다수는 수업 상황이 곧 공적 상황임을 인식하고 공적 상황에 맞는 태도를 보인다. 교수자의 말에 귀를 기울인다던가, 수업 주제에 걸맞은 질문을 던진다던가, 다른 이들을 생각해 최대한 수업에 방해를 주지 않으려 한다던가 하는 모습은 그들이 수업이라는 상황을 공적 상황으로 인식하고 있다는 것을 드러내는 표지들이다. 그런데 교수자의 질문에 대한 학생들의 답변 상황에서, 또는 학생들의 발표 상황에서 때때로 그들은 공적 상황에 맞지 않는 단어, 문장 등을 사용하기도 한다. 예를 들면, 무의식중에 친구들과의 관계에서나 이용할 듯한 단어(비속어, 신조어, 유행어 등)를 사용한다던가, 말의 전개 방식이 아무런 체계를 가지고 있지 않다던가 하는 식의 모습을 접하게 되는 것이다.

물론 그들이 이러한 실수를 저지르는 것을 오롯이 개인의 실수로만 치부할 수는 없다. 왜냐하면 사실 의사의 전달이라는 말하기의 기능상 사적 말하기와 공적 말하기를 엄격하게 구분하는 일이 쉽지 않기 때문이고, 또한 공적 말하기 역시 개인의 사적 말하기의 태도로부터 영향을 받기 때문이기도 하다. 그럼에도 불구하고, 공적 말하기에는 사적 말하기와 구분되는 독특한 지점이 존재한다. 실제로 우리 각자는 공적 말하기 상황에서 자신의 말하기 태도를 조심하려고 하지 않는가? 이러한 자기 반성적 태도는 우리 각자가 이미 사적 말하기와 구분되는 공적 말하기의 특성을 은연중에 인식하고 있다는 것을 알려준다. 그렇다면 공적 말하기의 특성을 어떻게 이야기할 수 있을까?

연구자들에 따라 다양하게 이야기되기는 하지만, 크게 공적 말하기의 특징은 '공공성'과 '공개성'이라는 기준으로 파악된다. 다시 말해, 공적 말하기는 말의 주제와 상황이 얼마만큼 공적인가라는 기준에 따라 구분될 수 있으며, 나아가 화자의 발언 상황이 얼마나 공개적인가에 따라서 사적 말하기와 구분되기도 한다. 예를 들어, 수업 시간에 이루어지는 학생들의 발표를 우리가 공적 말하기라고 할 수 있는 것은 그 발표의 주제가 한 개인의 관심사인 것이 아니라 수업에 참여하는 수업 구성원 전체의 관심 주제이기 때문이고, 그 발화의 상황이 개인적이라기보다 공개적이기 때문이다. 이러한 공적 말하기의 특성은 자연스럽게 공적 말하기에서 지켜져야 하는 일종의 암묵적 룰Rule을 제시한다.

첫째, 공적 말하기의 특징인 공공성에 따라 공적 말하기의 주제는 개별적이라기보다 공적이어야 하며, 이는 '무엇을 말할 것인가?'라는 질문이 화자의 핵심적 고려 사항이 되어야 한다는 룰을 형성한다.

둘째, 공적 말하기의 또 다른 특징인 공개성은 화자의 말이 공적 상황에 맞게 정제될 필요가 있음을 강제한다. 공적 담화 상황에 참여하는 다수의 구성원은 언제나 일정 부분의 익명성을 전제하기에 익명성을 배경으로 하는 담화 상황 속에서 합리적인 의사의 전달과 수신이 가능하기 위해서는 발화의 태도 속에 상대에 대한 존중의 자세가 담길 필요가 있다. 이때 화자의 청자에 대한 존중이란 화자가 사용하는 단어, 문장에 대한 것(비속어, 신조어, 유행어 등의 자제 등)만이 아니라, 청자의 이해를 돕기 위해 화자가 고민해야 하는 말하기 전략 전체(예를 들어, 이야기 전개 방식, 수사적 고민, 몸짓과 어조 등을 포함하는 비언어적 태도 등)를 의미하며 이는 '어떻게 말할 것인가?'라는 질문의 카테고리에 속한다.

셋째, '무엇을 말할 것인가?'와 '어떻게 말할 것인가?'라는 화자의 질문은 궁극적으로 '왜 말하는가?' 혹은 '왜 이것을 말해야 하는가?'라는 질문을 통해 그 목적이 더 분명하게 설정되어야 한다. 공적 말하기는 그 목적에 따라 크게 설명과 주장, 설득, 표명(선언) 등으로 구분될 수 있는데, 모든 말하기의 전략은 말의 목적이 분명하게 설정될 때, 보다 더 효과적으로 짜여질 수 있기 때문이다. 가령, 설득을 목적으로 진행되어야 하는 말하기에 있어 설명에 초점이 맞추어진 말하기가 진행된다거나 혹은 설명을 목적으로 진행되어야 하는 말하기가 주장의 방식으로 전개된다면 아무리 말하기의 전략이 체계적으로 수립되었다 할지라도 말하기의 원래 목적을 효과적으로 달성하기 쉽지 않을 것이다. 따라서 '왜 말해야 하는가?'라는 질문을 통해 명확해지는 말하기의 목적은 효과적인 말하기 전략 수립을 위한 전제조건이 된다.

그럼 '무엇을 말할 것인가?', '어떻게 말할 것인가?', '왜 말해야 하는가?'라는 화자의 핵심 고민들은 어떻게 체계적인 말을 가능하게 하는 걸까?. 화자의 3가지 핵심 고민이 반영되어 기획된 말하기를 예로 삼아 실제 말하기 전략이 수립되는 과정을 살펴보도록 하자.

② 장그래의 '파트너에게 물건 팔기'의 예

2014년 '미생'이라는 드라마가 사회적으로 크게 유행했다. 드라마의 내용, 연기자들의 연기 등 드라마를 흥행시킨 다양한 이유가 있었겠지만, 개인적으로 그 드라마가 유행한 근본적인 이유는 그 드라마가 현실의 상황을 객관적으로 묘사하고 있다는 점에 있지 않나 싶다. 그것은 말하기를 고민하는 우리의 상황에도 적용이 되는데, 미생이라는 드라마만큼 현대 사회 속에서 한 개인의 능력이 공적 말하기와 관련되어 평가되는 상황이 그려진 드라마가 있었나 싶기 때문이다. 드라마 속에서는 보고서 작성, 프레젠테이션 수행, 회의에서의 의견 제시 등 회사원들이 다양한 상황속에서 공적 말하기를 수행하는 장면이 등장하는데, 그 중의 백미는 주인공 장그래가 수행하는 '파트너에게 물건 팔기' 장면이 아닐까 한다. 인턴으로 재직 중인 장그래와 한석율은 서로에게 물건을 팔아야 하는 과제를 시험으로 부여받는다. 한 사람은 반드시 물건을 팔아야 하고, 한 사람은 물건을 사지 않아야 한다. 물건을 파는 사람은 물건을 팔게 되면 자신의 말의 설득력을 인정받게 되고, 물건을 사야 하지 않는 사람이 물건을 사게 되면 상대방의 논리에 설득당하는 것으로 평가되는 상황이다.

사례 1 〈미생 4화 중〉

장그래: "이건 우리 회사 모 과장님의 실내화입니다. 그분의 구두를 봐주십시오. 깨끗합니다. 사무직은 상대적으로 외근이 적고 격식을 차려야 할 자리도 있으니 정갈해야 할 겁니다. 하지만 대부분의 업무는 사무실에서 하죠. 다시 모 과장님의 실내화를 봐주십시오. 많이 닳아있죠? 지압용 돌출이 발의 모양에 따라 닳아질 정도입니다.

(실내화의 냄새를 맡는 듯 실내화를 코에 가져다 댄다)

땀 냄새도 배여 있습니다. 땀 냄새…. 사무실도 현장이라는 뜻입니다. 그 현장의 전투화, 당신에게 사무 현장의 전투화를 팔겠습니다."

한석율: "안 사겠습니다. 사무실이 현장이라니 말장난이 지나치군요. 현장이 무엇인지 아십니까? 사무실 끄적임 몇 번으로 쉽게 쉽게 잘려 나가는 구조조정 최전선에서 근무하는 사람들을 현장 노동자라고 합니다, 그들의 전투화를 소개해 드릴까요? 워커 신고 일합니다. 무거운 공구 떨어지면 발등 아작나니까. 전투화란 그런 겁니다. 전 당신 물건 사지 않겠습니다."

장그래: "한석율씨는 처음 만났을 때부터 현장을 강조했습니다. 아니, 현장만을 강조했죠. 한석율씨가 생각하는 현상의 치열함은 기계가 바쁘게 돌아가고 힘을 들여 제품을 만들고 옮기는 것이라 생각합니다. 기계 공학을 전공하고 수많은 공모전에서 입상한 자신의 기계에 대한 이해와 관심이 보이는 곳을 현장이라 봤겠죠.

하지만, 매일 지옥철을 겪으면서 출근하고 제품 수익률을 위해 환율과 국제통상가격을 매일 체크하고 숫자 하나 때문에 수많은 절차를 두어 실수를 방지하고, 문장 하나 때문에 법적 해석을 검토하고 결과를 집행합니다. 서류만 넘기면 되는 게 아닙니다. 밀고 당기는 수많은 대화가 있고, 그 속에서 자신이 초라해 보일 수도 있습니다. 오케이 전화 한 통을 받기 위해 해당 국가의 업무 시간까지 밤을 새워 대기하기도 합니다. 한석율씨가 말하는 현장에서 생산되는 모든 제품은 왜 만들어져야 하는지의 과정을 거쳐 존재하는 것입니다. 그 물건들은 사무실을 거치지 않고서는 존재하지 않는 것입니다.

회사에서 생산하는 제품 중에 이유 없이 존재하는 제품은 없죠.

제품이 실패하거나 부진을 겪는다는 건 그만큼의 예측 결정에 실패했거나 기획 판단이 실패했다는 겁니다.

> 실패한 제품은 실패로 끝나게 둡니다. 단, 그 실패를 바탕으로 더 좋은 제품을 기획
> 해야겠죠. 공장과 사무는 크게 보아 서로 이어져 있습니다.
>
> 그 사이, 공장과 사무에서 실수와 실패가 있을 수 있죠. 하지만 큰 그림으로 본다면
> 우리는 모두 이로움을 추구한다는 점에서 같습니다. 제가 생각하는 현장은 한석율씨
> 가 생각하는 현장과 결코 다르지 않다고 확신합니다.

드라마상에서, 장그래의 이러한 말하기는 결국 상대방(한석율)의 마음을 움직이게 되고 결과적으로 장그래는 한석율에게 '사무실의 전투화'인 슬리퍼를 사겠다는 답변을 듣게 된다.

2.1 '왜 말해야 하는가?'의 관점

위의 상황에서 화자(장그래)의 말의 목적은 표면적으로 보자면 '상대방에게 물건 팔기'라는 행위에 맞추어져 있다. 그러나 그것은 '설득'이라는 보다 근본적인 목적으로 수렴되며, 따라서 장그래의 말하기는 상대방이 물건을 살 수밖에 없도록 상대방의 마음을 움직여 설득에 이르도록 하는 것을 목적으로 한다고 할 수 있다. 이때 그 목적 달성을 위해 화자가 고려해야 하는 주요 요소는 크게 두 가지로 설정될 수 있다.

첫째, 상대방이 나의 말을 수긍할 수밖에 없도록 하는 말 내용의 논리적 부분과 둘째, 상대방의 감정을 동요 시킬 수 있는 감정적 부분이다. 말의 로고스적 측면으로 이해될 수 있는 전자의 요소를 만족시키기 위해 주인공이 펼치는 논리적 구조를 도식화하면 ① 현장의 전투화는 치열한 제품 생산의 상징임. ② 사무직과 현장직은 회사가 필요로 하는 제품의 생산이라고 하는 같은 목적에 따라 서로 분리된 과정이 아닌 하나의 연속적 과정이라고 할 수 있음. ③ 전투화가 현장직의 치열함의 상징인 것과 같이 슬리퍼는 사무직의 치열함의 상징. 따라서 ④ 현장의 치열함을 존중하는 자라면 현장과 이어진 사무직의 치열함을 마찬가지로 존중해야 하며, 따라서 슬리퍼의 가치를 존중하고 슬리퍼를 사야 함이라고 정리될 수 있다. 설득을 위한 논

리적 측면(로고스적 측면)에서 장그래의 이러한 논리는 청자(한석율)가 현장의 목적과 사무의 목적이 같다는 것을 부정하지 못하는 이상 논리적으로 받아들일 수밖에 없는 구조를 취한다.

그러나 말이 아무리 논리적이라고 하더라도 때에 따라 청자의 마음을 움직이지 못하면 말의 논리성은 너무도 쉽게 무시되기도 한다. 우리 주변의 모습을 보더라도 자신의 고집, 체면, 상대방에 대한 미움 등의 이유로 합리적인 주장을 받아들이지 못하는 많은 사례들이 존재하는 것을 확인할 수 있지 않은가! 이런 측면에서 장그래의 발화법은 상대방을 설득시켜야 한다는 말의 목적에 따라 매우 정교하게 조직화되었다고 볼 수 있다. 먼저, 현장의 치열함을 부정하는 것이 아니라 사무에도 치열함이 존재한다는 것을 어필하는 화법과 상대방의 현장에 대한 존중의 이유에 수긍하는 태도를 말 속에 담는 것은 결국 화자가 자신의 생각을 주장하거나 어떤 사태를 설명하는 것이 아니라, 말의 목적이 설득에 닿아있기 때문이라고 봐야 할 것이다. 즉 장그래가 취하는 한석율에 대한 존중의 태도는 말에 파토스적 요소를 반영함으로써 왜 말하고 있는지를 잊지 않는 화자의 태도를 드러낸다.

2.2 '무엇을 말해야 하는가?'의 관점

동일한 관점에서, 장그래가 선택한 '팔아야 할 물건', 즉 말의 주제 역시 '무엇을 말해야 하는가?'라는 화자의 핵심 고민이 적절하게 반영된 주제라는 생각이 든다. 드라마 속 상황에서 화자인 장그래의 표면적 청자는 한석율로 설정되지만, 이것이 설득을 위한 시험의 장이라는 상황임을 고려한다면 장그래의 청자는 그 시험의 공간에 심사위원으로 참여하고 있는 다수의 임직원들로 확장된다. 이것은 장그래의 말의 주제(팔아야 할 물건의 종류)가 한석율이라는 표면적 청자에게만 국한되어서는 안 된다는 것을 의미하며, 따라서 회사의 임직원들에게도 역시 설득력을 얻을 수 있는 주제인 사무직원의 슬리퍼는 매우 인상적인 주제가 된다. 왜냐하면 회사의 말단 사원으로부터 시작하여 다양한 업무환경을 거쳐 책임자급에 오른 경험을 갖는 임직원들의 입장에서, 그리고 회사의 전반적인 상황에 관여할 수밖에 없는 임직원들의 관점을 고려할 경우 사무직 업무의 치열함을 상징적으로 드러내는 사무직의 전투화인 슬리퍼라는 표현과 슬리퍼를 중심으로 전개되는 장그래의 서사 구조는 장그래의 말을 단순히 제삼자적 관점에서 바라보는 태도에 머물게 하는 것이 아니라 자기 자신의 모습을 이야기하는 것으로 비쳐지고 있기 때문이다.

결과적으로 '무엇을 말할 것인가?'로부터 장그래가 찾아낸 '사무직원의 전투화인 슬리퍼'라는 주제는 현장의 치열함을 존중하는 한석율에게 있어서도 사무직의 치열함으로 치환되어 수긍될 수밖에 없는 주제임과 동시에 그 치열함을 자신의 인생의 과정으로 삼았던 임직원들에게 역시 인정받을 수밖에 없는 주제라는 점에서 매우 적절하다고 할 수 있다. 이는 수사학의 관점에서 살펴볼 때, 내 말을 듣는 청자의 특성을 고려하여 말의 주제가 선정된 것으로 파토스적 요소가 치밀하게 반영된 말하기라고 해석할 수 있을 것이다.

2.3 '어떻게 말해야 하는가?'의 관점

위의 사례 글에서는 직접적으로 드러나지 않지만, 드라마 속 상황에서 장그래의 말을 들어 보면, 일상적 어법과 다른 독특한 점이 눈에 띄는데, 그것은 무엇보다 그의 말 속에 연극적인 요소가 담겨 있다는 점이다.

일상생활에서의 우리의 말하기에는 말소리의 높낮이, 말의 빠르기, 몸짓, 상대방을 응시하는 태도 등이 매우 자연스럽게 펼쳐진다. 다시 말해, 사적 말하기 상황에서 우리는 말에 담기는 인위적 요소들을 가급적 배제하며 말을 함으로써 말을 하는 행위 자체에 어떤 불편함을 느끼지 않는다. 그러나 공적 말하기 상황의 경우, 앞서 이야기 한 공적 말하기의 특성인 공공성과 공개성은 나의 말을 정제해야 하는 강제성으로 작동하고 이와 더불어 나의 말이 다수의 청자에게 보다 효과적으로 전달될 수 있도록 말의 전략을 고민해야 하는 동기로 작용한다.

예를 들어, 장그래의 경우 말하기에 요구되는 언어적 측면과 비언어적 측면 양자를 종합적으로 고려하여 공적 말하기를 수행하는데, 먼저 그가 사용하는 수사적 표현들은 사적 의사소통의 장에서는 잘 사용되지 않는 표현이지만 그것이 공적 말하기의 장에서 사용됨으로써 적지 않은 설득의 효과를 발휘하고 있다. 예를 들어, 슬리퍼를 '사무 현장의 전투화'라고 표현하거나 사무직원들의 일상을 열거의 방식 (지옥철 → 수시로 이루어지는 환율과 국제 통상가격 체크 → 숫자 하나와 문장 하나에 대한 법적 해석 검토 → 자신을 낮추어야 하는 수많은 회의 → 밤을 새우는 대기)으로 표현함으로써 그들의 치열한 직업 활동을 표현하는 것이 대표적이다. 이러한 수사적 표현 방식에 대한 고려는 있는 그대로의 사실을 단순하게 전달하는 것에 비해 화자가 말의 주제에 대해 가지고 있는 관점의 진실성을 보여주는 한편 청자의 감정의 동요를 이끌어내는 효과를 가진다는 점에서 매우 중요하다고 할 수 있다.

마찬가지로, 그는 말하기에 요구되는 비언어적 측면 역시 매우 적절하게 활용한다. 적절한 속도로 이어지는 말의 속도, 주제 전환 시 잠시 말에 공백을 둠으로써 주제를 강조하는 태도, 적절한 방식으로 배분된 한석율과 임직원들을 향한 시선, 그리고 슬리퍼를 통해 현장의 치열함을 강조하고자 펼쳐진 행동인 슬리퍼의 냄새를 맡는 듯한 태도 등은 그가 청자들을 설득하기 위해 어떤 방식으로 말을 해야 하는지를 전략적으로 고민했다는 것을 드러내기에 충분하다. 이러한 그의 말하는 방식, 태도가 결과적으로 상대방의 설득이라는 결과로 이어진다는 측면에서 공적 말하기에 있어 화자의 태도, 즉 에토스적 요소에 대한 고민이 왜 중요한지를 알 수 있게 하는 장면이 아닐까 한다.

그럼 장그래와 같이 말하기 위해 실제로 우리는 무엇을 해야 할까? 장그래가 슬리퍼에 빗대어 사무직원들의 치열함을 주장했듯 우리 각자를 사물에 빗대어 자기를 소개하는 상황을 가정하여 발표의 준비 과정에 대해 알아보도록 하자.

❸
발표의 준비 단계

모든 공적 말하기가 그렇듯, 발표에 있어서도 그 준비 과정은 매우 중요하다. 전통적으로 공적 말하기의 수사적 규범은 ①발견Invention → ②배열Arrangement → ③표현Style → ④암기Memory → ⑤발표Delivery의 순서로 구성되나(아리스토텔레스의 시학적 관점), 자료의 양과 질이 매우 중요해진 현대에 있어서 이러한 전통적 규범은 ①자료 수집 → ②자료 선정 → ③이야기할 자료의 배열 → ④원고의 작성 → ⑤연습 → ⑥발표의 과정으로 일반화된다.

'사물에 빗대어 자기 소개하기'라는 말하기 상황에 맞게 발표를 진행할 경우, 그에 대한 준비 단계별 특성은 다음과 같을 수 있다(참고로 이하의 내용은 발표 준비 단계를 위한 하나의 예시일 뿐이며, 발표의 준비와 내용의 구성은 여러분들의 상상력에 따라 얼마든지 더 참신하고 새로워질 수 있다는 점을 명심해야 한다).

3.1 발견

여기서 발견이란 곧 '왜 말하는가?'를 염두에 둔 상태로 '무엇을 말할 것인가?'가 고민되는 단계라고 할 수 있다. 가령, 사물에 빗대어 자기소개하는 경우 어떤 사물을 선택하여 자신을 소개할 것인지를 정하는 단계가 곧 발견의 단계인 것이다. 이때 중요하게 고려해야 하는 점은 첫째, 나를 소개할 수 있는 나만의 독특한 특징이 무엇인지를 파악해야 하며, 둘째, 나의 독자성을 드러낼 수 있는, 다시 말해, 나에 대한 분석을 바탕으로 찾아진 나만의 특성과 유사한 특성이 있는 사물을 범주화의 원리를 통해 찾아야 한다는 점이다.

사례 2

〈무엇을 말할 것인가?〉를 정하기 위한 질문들.

나는 어떤 사람인가?

내가 좋아하는 것은?

내가 싫어하는 것은?

내가 중요하게 여기는 가치는?

주위에서 말하는 나의 모습과 내가 생각하는 나의 모습은?

질문을 통해 드러난 나의 특징은 무엇인가?

나의 특징을 어필하는 사건이 있는가?

나를 다른 사람과 구분 짓는 특징들을 드러내는 질문을 되도록 많이 떠올려 보도록 합시다.

나의 독특한 특징 혹은 나를 다른 사람과 구분을 짓는 어떤 것이 찾아진다면, 나를 나답게 하는 특징을 갖는 다른 사물들은 무엇인지를 고민해봐야 한다. 가령, 나를 소개할 수 있는 특징이 언제나 미래를 희망적으로 바라보고, 매사에 적극적인 성격이라 분석된다면, 그러한 특징을 갖는 사물들에는 무엇이 있을까 고민할 수 있다. 이 단계에서 나의 특징을 분명하게 드러낼 수 있는 경험(사건)을 이용하는 것도 매우 효과적이다.

💬 내가 찾아낸 나의 특징을 공유하는 사물들을 적어본 후, 각각의 사물이 어느 정도나 나의 특징을 효과적으로 설명할 수 있는지를 비교해 보도록 합시다.

이러한 과정은 현대의 일반적인 말하기 준비 과정에 있어 '자료의 수집'과 '자료의 선정'에 해당하는 단계로 적절한 말하기 소재의 선택은 그 자체로 말하는 내용의 논리성(로고스적 측면)으로 연결된다는 점에서 신중해질 필요가 있다.

앞서 예시로 언급한 장그래가 슬리퍼를 통해 자신을 소개하는 상황을 가정한다면 장그래의 발견 단계는 다음과 같이 정리될 수 있다.

사례 3 나의 특징 정리하기와 사물 찾기

나(장그래)의 특징

1) 언제나 나의 자리에서 맡은 바 책임을 다한다.

2) 성공의 가치는 누가 알아주는 것이 아니라, 자신의 책임을 다하는 것이라 생각한다.

3) 내가 가장 중요하게 생각하는 가치는 노력 그 자체이다.

4) 사무직원의 슬리퍼는 누구도 중요하게 생각하지 않지만, 그것이 없다면 사람들이 불편하게 일을 할 수밖에 없다는 점에서, 그리고 사무직원의 모든 활동에 이용된다는 점에서 맡은 바 책임을 묵묵히 수행하고, 노력 자체의 가치를 중요하게 생각하는 나와 닮았다.

3.2 배열

배열이란 내가 선택한 말의 소재들을 어떤 순서로 이야기할지를 정하는 단계로 이해할 수 있다. 가령, 발견의 단계에서 나를 소개할 수 있는 특징과 나의 특징을 드러낼 수 있는 사건들, 경험들이 찾아졌다면, 그 특징과 경험들을 어떻게 배치해야 나의 말이 남들에게 효과적으로 전달될 수 있는 서사구조를 가질 수 있는지를 고민하는 단계가 바로 배열이다. 말하기에 있어 나의 말을 서사구조의 형식으로 배치하는 것은 설득의 측면에 있어 매우 효과적이다. 예를 들어, 어떤 사건을 이야기할 때, 전하고자 하는 사실을 어떤 구조적 고려 없이 이야기하는 것과 그 사건의 전개 과정을 인과적 혹은 시간적 순서에 따라 배열하고, 그 순서에 따라 기-승-전-결의 구조로 이야기하는 것은 청자의 관심도의 차이로 연결된다. 따라서 공적 말하기에 있어 말의 구조를 배열 과정을 통해 고민하는 것이 매우 중요한 작업이 된다.

사례 4 소재 배열하기

핵심적 고려사항: 어떻게 말을 시작하고, 어떻게 전개하며, 어떻게 마무리할 것인가?

〈장그래의 경우〉

1) 슬리퍼의 모습 말하기 → 초라한 모습 말하기, 땀 냄새 말하기, 슬리퍼에 대한 사람들의 편견 말하기 등
2) 나의 특징 말하기 → 나의 평상시 행동 말하기, 내가 생각하는 가치의 중요성 말하기 등
3) 슬리퍼와 나의 특징이 연결되는 지점 말하기 → 슬리퍼로 상징되는 책임감 말하기, 책임감의 중요성 말하기 등
4) 나를 어필하기 → 내가 슬리퍼와 닮은 나를 왜 자랑스러워하는지 말하기 등

내가 선택한 사물에 따라 어떻게 말을 시작하고 전개하고 마무리할지의 순서를 단계별로 적어보도록 합시다. 그리고 각각의 단계에서 내가 사용할 세부 소재들을 간략하게 적어보도록 합시다.

④
표현 단계

표현 단계는 실제 발표를 위한 초안을 작성하고, 초안을 바탕으로 실제 원고를 완성하는 단계이다.

보통 초안의 작성은 발표 준비 단계에서 수행된 말 소재의 배열을 중심으로 서사 단계별 핵심 문장과 보조 문장으로 구성되며 그 예는 다음과 같다.

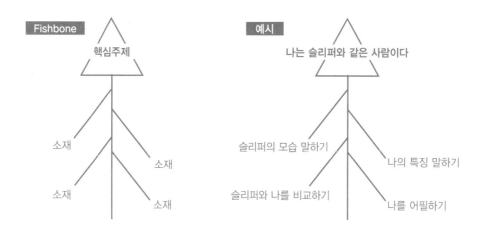

그림 10-1 어골도(Fishbone) 사례

4.1 개요 작성

물고기 뼈의 모양으로 소재가 배치된다고 해서 흔히 '어골도Fishbone'라고 일컬어지는 이러한 개요 작성법을 적용할 경우의 긍정적 측면은 무엇보다 말의 전체적인 내용을 한눈에 구조적으로 확인할 수 있다는 점이며, 기억의 측면에서도 매우 큰 효용성을 발휘한다. 왜냐하면 핵심 주제를 중심으로 세부적 소재가 배치되기 때문에, 세부 소재들의 배치를 기억할 경우, 세부 소재와 관련되어 언급되어야 할 말의 세부적 내용들이 자연스럽게 뒤따르기 때문이다. 이러한 Fishbone의 구조에 따라 장그래의 자기소개를 구조화할 경우 핵심 주제는 '나는 슬리퍼와 같이 조용히 맡은 바 책임을 다하는 사람이다'라고 정리될 수 있으며, 배열의 단계에서 찾아진 소재들 각각은 이 주제를 어필하는 장치로 구조화된다.

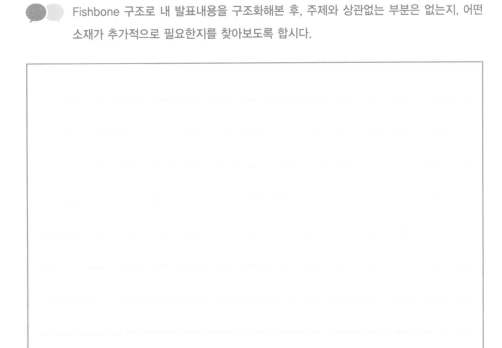 Fishbone 구조로 내 발표내용을 구조화해본 후, 주제와 상관없는 부분은 없는지, 어떤 소재가 추가적으로 필요한지를 찾아보도록 합시다.

4.2 원고의 작성

원고는 초안을 중심으로 실제 말하기의 상황에 맞추어 작성된다. 이때 원고는 언어적 측면과 비언어적 측면에서 모두 고려되어 작성되어야 한다.

언어적 측면의 경우 무엇보다 말의 형식이 서사의 구조로 적절하게 펼쳐지는지(기-승-전-결의 구조)를 살펴보는 것을 시작으로, 말의 내용이 논리적 설득력을 가졌는지, 그리고 청자들의 공감을 얻기 위한 효과적인 수사적 방법들이 활용되고 있는지를 살펴야 한다.

발표의 원고는 되도록 실제 발표 시의 어투(구어체)로 작성되는 것이 좋으며, 실제 어투로 작성한 후 그러한 어투가 공적 말하기라는 상황에 적절한지를 검토하는 과정이 필요하다. 특히, 수사적 방법에 대한 고민의 단계는 다수의 학생이 발표에서 간과하는 부분으로 수사적 표현에 대한 고민은 나의 발표의 질을 높이는 대표적인 수단이다. 장그래의 예에서 보듯, 슬리퍼를 지칭하는 '사무직의 전투화'라는 표현은 표현상으로는 매우 단순하지만, 화자가 말하고자 하는 바가 무엇인지를 매우 명확하고 간결하게 드러내 줌으로써 화자 발표의 질을 높이는 요소로 작용한다. 우리는 가끔 드라마나 영화에서, 혹은 실생활에서도 마찬가지로 단어 하나, 문장 하나의 선택에 신중한 상황을 맞이하게 되는데 이는 수사학적 표현이 가지는 힘을 드러내는 증거일 것이다. 동시에 적절한 단어와 문장의 구사는 공적 상황에서 화자의 이미지를 결정함으로써 매우 중요한 에토스적 요소가 되기도 하므로 이에 대한 고민이 간과되어서는 안 된다.

비언어적인 측면에 대한 고려 요소는 말하기 상황에서의 목소리의 톤, 적절한 빠르기의 조절, 시선 처리 방식, 적절한 몸짓의 활용, 그리고 발표의 시간이 내게 부여된 시간에 맞는지를 확인하는 과정을 꼽을 수 있다. '메라비언의 법칙The law of Meh-rabian'이라는 것이 있다. 1971년 캘리포니아 대학 UCLA 심리학과 교수인 앨버트 메라비언의 연구 결과로 메시지의 전달에 있어 중요하게 작용하는 것은 말의 내용 그 자체보다 시각적이거나 청각적인 부수적 요인이라는 점을 강조한다. 우리가 일반적으로 유명한 연사라고 생각하는 사람들의 다수는 모두 연설(발표) 상황에서 매우 적절한 비언어적 요소들을 활용하는 사람들이다. 장그래의 예를 통해 보자면, 슬리퍼가 상징하는 치열함을 드러내기 위해 슬리퍼의 냄새를 맡는 그의 몸짓은 자신의 생각을 효과적으로 전달하기 위해 사용하는 좋은 예가 된다.

이러한 부분을 고민하며 우리가 장그래가 되어 자신을 소개하는 장면을 상상해 보도록 하자. 어떻게 우리를 소개할 수 있을까?

안녕하십니까, 슬리퍼 같은 사람, 아니 슬리퍼를 닮고자 노력하는 사람, 장그래입니다.

여러분은 혹시 직장인들의 슬리퍼를 한 번이라도 눈여겨보신 적이 있으신가요? 대부분의 직장인들은 외부 활동이 많고, 때에 따라 중요한 사람들을 만나기도 해야 하므로 언제나 깨끗한 정장과 구두의 이미지로 기억되고는 합니다.

그래서일까요? 아무도 직장인들의 슬리퍼를 눈여겨보는 사람들은 없습니다.

(슬리퍼를 들어 올리며) 여기 사무직원의 슬리퍼가 있습니다. 많이 닳아있습니다. 지압용 돌출이 발 모양에 따라 변형되어있기까지 합니다. (냄새를 맡는 몸짓을 하며) 물론, 땀 냄새도 배여 있습니다.

땀 냄새가 배어있고, 바닥의 모양이 발바닥의 모양에 맞게 변형되기까지 한 슬리퍼. 이것은 아무도 알아주지 않는 슬리퍼가 직장인들의 번듯한 이미지를 가능하게 하는 숨은 공신이라는 것을 뜻합니다. 저는 직장인들의 번듯한 이미지보다 아무도 주목하지 않는 이 슬리퍼의 가치가 보다 더 중요하다고 생각합니다. 그리고 그런 제 생각은 곧 저의 인생관이기도 합니다. 전 저를 화려하진 않지만, 저의 자리에서 맡은 바 책임을 묵묵히 수행하는 슬리퍼 같은 사람이라고 생각합니다. 친구들은 저를 보고, 너무 조용하다, 너무 말이 없다고도 하고, 과정 그 자체를 중요하게 생각해서 뭐든 최선을 다하려고 할 때마다, 결과만 좋으면 되니 대충대충 하라고 조언을 하기도 합니다.

그러나 여러분! 과정이 충실하지 못한 결과가 얼마나 의미가 있을까요? 우연히 얻어진 결과가 과연 답답하지만 성실하게 수행되는 과정보다 값진 것일까요? 전 그렇게 생각하지 않습니다. 사무직원들의 광이 나는 구두도 중요하지만, 그들의 전쟁터라고 할 수 있는 사무실에서 그들이 신는 이 슬리퍼야말로 사무직원들의 진정한 전투화라고 생각합니다.

묵묵히 자신의 책임을 다하는 사무직원의 슬리퍼. 친구들로부터 '답답하다, 고지식하다'라는 말을 들으면서도 제 책임을 다하고자 하는 저.

여러분이 보시기에는 어떠신가요? 닮아 있는 것 같으신가요?

(미소) 아! 그렇지 않다고요. 네, 그럼 더 슬리퍼와 닮도록 노력하겠습니다.

(활기차게) 이상 슬리퍼와 닮아지고자 하는 남자 장그래였습니다.

감사합니다.

❺
연습 단계

우리는 흔히 발표 원고를 작성하는 것으로 발표 준비를 마치고는 한다. 실제 발표 상황에서는 정성스럽게 작성한 원고를 읽기만 하면 된다고 생각하기 때문이다. 그러나 실제 발표의 상황에서, 특히나 공적 말하기의 상황에서 원고를 읽는 행위는 발표자의 불성실한 태도로 비추어질 수 있다. 청자의 입장에서 발표자가 제대로 된 준비를 하지 않았다고 여겨질 수 있기 때문이다. 따라서 발표에 앞선 연습의 단계가 매우 중요하며, 이는 곧 발표자의 에토스와 연결된다. 전통 수사학뿐만 아니라 현대의 수사학에서도 '암기'라는 과정의 필요성을 강조하는 것은 바로 그 때문이다.

연습 단계로 접어들어야만 내 말의 부족한 부분, 막히는 부분, 자연스러운 몸짓의 여부, 적절한 발표 시간의 체크가 가능하다는 점을 잊어서는 안 된다.

이제까지 우리는 실제 공적 말하기(발표)를 준비할 때, 화자가 반드시 고려해야 할 요소들과 그 준비 과정상의 유의점들에 대해 알아보았다. 다시 강조하지만, 공적 말하기란 다양한 사람들 앞에서 펼쳐지는 담화 상황이다. 다양한 사람들은 다양한 관점과 생각을 가지고 있기 마련이고, 따라서 화자는 가급적 많은 사람들이 화자의 말에 공감할 수 있는 전략을 고민해야 할 필요가 있다. 이를 위해 반드시 화자는 '왜' 말을 하는 것인지, '무엇을' 말해야 하는지, '어떻게' 말해야 하는가라는 질문에 대한 스스로의 분명한 답안을 가지고 있어야 하며, 그 답안을 중심으로 수사학적 3요소에 대응하는 전략을 수립하고, 공감의 방법을 고민해야 한다. 물론 그러한 고민에 대한 답은 언제나 막연하기 마련이고, 그래서 체계적 준비 단계가 필요한 것이다. 일반적으로 잘 짜여진 체계는 핵심적인 것과 부수적인 것을 분명하게 구분할 수 있게 하는데, 〈발견-배열-표현-암기-발표〉라는 발표 준비 단계의 체계성 또한 여러분의 머릿속에 막연하게 자리한 말을 체계화하는 장치가 될 것이다.

〈표10-1〉은 〈3분 스피치: 사물을 통해 자기 소개하기〉라는 과제를 평가할 수 있는 하나의 기준이다.

발표 준비에 있어서 기준이 되는 세 가지 질문, 즉 '왜', '무엇을', '어떻게'라는 질문은 수사학적 3요소인 '로고스', '에토스', '파토스'적 요소들을 어떻게 설정하고 배치하느냐에 따라 그 질문들에 대한 답들이 명확해지기도 하고 흐릿해지기도 한다. 그리고 그 답들의 명확성 여부는 청자들의 이해와 정서에 영향을 끼치게 되고, 그 결과가 곧 공감의 여부로 나타난다. 따라서 발표를 준비하는 데 수사학적 3요소가 나의 발표에 담겨있는가를 점검하는 일은 화자에게 있어 놓쳐서는 안 되는 단계이다.

마찬가지로, 발표가 성공적이었는가 그렇지 않았는가를 판단하는 핵심적 기준은 나의 발표에 얼마나 많은 대중이 공감했는가 그렇지 않았는가로 갈라진다. 공감은 내 발표에 녹아 들어가 있는 설득적 요소에 영향을 받으며, 이때 설득적 요소란 내가 사용하는 언어적 요소와 나의 행동에서 드러나는 비언어적 요소 모두를 의미한다. 따라서 단어 하나, 문장 하나가 가지는 표현적 측면에 대한 고민이 있어야 한다. 적절한 수사적 표현의 활용과 분석과 범주화를 통한 말의 논리적 체계 구축은 발표에 '필요'한 것이 아니라, '없어서는 안 되는 것'이다.

나아가 나의 발표 태도가 얼마나 자연스럽고, 나의 목소리, 몸짓이 얼마나 확신에 차 있는지를 점검하는 일 또한 간과해서는 안 된다. 내 말을 듣는 청자는 나의 목소리, 태도 등에 따라 다양한 감정을 느끼게 된다. 나의 목소리와 태도가 자연스럽고, 그래서 공적 담화의 장을 장악하고 있다면, 청자들 또한 나의 말에 장악당할 수밖에 없고, 나의 목소리와 태도에 자신감이 없고, 어색하다면 청자들 또한 나의 말과 태도에서 어색함과 불편함을 느낄 수밖에 없다는 점을 잊어서는 안 된다.

표 10-1 자기소개 평가서

학과			학번		이름	
		평가요소	매우 그렇지 않다	매우 그렇다	평가근거	
수사학 3요소		(에토스) 상황에 적절한 차림을 갖추고 자신감 있고 신뢰할 만한 태도를 견지하며 연설에 임하고 있는가?	① – ② – ③ – ④ – ⑤			
		(파토스) 청중의 심리를 고려하면서 연설에 임하고 있는가?	① – ② – ③ – ④ – ⑤			
		(로고스) 연설의 핵심을 이성적으로(논리적으로) 전달하고 있는가?	① – ② – ③ – ④ – ⑤			
공감		발언에서 공감을 목적으로 하는 표현이 구체적으로 보이는가? (예: 질문의 활용, 청중에 대한 호칭 등)	① – ② – ③ – ④ – ⑤			
		화자의 비언어적 표현(시선, 몸짓, 어조, 크기, 표정 등)이 청중의 공감을 얻는 데 효과적인가?	① – ② – ③ – ④ – ⑤			
묘사와 비유		선택한 사물에 대한 묘사가 정확하게 이루어지고 있는가?	① – ② – ③ – ④ – ⑤			
		사물에 빗대어 자신의 특성을 설명하는 비유적 방법이 적절히 수행되고 있는가?	① – ② – ③ – ④ – ⑤			
분석과 범주화		범주적 사고에 기반하여 창의적인 소재가 발언에 활용되고 있는가?	① – ② – ③ – ④ – ⑤			
		자신의 특성과 사물의 특성을 세분화하여 분석적으로 파악하고 있는가?(≒자신의 특성과 사물의 특성을 부분→전체, 전체→부분의 순서로 설명하여 이해를 높이고 있는가?)	① – ② – ③ – ④ – ⑤			
점수합계						

1. 공적 말하기를 준비함에 있어 우리는 반드시 '왜 말해야 하는가?', '⬚⬚⬚ 말해야 하는가?', '⬚⬚⬚ 말해야 하는가?'라는 질문을 던질 수 있어야 한다.

2. 전통적인 수사학에 있어 공적 말하기의 실행은 ⬚⬚⬚ – ⬚⬚⬚ – ⬚⬚⬚ – ⬚⬚⬚ – ⬚⬚⬚ 의 단계를 거친다.

3. 발표에 있어 언어적 측면에 대한 고려 요소는 ⬚⬚⬚ ⬚⬚⬚ ⬚⬚⬚ 등이 있으며, 비언어적 고려 요소로는 ⬚⬚⬚ ⬚⬚⬚ 등이 있다.

4. 본문의 워크시트의 내용을 기반으로 하여 자신을 소개하는 발표 원고를 작성해 보도록 하자.

토의 · 토론이란
무엇인가?

Chapter 11에서는 토의 및 토론에 대해 학습한다. 우리는 먼저 토의와 토론이란 무엇인지 알아볼 것이다. 또한 토의 및 토론에 참여할 때 바람직한 자세가 무엇인지 살펴볼 것이다. 그리고 토의 · 토론의 여러 가지 종류와 방법을 알아볼 것이다.

일반적으로 토의와 토론은 동일한 의사소통 행위로 생각되는 경우가 많다. 하지만 엄밀히 따져보면 양자는 구분된다. 토의discussion란 어떤 주제에 대해 여러 사람이 정보와 의견을 교환하여 학습하거나 문제를 해결하려는 과정에서 수행하는 말하기 및 듣기 활동이다. 토의는 참여자들 간의 상이한 견해와 입장, 관점 등을 서로 자유롭고 평등하게 교환하면서 진행된다. 이러한 의견 교환 활동을 통해 토의의 참여자들은 자연스럽게 문제를 해결할 수 있는 가장 적절한 답이 무엇인지 합리적 사고를 통해 알게 된다. 그리고 그것을 가장 적절한 답으로 합의함으로써 의견 교환을 종료한다. 이처럼 토의는 협의를 통해 가장 적절한 해결책을 도출한다는 특징을 지니고 있다. 토의에서는 누구의 의견이 가장 우월한지, 누구의 주장이 승리하는지를 가리는 것은 중요하지 않다. 승패를 떠나 가장 바람직한 의견을 도출하는 것이 중요하다. 그런 의미에서 볼 때 토의의 목표는 참여자들과 협동적인 의사소통을 수행함으로써 모두가 직면하고 있는 문제를 해결할 수 있는 가장 좋은 대안을 마련하는 것이다.

토론debate은 어떤 주제에 대해 서로 다른 주장을 하는 사람들이 논증을 통해 자기주장을 정당화하여 다른 사람을 설득하는 의사소통 활동을 의미한다. 토론 상황에서는 각기 상이한 주장을 내놓는 참여자들이 자기의 견해가 더 타당하고 올바르다고 주장함으로 인해 날카로운 의견 대립이 발생한다. 참여자들이 상대방의 주장보다 자신의 주장이 더 타당함을 사람들에게 증명함으로써 논쟁에서 승리하고 싶어 하기 때문이다.

토론에서 승리하기 위한 가장 좋은 방법은 상대방의 주장과 근거가 잘못되었음을 보여주는 것이다. 또한 상대방의 주장이 모순적임을 논리적으로 입증하는 것이다. 상대방이 전개하는 논증에서 오류와 모순을 찾아냄으로써 자신의 주장이 우월함을 상대방이 인정하도록 만들면 토론에서 승리할 수 있다.

　토론의 목적은 더 나은 논증을 제시함으로써 자신과 다른 견해를 가진 상대방을 설득하는 것이다. 토론 참여자들은 의견을 달리하는 상대방을 설득하기 위해 자신의 주장이 타당함을 논리적으로 입증하려는 합리적 태도를 갖고 있다. 그러므로 이들은 더 나은 논증력을 지닌 견해가 제시되었을 경우 자신의 입장을 버리고 타당한 의견을 수용한다. 이것은 토론 참여자 중 어느 한 편이 논쟁에서의 승리라는 목적을 달성함을 의미하지만, 다른 한 편으로 보자면 토론이라는 협동적 의사소통 행위를 통해 좀 더 타당한 의견을 공동의 의견으로 수용함으로써 문제에 대한 보다 나은 대안을 마련해 참여자 모두에게 이익이 돌아가는 것을 뜻하기도 한다.

　토의와 토론의 차이점은 다음과 같은 표로 도식화할 수 있다.

표 11-1 토의와 토론의 차이점

항목	토의(discussion)	토론(debate)
목적	최선의 해결책 도출	타인을 설득
입장	상이한 입장 또는 같은 입장	다름
의사소통 방식	정보, 지식, 의견 교환: 협동적 의사소통	논증: 경쟁적 의사소통
역량	창의적 문제 해결력	논증력

2

토의 · 토론의 자세

　토의와 토론은 기본적으로 합리적 태도로 임해야 한다. 말하는 사람은 이성적 사고에 합치되도록 의견을 제시해야 하며, 듣는 사람은 상대방의 주장이 이성적으로 사고했을 때 합당한 것으로 인정될 수 있는지 검토해야 한다. 하지만 합리적 태도로 토의나 토론에 임하는 경우는 그다지 많지 않다. 바람직하지 않은 태도로 토의나 토론에 임하는 까닭에 합리적 의사소통에 이르지 못하고 말싸움으로 변하는 경우가 많은 것이다.

2.1 바람직스럽지 않은 토의·토론 태도의 특징

그렇다면 좋지 않은 태도로 토의 및 토론에 임하는 이들의 특징은 어떠할까? 대략 다음과 같이 정리될 수 있다.

첫째, 이성보다 감정에 의존하여 임한다. 토의나 토론에 임할 때 가장 흔하게 직면하는 상황은 다른 의견을 지닌 사람과 직접적으로 맞부딪친다는 것이다. 이 경우 자기도 모르게 감정에 휩싸여 상대방의 말을 무조건 부정적으로 해석하는 일이 많이 발생한다. 그로 인해 합리적으로 사고하면 받아들일 수 있는 의견을 절대로 수용하지 않으려는 고집을 부리다가 더 이상 대화조차 하지 않게 되기도 한다.

물론 토의와 토론에서 감정 자체를 배제하라는 의미는 아니다. 감정은 토의와 토론을 생동감 있게 만들고 토의와 토론의 목적을 성공적으로 달성하게 만드는 좋은 계기로 작용할 수 있다. 논리만 앞세우는 토의 및 토론 태도는 상대방의 호감을 얻지 못해 협조나 설득에 실패하도록 만든다. 하지만 상대방이 이성 못지않게 감정을 지닌 존재라는 점을 이해하고 있는 사람은 성공적인 토의 및 토론을 수행할 수 있다. 그렇지만 이것은 이성적 태도를 바탕으로 감정을 활용할 때 기대할 수 있는 효과다. 이성적 사고는 하지 않은 채 감정만을 앞세울 때 이와 같은 효과는 얻기 어렵다.

둘째, 논거 없이 주장하거나 타당하지 않고 신뢰성을 얻기 어려운 논거에 따라 자기주장을 내세운다. 토의나 토론에서는 자기 의견을 상대방에게 납득할 수 있도록 주장하는 게 중요하다. 이를 위해서는 주장하기만 하는 것이 아니라 이를 뒷받침하는 논거를 함께 제시해야 한다. 나아가 타당하고 신뢰할 수 있는 논거를 통해 주장을 내세워야 한다. 하지만 실제 토의 및 토론에서는 아무런 논거 없이 자신의 주장을 내세우는 데에 급급하거나, 신뢰할 수 없는 정보를 바탕으로 한 논거를 가지고 주장을 하는 일이 많다.

셋째, 권위에 호소하여 자기주장을 제시한다. 토론은 합리적으로 수용 가능한 논거를 통해 자기주장의 타당성을 보여줌으로써 의견을 달리하는 타인을 설득하는 의사소통 활동이다. 토의 역시 상대방이 합리적 관점에서 검토해 볼 때 수용할 만한 의견을 교환하면서 전개하는 의사소통 활동이다. 양자 모두 합리성에 기초한 의사소통인 것이다. 만일 자기주장이나 의견을 합리적으로 수용 가능한 논거가 아니라 권위에 따라 제시한다면 그것은 타당한 주장이나 의견으로 인정되기 어렵다.

예를 들어, 어떤 사람이 특정 종교가 지닌 교리의 권위에 의거해 '육식이 정당하지 않다'라는 주장을 한다고 해 보자. 이러한 교리의 권위를 인정하지 않는 사람들에게 이것은 설득력을 지닐 수 없는 토론 방식이다. 이처럼 전통적 관습과 문화, 종교적 가르침, 높은 지위나 경력, 특정 인물의 유명세 등의 권위를 바탕으로 하여 자기주장의 정당성을 제시하는 것은 바람직한 토론 태도가 아니라고 할 수 있다.

2.2 바람직한 토의 · 토론 태도

그렇다면 바람직한 토의 및 토론 태도는 어떤 것일까?

첫째, 상호존중의 태도로 상대방의 의견 및 주장을 잘 듣고 이해하려는 자세가 필수적으로 요구된다. 토의와 토론은 서로의 의견과 주장이 자유롭게 교환될 때 잘 진행될 수 있다. 이를 위해서는 참여자 모두가 서로 동등한 지위를 지닌 인격체임을 인정하면서 상대방의 의견을 잘 듣고 이해해야 한다. 토의 및 토론 과정에서는 참여자들의 학력, 재산, 사회적 신분, 성별, 인종, 지식 등의 실제적 격차를 유보해야 한다. 모든 참여자들을 오직 자유롭고 평등한 인간으로서만 대우할 수 있어야 한다. 그래야만 어떠한 부담과 압박감도 의식하지 않은 채 상대방의 의견 및 주장에 충분한 주의를 기울이면서 자기의 의견 및 주장을 상호존중의 태도로 제시할 수 있다.

둘째, 논제에 대해 충분히 이해하고 토의 및 토론에 임해야 한다. 토의 및 토론을 제대로 수행하기 위해서는 중심 주제가 무엇인지 충분히 파악하고 그와 관련된 배경적 정보와 지식 그리고 지금까지 제기되어 왔던 논지들이 무엇인지 잘 이해하고 있어야 한다. 이는 자료 조사하기를 통해 충족될 수 있다.

셋째, 합리적 태도를 견지해야 한다. 토의와 토론은 문제에 대한 적합한 대안을 마련하고, 합리적 근거와 주장을 통해 서로 다른 의견의 대립을 해결하고자 수행되는 의사소통 활동이다. 서로 다른 해결책과 주장을 교환하다 보면 의견과 관점을 달리하는 상대방에게 적대적 감정을 품게 되는 경우가 많아진다. 그러나 토론과 토의에 참여하는 이들이 지향하고 견지해야 할 바는 문제의 합리적 해결이다. 합리적으로 검토하였을 때 수용 가능한 타당한 의견이나 주장이라고 판단된다면, 그것이 누구의 것이든 상관없이 타당한 대안으로 승인하여야 한다.

넷째, 다원적 관점과 비판적 태도를 유지해야 한다. 자신의 관점과 의견이 올바른 것임을 상대방에게 전달하는 데 몰두하는 태도는 자칫 편협성을 초래하기도 한다. 우리가 타인과 함께 토의와 토론을 수행하는 이유는 내가 생각해 보지 못한 사항을 상대방이 일깨워줌으로써 더 나은 대안을 찾아내고 합의해 내기 위함이다. 자신의 의견이 절대적으로 올바르다고 여긴다면 굳이 상대방과 토의나 토론을 할 이유는 없다. 그런 생각으로 토의 및 토론에 임한다면 그것은 요식행위에 지나지 않는다. 상대방과 토의 및 토론하는 과정에서 우리는 자신이 미처 생각하지 못한 중대한 사항을 알게 되거나 관점의 폭이 넓어지게 된다. 그럼으로써 지금까지 자신이 견지하고 있었던 견해에 대해 합리적 의심을 품으며 비판적으로 사고하도록 만든다. 이와 같이 자신의 관점만을 가지고 문제를 바라보지 않고 타인의 관점에서 자신의 견해를 비판적으로 검토하는 태도를 보일 때, 불필요한 갈등 없이 더 나은 대안을 합의해 나갈 수 있다.

3
토의의 종류와 방법

3.1 원탁 토의(Round Table Discussion)

말 그대로 참여자들이 둥근 탁자에 둘러앉아 각자의 의견을 교환하는 토의 방법이다. 비교적 적은 인원의 사람들이 동등한 자격으로 주제에 대해 자유롭게 의견을 나눌 수 있다는 특징을 갖는다. 원탁 토의의 참여 인원은 10명 내외가 적절하다. 정해진 토의 규칙은 없다. 따라서 형식에 구애받음 없이 자유로운 분위기에서 자연스럽게 토의가 진행될 수 있다는 장점이 있다. 하지만 토의가 주제에서 벗어나서 산만하게 운영될 수도 있으며, 대규모 인원의 토의에서는 적합하지 않다.

3.2 패널 토의(Panel Discussion)

배심토의라고도 한다. 토의 참가자들이 너무 많을 경우 대표 토의자들을 선정하여 진행하는 방식이다. 주어진 논제에 대해 전문 지식이나 정보를 지닌 4~6명의 토의자(패널리스트 panelist)들이 청중 앞에 앉아 자신의 견해를 발표하는 형식의 토의이다. 우선 패널리스트들이 각각 의견을 발표한 후 패널리스트 간의 토의가 진행된다. 이후에는 청중도 토의에 참여하여 질의응답을 하거나 청중의 의견을 제시할 수 있다. 주로 학회의 심포지엄이 패널 토의의 형식으로 진행된다.

3.3 버즈 토의(Buzz Discussion)

미시간 대학의 필립스J. D. Philips가 고안한 토의 방식이다. 토의 참여자의 수가 많을 때 몇 개의 모둠으로 나누어 토의하게 하고, 각 모둠의 결론을 전체 토의에서 발표하게 한다. 각 모둠은 형식과 규칙에 구애받지 않고 자유롭게 이야기할 수 있기 때문에 왁자지껄하게 토의하게 된다. 마치 벌들이 윙윙대며 토의하는 것 같다고 해서 이런 이름이 붙여진 것이다. 구성원들이 마음 편하게 의견을 낼 수 있어서 참여자들의 적극적인 유도를 이끌어내기 위해 효과적이다. 제한 시간 내에 많은 인원이 토의해야 할 경우 알맞은 방식이다. 각 모둠에서는 사회자와 기록자를 정하여 진행한다. 전체 토의는 모둠 토의가 끝난 후 진행한다. 사회자 역할을 맡은 사람이 모둠에서 나온 의견과 결론을 차례로 발표하고 의견을 나누는 방식으로 전체 토의를 수행한다. 모둠 토의가 중심 주제에서 벗어나지 않도록 주의해야 한다.

3.4 월드 카페(World Cafe)

월드 카페는 자유롭고 활기찬 분위기에서 여러 사람과 만나 의견을 교환할 수 있게 하는 토의 방식이다. 우선 4~6명으로 이루어진 여러 모둠으로 나누어 토의를 진행한다. 각 모둠에 호스트를 한 명씩 지정하도록 한다. 일정 시간이 흘러 교수자가 신호를 주면, 각 모둠의 참가자들은 일제히 다른 모둠으로 자유롭게 이동하여 토의를 진행한다. 호스트는 다른 모둠으로 이동할 수 없다. 새로운 구성원으로 이루어진 모둠에서 호스트는 지금까지 토의된 내용을 새로운 구성원들에게 간략히 설명한 후 새로운 구성원들과 토의를 진행한다.

월드 카페는 비교적 많은 인원일 때 활용할 수 있는 토의 방법이다. 또한 이동하면서 토의를 진행한다는 점에서 토의 활동에서 느낄 수 있는 지루함을 떨쳐 낼 수 있다는 장점을 지닌 방법이기도 하다.

💬💬 '결혼하여 사는 삶이 좋은가?' 아니면 '미혼으로 사는 삶이 좋은가?' 월드 카페의 방식으로 토의한 후 그 내용을 발표해 보자.

④
토론의 종류와 방법

4.1 링컨-더글러스 토론(Lincoln-Douglas Debate)

1858년 상원의원 선거를 두고 링컨Lincoln과 더글러스Douglas 사이에 펼쳐졌던 토론에서 유래하여 만들어낸 토론 방식이다. 노예제도의 정당성에 관해 격돌한 이 토론에서 링컨은 미국독립선언서에 명시된 '모든 인간은 평등하다'라는 정신에 입각하여 흑인 해방을 주장하였다. 1980년 미국의 전국토론연맹Natinal Forensic League이 링컨-더글러스 토론 방식을 채택하여 토론 경연대회를 치르면서 대중화되었다. 이 토론은 일대일로 진행된다는 특징을 지니고 있다. 진행 방법은 다음과 같다.

표 11-2 **링컨-더글러스 토론의 진행 방법**

절차	시간(총 32분)
입론: 찬성 측	6
교차조사: 반대 측 질문	3
입론: 반대 측	7
교차조사: 찬성 측	3
반론: 찬성측	4
반론: 반대 측	6
재반론: 찬성 측	3

4.2 의회식 토론(Parliamentary Debate)

영국 의회를 모델로 만들어진 토론 방법이다. 같은 입장을 지닌 구성원들이 팀을 이루어 팀별로 토론 경쟁을 벌이면서 진행된다. 편의상 정부팀과 야당팀으로 나누어 논제에 대한 격렬한 논쟁을 벌인다. 많은 대학과 고등학교에서 의회식 토론 방식을 본보기로 삼아 토론 교육과 대회를 수행하고 있다. 진행 방법은 다음과 같다.

표 11-3 **의회식 토론의 진행 방법**

절차	시간(총 40분)
입론: 찬성 측 1(수상)	7
입론: 반대 측 1(야당대표)	8
입론: 찬성 측 2(여당 의원)	8
입론: 반대 측 2(야당 의원)	8
반론: 반대 측 1(야당대표)	4
반론: 찬성 측 1(수상)	5

4.3 칼 포퍼식 토론(Karl Popper Debate)

1994년 열린사회연구소Open Society Institute에서 개발한 토론 방식이다. 이 연구소는 철학자 칼 포퍼Karl Popper의 대표 저작인『열린 사회와 그 적들』에서 따 온 명칭을 사용하여 설립되었으며 사회주의 붕괴 이후 동유럽의 변화에 대처하기 위해 활동하고 있다. 포퍼는 어떤 주장도 틀릴 수 있다는 가류주의적 원칙 아래 비판적 사고의 태도를 강조한 철학자다. 그는 어떤 주장이 반증가능성 자체를 부정한다면 그것은 이데올로기일 뿐 과학적 주장일 수는 없다고 말하였다. 칼 포퍼식 토론은 가류주의와 반증가능성에 입각한 비판적 사고를 통해 토론을 진행시킬 것을 강조하고 있다. 이 토론 방식은 세 명이 한 팀을 이루어 쟁점에 대한 충분한 연구를 한 후 토론에 임하도록 한다. 칼 포퍼식 토론은 가류주의와 반증주의적 정신을 강조하고 있기 때문에 입론보다는 교차조사와 반론에 더 많은 시간을 배정한다.

표 11-4 칼 포퍼식 토론의 진행 방법

절차	시간(52분)
입론: 찬성 측 1	6
교차조사: 반대 측 3 질문	3
입론: 반대 측 1	6
교차조사: 찬성 측 2	3
반론: 찬성 측 2	5
교차조사: 반대 측 2	3
반론: 반대 측 2	5
교차조사: 찬성 측 3	3
반론: 찬성 측 3	5
반론: 반대 측 3	5
최종변론: 반대 측 1	4
최종변론: 찬성 측 1	4

내용 정리하기

1. [   ]란 어떤 주제에 대해 여러 사람들이 정보와 의견을 교환하여 학습하거나 문제를 해결하려는 과정에서 수행하는 말하기 및 듣기 활동이다. 토의의 목표는 참여자들과 협동적인 의사소통을 수행함으로써 모두가 직면하고 있는 문제를 해결할 수 있는 가장 좋은 대안을 마련하는 것이다.

2. [   ]은 어떤 주제에 대해 서로 다른 주장을 하는 사람들이 논증을 통해 자기주장을 정당화하여 다른 사람을 설득하는 의사소통 활동을 의미한다. 토론의 목적은 더 나은 논증을 제시함으로써 자신과 다른 견해를 가진 상대방을 설득하는 것이다.

3. 바람직스럽지 않은 토의·토론 태도의 특징은 '첫째, 이성보다 [   ]에 의존하여 임한다.', '둘째, 논거 없이 주장하거나 타당하지 않고 신뢰성을 얻기 어려운 논거에 입각하여 자기주장을 내세운다.', '셋째, [   ]에 호소하여 자기주장을 제시한다'이다.

4. 바람직한 토의 및 토론 태도는 첫째, [   ]의 태도로 상대방의 의견 및 주장을 잘 듣고 이해하려는 자세, 둘째, 논제에 대해 충분히 이해하고자 하는 자세, 셋째, 합리적 태도, 넷째, [   ] 및 비판적 태도의 유지 등이다.

5. 토의 종류에는 [   ], [   ], [   ], [   ] 등이 있고, 토론의 종류에는 [   ], [   ], [   ] 등이 있다.

토의 · 토론하기

Chapter 12에서는 토의 · 토론의 흐름과 그에 따라 실제로 준비해야 할 사항에 대해 학습한다. 토의 · 토론에서는 자기 의견을 논리적으로 전달하는 것이 중요하다. 이를 위해 우리는 입론, 반론, 질문, 재반론, 최종변론 등의 체계적 형식으로 자기 의견을 주장하는 법을 배울 것이다. 나아가 실제 토의 및 토론에서 유의해야 할 점도 살펴볼 것이다.

토의 및 토론의 흐름

토의·토론의 시작과 마무리는 어떻게 하는 것일까? 아래 그림을 통해 그것을 짐작해 볼 수 있다.

토론 전	토론	토론 후
입장 정하기/논제분석 /자료 조사	입론/질문/반론/최종변론	자기 평가

그림 12-1 **토의·토론의 흐름**

그림에서 볼 수 있듯이 토론 전에는 논제에 대한 자신의 입장을 정한 후 논제의 핵심적 쟁점 사항이 무엇인지 파악해야 한다. 이는 관련 자료를 면밀히 조사함으로써 깊이 있게 이루어질 수 있다. 자료조사는 논제의 배경을 이루고 있는 사항들, 즉 그 주제가 어떤 이유로 제기되었으며, 논의가 어떻게 전개되었는지, 그리고 이와 관련된 사람들의 입장은 무엇인지 등에 관한 분석을 중심으로 이루어져야 한다. 이를 통해 토의 및 토론 참여자는 논의의 전체 맥락을 파악하고, 이를 바탕으로 자신의 입장을 설득력 있게 전달하기 위한 토의·토론 전략을 짤 수 있다.

실제 토론은 대체로 입론, 질문, 반론, 재반론, 최종변론의 순서로 진행된다. 토론 참여자는 토론 전에 미리 자료조사뿐만 아니라 입론 등의 단계에 대한 준비를 마친 후 토론에 임해야 한다. 즉, 입론문을 작성하여 자신의 입장을 명확히 정리하고, 상대방이 어떤 식으로 입론을 할지 예상해 본 후 질문 내용을 미리 정해야 하며, 상대방이 나의 입론에 대해 어떻게 반박할지 미리 생각해 본 상태에서 재반박을 준비해야 한다. 마지막으로 최종변론문을 정리해 봄으로써 청중과 토론 상대방에게 자신의 입장을 설득력 있게 호소할 방법을 구상해 봐야 한다. 토론에 들어가기 전에 입론문, 반론문, 최종변론문을 써 보는 것은 유익한 방법이 될 수 있다.

② 토론하기

앞에서 우리는 토론이 입론하기, 질문하기, 반론 및 재반론하기, 최종변론하기 등의 순서로 진행됨을 배웠다. 그렇다면 입론하기 등은 실제에서 어떻게 이루어지는 것일까? 단계적으로 알아보기로 하자.

2.1 입론하기

입론하기란 논증을 세우는 것을 의미한다. 우리는 앞서 논증이란 논거를 가지고 자신의 주장이 타당함을 입증하는 진술을 의미한다고 배웠다. 토론은 나와 의견을 달리하는 사람을 논증으로 설득하는 의사소통 행위이다. 따라서 토론의 성패는 제대로 된 논증을 세울 수 있는가에 달려있다.

입론하기에서 제일 먼저 해야 할 바는 자신의 주장을 확정하는 것이다. 그리고 이 주장을 뒷받침할 수 있는 충분한 근거를 확보해야 한다. 하지만 좋은 논증을 위해서는 우선 논제에 대해 잘 이해하고 있어야 한다. 이는 충분한 자료조사를 통해 이루어질 수 있다. 자료조사는 논제가 제기된 배경, 핵심적 쟁점, 개념 규정 등을 중심으로 수행되어야 한다. 자료조사를 통해 논제에 대한 충분한 이해가 되었다면, 자기주장을 튼튼하게 뒷받침할 수 있는 근거를 세워야 한다. 근거는 대략 세 가지 정도로 구성하는 것이 좋다.

다음은 입론하기의 사례이다. 토론에 임하기 전에 아래의 양식을 활용해 입론문을 미리 작성해 본 후 입론하기에 대비한다면 실제 토론 현장에서 큰 실수는 범하지 않을 수 있다.

표 12-1 **입론문 작성 사례[6]**

논제: 로봇세를 신설해야 하는가?(긍정)	
배경	4차산업혁명으로 인해 공장자동화가 널리 전개되면서 로봇이 생산직 일자리를 대체하는 일이 많아지고 있습니다. 이런 변화에 대처하기 위해 주요 선진국에서는 로봇세 신설에 대한 타당성과 필요성을 놓고 다양한 논쟁을 벌이고 있습니다. 빌 게이츠는 '로봇의 노동에 세금을 매겨야 한다'라고 주장하였습니다. 또한 2016년 유럽의회는 로봇세 도입을 위한 초안 작업에 착수하였습니다. 미국 정계에서도 로봇세 신설이 필요하다는 의견이 등장하고 있습니다. 이처럼 로봇세 신설에 대한 목소리는 나날이 높아가고 있습니다.
용어정의	그렇다면 로봇세란 무엇일까요? 로봇세란 로봇과 같은 자동기계가 업무를 담당하게 함으로써 노동자의 노동력을 대체하는 일을 억제하고, 로봇을 통해 얻은 기업의 이익을 사회 복지를 위해 활용하고자 하는 세금을 의미합니다.
논거1	로봇세 신설이 필요한 이유는 로봇이 인간의 일자리를 대체함으로써 심각한 실업 문제를 야기할 것이기 때문입니다. MIT와 보스턴대 연구진이 발표한 바에 따르면, 산업용 로봇 1대가 노동자 6명의 일자리를 빼앗게 된다고 합니다. 또한 10년 내에 600만 개가 넘는 일자리가 사라질 거라고 전망했습니다. 이런 우려는 로봇세 신설로 해결할 수 있습니다. 로봇세는 기업의 로봇 도입을 억제함으로써 대규모 실업을 예방할 수 있게 합니다.
논거2	또한 로봇세를 부과하면 산업 구조 조정으로 인한 실업 속도를 완화시켜 사회적 불안을 최소화할 수 있습니다. 사회에는 산업구조의 변화에 취약한 인구가 많습니다. 자동화로 인해 일자리를 잃게 되더라도 사람들로 하여금 어느 정도 대비할 시간을 준다면 사회 불안은 적어질 수 있습니다. 로봇세는 자동화로 인한 구조조정 속도를 늦춤으로써 이와 같은 효과를 얻게 할 수 있습니다.
논거3	마지막으로 로봇세를 재원으로 복지기금을 마련하여 대량 실업에 대비한 사회보장제도를 구축할 수 있습니다. 로봇세를 통해 마련된 재원은 자동화로 인해 실직하는 노동자들에게 새로운 교육의 기회와 일자리(돌봄 노동)를 제공할 수 있기 때문입니다. 저는 이 세 가지 논거로 로봇세 신설이 필요하다고 주장합니다.

---

6 이종오, 김경희, 변광배 등(2017). *미네르바 인문 읽기와 토의·토론*. 한국외국어대학교 지식출판콘텐츠원, 448-449 참고.

2.2 질문하기

토의·토론 현장에서 질문하기는 궁금증을 풀기 위해 제시하는 것이 아니다. 질문하기의 목적은 자신의 주장을 강화하고 상대방의 주장을 약화시키기 위한 것이다. 적절한 질문은 토론장에서 여러 가지 효과를 낳는다. 우선 논제에 연관된 개념들이 각기 다른 의미로 활용될 경우 질문과 답변을 통해 개념이 의미하는 범위를 명확히 규정할 수 있다. 또한 질문을 통해 상대방이 잘못 알고 있거나 부정확한 정보를 고의로 유포하는 것을 지적할 수 있다. 나아가 상대방이 애매모호하게 발언하는 사항을 밝혀낼 수도 있고, 상대방이 자신의 주장과 모순되는 답변을 하도록 유도함으로써 상대방의 주장을 약화시킬 수 있다.

토론에서 질문하기는 교차조사cross examination라고도 한다. 서로가 번갈아 가면서 질문을 주고받으며 조사한다는 의미이다. 질문하기(교차조사)의 유형은 다양하지만 크게 두 가지로 나누어 볼 수 있다.

첫째, 상대방의 주장이 옳은지 검증함으로써 상대편의 주장을 약화시키는 유형의 질문이다. 이런 유형의 질문을 하기 위해서는 상대방의 논증 구조와 내용을 명확히 파악해야 한다. 즉 상대방의 주장 및 근거의 내용을 잘 이해하고, 주장과 근거의 논리적 연관관계에 모순은 없는지 파악해야 한다. 그래야만 질문 기회가 왔을 때 상대방의 논리적 모순을 지적하거나 틀린 내용을 검증하는 물음을 던질 수 있다.

부정 측	방금 로봇세를 부과하면 산업 구조조정으로 인한 실업 속도를 완화시켜 사회적 불안을 최소화할 수 있다고 하셨죠?
긍정 측	네, 맞습니다.
부정 측	하지만 산업 구조조정은 중심 산업이 제조업에서 정보산업이나 서비스업으로 옮겨 감으로써 발생한 현상이라는 점을 알고 계십니까?

위의 질문에 '안다'라고 대답한다면 자신의 주장과 어긋나게 되어 버린다. 실업 문제의 원인이 제조업에서 서비스업으로 변화하였기 때문이라는 점을 긍정하게 되면, 효과적 해결책은 로봇세 부과가 아니라 서비스업에 적합한 직업 교육을 제공

하는 것을 인정하게 되기 때문이다. '모른다'라고 답한다면 토론 준비가 부족했다는 점을 드러내게 된다.

둘째, 자신의 주장을 강화시키는 유형의 질문이다. 법정 영화에서는 유도심문을 하는 검사나 변호사가 등장한다. 이처럼 토론장에서도 질문을 통해 상대방으로 하여금 자신의 주장을 강화시키는 답을 끌어냄으로써 토론을 유리하게 이끌어 갈 수 있다.

부정 측	'세금 신설은 국민의 부담을 가중시킬 뿐이다'라는 제목의 이 칼럼은 과거에 토론자께서 기고하신 게 맞죠?
긍정 측	네, 맞습니다. 하지만 그건….
부정 측	로봇세도 세금인데 국민의 부담을 가중시키지 않겠습니까!

위의 사례에서 보듯이 부정 측 토론자는 질문에 대한 긍정의 답변을 유도함으로써 상대방의 모순적 입장을 드러내 자신의 입장을 강화하고 있다. 유도신문[7]의 전략을 취할 경우, 가급적 '예', '아니오'로 답할 수 있는 '닫힌 질문'을 하는 것이 유리하다.

2.3 반론 및 재반론 하기

반론은 반박이라고도 한다. 토론에서 반론은 상대방이 제시한 입론과 질문에 대한 답변 내용 등에 대해 반박하여 자신의 입장을 강화하고자 하는 진술을 의미한다. 반론은 '듣기'와 '기록하기'에서 시작된다. 제대로 된 반박은 상대방의 입론 내용이 무엇이고, 질문에 대해서는 어떻게 답변했는지 면밀히 파악한 후에야 가능하기 때문이다.

---

7 신문(訊問)은 증인이나 피고인 등에게 질문을 하면서 조사하는 것이고, 심문(審問)은 법원 등이 증인이나 피고인 등에게 진술할 기회를 주는 것을 말함.

반론은 두 가지 방법으로 할 수 있다. 첫째는 상대방이 제시한 증거나 정보가 정확하지 않음을 지적하는 것이다. 둘째는 상대방이 제시한 근거에서 주장이 도출되지 않음을 밝히는 것이다. 즉, 근거와 주장 간의 논리적 지지관계가 성립하지 않음을 보여줌으로써 상대방 주장의 논리성을 약화시킨다.

첫째 유형의 반론을 위해서는 자료조사가 충분히 이루어져야 한다. 깊이 있는 자료조사를 통해 상대방이 알고 있는 바가 단편적이거나 정밀하지 않음을 보여줄 수 있기 때문이다. 반면에 두 번째 유형의 반론은 논리적 지지관계가 부족하거나 모순 관계임을 지적하는 것이기 때문에 자료조사의 수고를 덜 수 있다. 아래의 예는 첫 번째 유형으로 반박하는 진술이다.

찬성 측	반대 측에서는 몇몇 돌파 감염 사례를 근거로 코로나19 백신 효과에 의구심을 제기합니다. 그러나 돌파 감염자는 전체 접종자 중 10% 내외입니다. 80~90%는 예방 효과를 유지하고 있습니다. 또한 현존하는 백신 중 질병을 100% 예방하는 것은 어디에도 없습니다. 대부분의 백신은 60% 이상의 예방 효과를 지니고 있으며, 현대 의학은 그러한 수치를 보이는 백신을 우수한 것으로 평가합니다.

반론을 당한 토론자는 재반론을 통해 자신의 견해가 여전히 타당함을 주장할 수 있다. 보통 재반론은 상대방이 반론한 내용이 정확한 사실에 근거하고 있지 않음을 보여주는 방식으로 전개된다. 혹은 상대방이 지적한 논리적 모순이나 불충분한 지지관계가 틀렸음을 드러냄으로써 대응할 수 있다. 나아가 아예 새로운 정보나 근거를 제시하여 자신의 주장을 강화시킬 수도 있다.

유의해야 할 것은 반론하기는 꼬투리 잡기나 흠집 내기와 다르다는 점이다. 아래의 예를 보자.

입론	나는 임신중절에 찬성한다. 왜냐하면 산모의 입장에서는 원하지 않는 아기를 낳지 않을 권리가 있기 때문이다.
반론	하지만 아기 입장도 생각해야 한다. 죄 없는 아기는 세상에 태어날 기회조차 박탈당하는 것이 아닌가?

위의 반론은 흠집 내기에 불과하다. 입론이 권리의 차원에 무게를 두면서 제기

되고 있다는 점을 파악하지 못한 채 반대 의견을 제시하고 있기 때문이다. 더구나 상대편이 비윤리적인 주장을 하는 사람이라는 인상을 청중에게 각인시키고자 한다. 이는 은근한 인신공격이라고 할 수 있다. 건전한 반론이라고 하기 어렵다.

건전한 반론은 상대방이 어떤 관점에서 자신의 주장을 전개하고 있는지 파악하고 그에 대한 반박을 하는 것이다. 아래 예를 보자.

입론	나는 임신중절에 찬성한다. 왜냐하면 산모의 입장에서는 원하지 않는 아기를 낳지 않을 권리가 있기 때문이다.
반론	하지만 태아에게도 태어나 생존할 권리가 있다. 임신중절은 태아의 생존권을 무시한다.

위의 반론은 권리의 차원에서 제기되고 있다. 입론자가 산모의 행복 추구권이라는 차원에서 자신의 주장을 전개하고 있기 때문이다. 따라서 건전한 반론자라면 입론자가 '인간의 권리'라는 차원에서 논증을 전개하고 있다는 점을 파악하고 이에 걸맞은 반론을 제시해야 한다. 이처럼 좋은 반론하기란 상대방이 제시하는 논증이 어떤 논의 범위에서 전개되고 있음을 파악하고 상대방 입론자가 미처 생각하지 못한 부분을 찾아내 대응하는 것이다.

2.4 최종변론하기

최종변론은 마무리 발언을 의미한다. 이것은 짧은 시간 내에 이루어져야 하는 경우가 많다. 최종변론은 크게 두 가지 내용으로 구성된다. 하나는 자신의 주장과 이를 뒷받침하는 근거를 명료하게 정리하여 상기시키는 것이다. 또 하나는 인상 깊고 호소력 있는 진술로 설득력을 높이는 것이다. 최종변론의 사례는 다음과 같다.

최종변론

아프리카 케냐에 살고 있는 이 어린이는 식구들이 사용할 물을 긷기 위해 12시간을 보내느라 학교도 가지 못합니다. 이 어린이가 먹어야 할 인근의 강물은 지구온난화로 인해 이미 말라버렸기 때문입니다. 우리나라는 물 부족 국가로 분류된 지 오랩니다. 이대로 간다면 아프리카의 이 어린이가 겪는 고통을 우리의 아이들이 겪어야 할지도 모릅니다. 물 부족은 기후 변화에서 시작됩니다. 기후 변화는 지구온난화가 초래한 재앙입니다. 물 부족 문제를 해결하기 위해서는 지구온난화를 늦춰야 합니다. 이를 위한 첫걸음은 탄소배출량을 줄이는 것입니다. 이는 자발적 의지만으로는 부족합니다. 그러므로 우리 정부는 탄소 배출 저감 정책을 강력히 시행해야 합니다.

최종변론은 주로 청중을 겨냥해 이루어진다. 의견을 달리하는 사람의 범주에는 토론 상대자뿐만 아니라 청중도 포함되기 때문이다. 최종변론을 통해 토론 상대자를 설득시키는 것은 거의 불가능하다. 하지만 청중의 경우는 다르다. 튼튼한 입론, 날카로운 질문, 적절한 반론에 더하여 최종변론에서 호소력 높은 발언을 한다면 다른 의견을 지닌 청중의 마음은 달라질 수 있다.

 '내연기관차를 사는 것이 좋을까?' 아니면 '전기차를 사는 것이 좋을까?' 각자의 의견을 다음의 형식에 맞춰 써 보자.

논제: 어떤 차를 살 것인가? (내연기관차/전기차)	
배경	
용어 정의	
주장	
논거1	

논거2	
논거3	
상대편의 예상 반론	
나의 반론	
최종변론	

❸
실전 토론에서 유의해야 할 점들

    청중 앞에서 상대편과 논쟁하는 토론 현장에서 좋은 성과를 이루기 위해서는 유의해야 할 점들이 많다. 가장 유의해야 할 점은 '명확하게 말하고 주의해서 듣는 것'이다. 즉, 자신의 견해를 상대방이 이해하기 쉽도록 명확하게 전달해야 하며, 주의 깊게 상대편의 주장을 듣고 그에 알맞은 반론을 제시하는 것이다. 또한 누구나 동의할 수밖에 없는 가치에 기초하여 자신의 주장을 전개해야 청중의 호응을 얻을 수 있다.

3.1 두괄식으로 입론하기

토론은 복잡하고 낯선 주제에 대해 논쟁하는 과정이다. 이는 토론자들이나 청중 모두가 고도의 집중력을 장시간에 걸쳐 유지하도록 요구한다. 하지만 시간이 흘러갈수록 집중력은 떨어지기 마련이다. 그로 인해 토론자들의 중심적 의견이 무엇인지 제대로 파악하지 못하고 부분적인 것에 주목하여 오해하는 경우가 많아진다. 이를 방지하기 위해서는 항상 두괄식으로 말한다고 생각해야 한다. 즉 자신의 핵심 주장을 한 문장으로 제시한 후 이를 뒷받침하는 근거를 제시하는 것이 좋다. 두괄식 입론은 다음과 같이 할 수 있다.

두괄식 입론
나는 마리화나가 합법화되어야 한다고 생각한다. 왜냐하면 마리화나는 여러 선진국에서 합법화되어 있기 때문이다. 또한 마리화나 흡연자들은 다른 사람들에게 피해를 주지도 않는다. 사적 즐거움을 위해 흡연을 하는 경우가 많기 때문이다. 피해는 마리화나를 불법적으로 구매하게 함으로써 범죄 세계로 다가가게 하는 데에서 야기된다. 마리화나 합법화는 이런 문제를 방지할 수 있다.

3.2 풀어서 말하기

토의와 토론에서는 일상생활에서 많이 접하지 못하는 복잡한 개념들을 활용하여 논쟁을 벌이는 경우가 잦다. 전문 용어가 빈번하게 사용되기 시작하면 이에 관한 연구나 이해도가 미진한 사람들은 토의나 토론에 집중하기 어려워진다. 토의·토론에 직접적으로 참여하는 사람들은 대부분 사전 조사를 통해 논제에 관련된 개념들과 용어들에 대해 깊이 있게 이해하고 있다. 하지만 청중은 그렇지 않은 경우가 많다. 토의·토론이 진행될수록 직접적 참여자들과 청중 간의 거리가 멀어질 때 청중에 대한 설득은 기대할 수 없게 되고 토의·토론은 오직 패널들만의 지루한 공방으로 변하게 된다. 패널들 사이의 논쟁이 정연한 입론과 날카로운 반론으로 전개된다고 할지라도 청중이 배제된다. 그것은 실패한 의사소통일 수밖에 없다. 그러므로 토의·토론 패널들은 반드시 청중의 입장을 고려하여 이해하기 쉬운 말을 동반하면서 전문 용어나 개념들을 사용해야 한다.

예를 들어 토의 패널이 '투자자들은 연준의 테이퍼링 조치에 대비해야 한다'라고 주장하게 되면, 이 문제에 소양이 깊지 않은 청중은 도대체 무슨 소리를 하는 건지 갈피를 잡기 어렵다. 하지만 '미국의 연방준비은행이 금융기관에 빌려줄 돈을 점점 줄이는 테이퍼링 조치가 곧 시작될 것이다. 투자자들은 이에 대비해야 한다'라고 주장하면 조금 더 쉽게 이해될 수 있다. 청중은 쉽고 명확하게 말하는 토의 및 토론자에게 더 높은 점수를 부여한다. 어려운 것도 쉽게 말할 줄 아는 사람이 논제에 대해 더 잘 이해하고 있다고 생각하기 때문이다. 토의 및 토론에는 패널들뿐만 아니라 청중도 참여한다는 사실을 늘 명심해야 한다.

3.3 보편적 가치관에 기초하여 주장하기

대부분의 사람들은 누구나 동의할 수 있는 보편적 원칙이나 가치관을 따르며 산다. 따라서 설득력을 얻기 위해서는 대부분의 사람들이 일반적으로 수용하고 있는 보편적 원칙이나 가치관을 바탕으로 삼아 자기주장을 전개하는 것이 유리하다. 보편적 원칙이나 가치관은 대부분의 사람들이 옳다고 여기는 것이기 때문에 쉽게 반박당하지 않는다는 이점도 있다. 다음의 사례를 보자.

사례
나는 임신중절이 합법화되지 말아야 한다고 생각한다. 모든 인간에게는 생존할 권리가 있다. 하지만 임신중절 합법화는 태아가 생존할 권리를 원천적으로 무시한다. 이는 모든 인간에게 보편적으로 보장되어야 할 생존권을 부인하는 비윤리적이며 반인간적인 법이라고 할 수 있다.

위 사례의 토론자는 임신중절의 합법화를 반대하고 있다. 토론자는 태아의 생존권 보장을 근거로 자기주장의 정당성을 증명하고자 한다. 이것은 대부분의 사람

들이 옳다고 여기는 생존권 보장이라는 가치에 기초하여 제시되고 있기 때문에 반박당하기가 쉽지 않다.

지금까지 우리는 토론을 실제로 어떻게 수행할 것인지에 대해 체계적으로 살펴보았다. 그렇다면 토론이 과연 잘 이루어졌는지는 어떻게 알 수 있을까? 아래 두 개의 표는 토론 수행 결과에 대한 점검에 유용할 것이다. 〈표12-2〉는 토론 참여자들에 대한 평가 기준이고, 〈표12-3〉은 사회자에 대한 평가 기준이다. 아래의 두 표는 평가를 목적으로 만들어졌지만, 각각의 평가 요소들을 잘 살펴보면 토론 참여자나 사회자가 어떤 역할을 중점적으로 수행해야 하는지 알 수 있다. 토론에 임할 때 이를 활용한다면 훌륭한 토론 역량을 갖춘 사람이 될 수 있을 것이다.

표 12-2 찬반 토론 평가서-토론참가자용

팀	평가 요소	매우 그렇지 않다 ①-②-③-④-⑤ 매우 그렇다	평가대상자 이름 평가 근거
		평가자 이름	
입론	1. 주장의 핵심이 명확하게 드러나고 있는가?	①-②-③-④-⑤	
	2. 근거(논점과 정합된 객관적 자료)를 통해 주장을 잘 도출하였는가?	①-②-③-④-⑤	
	3. 입론은 주장-근거-예시의 구조로 이루어져 있는가?	①-②-③-④-⑤	
질문 혹은 교차 조사	4. 상대방의 논점을 파악하는 데 효과적인 질문을 하는가?	①-②-③-④-⑤	
	5. 상대방의 주장과 근거가 갖는 약점을 드러내는 데 효과적인 질문을 하는가?	①-②-③-④-⑤	
반론	6. 논제에서 벗어나지 않으면서 반론하고 있는가?	①-②-③-④-⑤	
	7. 사실과 의견을 구분하여 반론하고 있는가?	①-②-③-④-⑤	
	8. 상대방 입론의 허점(숨은 가정, 지지관계, 사실관계의 허점 등)을 드러내는 반론을 하고 있는가?	①-②-③-④-⑤	
재 반론	9. 상대방의 반론에 대한 재반론을 하고 있는가? 아니면 자기주장을 되풀이하고 있는가?	①-②-③-④-⑤	
	10. 상대방의 반론에서 제시된 자료에 관하여 다른 증거를 제시하며 재반론을 하는가?	①-②-③-④-⑤	
	11. 재반론의 논점이 입론의 논점과 여전히 일치하는가?	①-②-③-④-⑤	
최종 변론	12. 최종변론의 내용에 토론 시 등장한 주요 논점들에 대한 요약과 그에 대한 입장이 반영되어 있는가?	①-②-③-④-⑤	
	13. 자신의 핵심 주장을 청중에게 설득력 있게 환기시키기 위해 적절한 언어적, 비언적 표현을 효과적으로 사용하는가?	①-②-③-④-⑤	
토론 자세	14. 상대방 발언을 진지하게 경청하면서 이성적인 태도를 유지하는가?	①-②-③-④-⑤	
	15. 인신공격, 모독, 말꼬리 잡기, 위압적 태도 등을 보이지는 않는가?	①-②-③-④-⑤	
	16. 상대방 주장이 더 타당하다고 판단되면 유보 없이 인정하고 수용하는 합리적 태도를 보이는가?	①-②-③-④-⑤	
점수합계			

표 12-3 찬반 토론 평가서-사회자용

팀		평가자 이름		평가대상자 이름	
	평가 요소		매우 그렇지 않다 매우 그렇다	평가 근거	
토론 규칙 의 숙지 및 적용	1. 토론을 입론-질문 혹은 교차조사-반론-재반론-최종변론의 순서로 진행하는가?		①-②-③-④-⑤		
	2. 토론 각 단계에 대한 설명을 제시하고 발언 내용이 이에 상응할 수 있도록 조언하는가?		①-②-③-④-⑤		
	3. 의견 제시와 반론의 기회를 균형 있게 부여하는가?		①-②-③-④-⑤		
	4. 상대방의 논점을 파악하는 데 효과적인 질문을 하는가?		①-②-③-④-⑤		
의견 의 종합 및 해설	5. 토론 참여자의 발언 종료 시 발언의 핵심을 이해하기 쉽도록 요약하고 정리하는가?		①-②-③-④-⑤		
	6. 논제의 핵심을 분명히 제시하고 있는가 또는 확인하고 있는가?		①-②-③-④-⑤		
	7. 단순히 화제 변화의 측면에서 논제 이동을 수행하는가 아니면 심층적 논의를 위해 시행히는기?		①-②-③-④-⑤		
	8. 토론의 시작과 끝에서 토론의 이유와 결과를 적절하게 종합하여 설명하는가?		①-②-③-④-⑤		
적절 한 개입	9. 토론 참여자들이 발언 시간을 지킬 수 있도록 개입하는가?		①-②-③-④-⑤		
	10. 반론이 나올 수 있는 조치를 취하는가? (논점의 정리, 반론이 가능할 것 같은 패널의 지목 등)		①-②-③-④-⑤		
	11. 논점이 명확할 수 있도록 부차적인 논점들을 차단하는가?		①-②-③-④-⑤		
	12. 토론의 진행 상황에 맞추어 사회자의 권한(토론 순서의 변경, 발언 시간의 연장 및 축소, 청중 의견 수렴 등)을 행사하는가?		①-②-③-④-⑤		
자세	13. 토론의 사회자로서 공적 말하기의 태도를 취하고 있는가?		①-②-③-④-⑤		
	14. 중립적 태도를 견지하는가?		①-②-③-④-⑤		
점수합계					

1. 토론은 [   ], [   ], [   ], [   ] 의 순서로 진행된다.

2. 입론하기란 [   ] 을 의미한다. 입론하기에서 제일 먼저 해야 할 바는 자신의 주장을 확정하는 것이다. 그리고 이 주장을 뒷받침할 수 있는 충분한 근거를 확보해야 한다. 충실한 자료조사는 튼튼한 근거를 확보하는 데 효과적이다. 입론하기는 배경, 용어 정의, 근거들로 이루어진다.

3. 토론에서 질문하기는 [   ] 라고도 한다. 질문하기의 목적은 자신의 주장을 강화하고 상대방의 주장을 약화시키기 위한 것이다. 질문하기(교차조사)의 유형은 다양하지만 크게 두 가지로 나누어 볼 수 있다. 첫째, 상대방의 주장이 옳은지 검증함으로써 상대편의 주장을 약화시키는 유형의 질문이다. 둘째, 자신의 주장을 강화시키는 유형이다.

4. 반론은 반박이라고도 한다. 토론에서 반론은 상대방이 제시한 입론과 질문에 대한 답변 내용 등에 대해 반박하여 자신의 입장을 강화하고자 하는 진술을 의미한다. 반론은 두 가지 방법으로 할 수 있다.
   첫째는 [   ] 것이다.
   둘째는 [   ] 것이다.
   반론하기는 꼬투리 잡기나 흠집내기와 다르다. 건전한 반론은 상대방이 어떤 관점에서 자신의 주장을 전개하고 있는지 파악하고 그에 대해 반박을 하는 것이다.

5. 최종변론은 마무리 발언을 의미한다. 최종변론은 크게 두 가지 내용으로 구성된다. 하나는 자신의 주장과 이를 뒷받침하는 근거를 명료하게 정리하여 상기시키는 것이다. 또 하나는 [   ] 이다.

6. 토론 현장에서는 명확하게 말하고 주의해서 들어야 한다. 이는 세 가지 측면에서 말할 수 있다. 첫째, 입론하기는 [   ] 으로 하라. 둘째, 복잡하고 어려운 용어나 개념은 풀어서 말하라. 셋째, [   ] 에 기초하여 주장하라.

Chapter 13

창의를 완성하는
디자인 사고

> 초근 출시된 핸드폰, 건조기, 인덕션과 같은 전자제품을 보면, 꼭 매뉴얼을 보지 않더라도 직관적으로 파악해 한두 번의 조작으로 곧바로 사용할 수 있다. 물론 제품이 구현할 수 있는 기능을 충분히 활용하려면 매뉴얼을 통해 정보를 파악하는 시간이 걸리긴 한다. 하지만 사용자관점(User-centered)이 적용된 최신 제품들은 편의성이 높은 인터페이스를 제공하고 복잡한 기능을 하나의 버튼으로 해결해주고 있다.
>
> 사용자관점은 사람들에게 무엇이 가치 있고, 그들이 무엇을 원하는지 파악하는 것이 시장에서의 생존과 산업 선도가 가능함을 보여준다. 이러한 것을 가능하게 하는 것이 바로 디자인 사고이다. 디자인 사고(Design thinking)는 사용자관점에서 제품을 만드는 변화의 시작이다. 불과 10년 정도밖에 되지 않은 디자인 사고는 생각하는 관점을 바꾸면서 우리의 일상을 변화시키고 있다. Chapter 13에서는 창의적 사고에 필요한 디자인 사고에 대해 살펴보자.

그들의 이야기를 들어라, 그 사람이 되어보라

세상에 없던 변화를 만드는 스타트업 가운데 닷_{dot}이라는 기업이 있다. 2015년 대학생 3명이 의기투합해 '닷 워치'라는 점자스마트워치를 세계 최초로 개발했다. 현재 직원은 30명도 되지 않지만, 120개의 특허와 126억 원에 이르는 누적 투자를 받았다. 닷의 기술은 교육환경, 대중교통시설, 박물관, 미술관 등에 무장애 디자인을 확대 적용하고 있다.

창업자, 김주윤 대표는 어느 날 교회에서 몸집만 한 점자성경을 읽는 시각장애인 친구를 본 것이 계기였다고 한다. 만약 돈 되는 사업을 하겠다는 의도였다면, 3억 명도 채 되지 않는 시각장애인을 대상으로 한 IT기기 개발은 시작도 못 했을 것이다. 하지만 점자책으로 번역되는 도서 비율이 고작 1%, 디지털 점자리더기 가격 2천 달러 이상인 문제에 주목했고, 230g에 290달러의 닷 워치가 탄생한 것이다.

무장애 디자인과 유사하지만, 보편적 디자인이라는 개념도 있다. 5살짜리 아이부터 85세 노인에 이르기까지 신체 기능 여하에 상관없이 누구나 쓸 수 있는 제품 디자인을 말한다. 양손잡이용 가위, 저상버스, 소리 내는 주전자 등이 대표적인 예이다. 26살밖에 안 된 페트리사 무어라는 디자이너가 1979년부터 무려 3년간 80대 할머니로 살아내며 혁신적인 제품을 디자인했고 노인연구전문가로 미국장애인법안이 제정되는 데 중요한 역할도 했다.

흔히 "그 사람들 얘기 좀 들어봐, 그 사람이 되어보라고…" 쉽게 말하지만, 자신이 체험해보지 않고 충분히 감정을 이입하며 그 사람의 관점에서 생각하기는 어렵다. 아무리 많은 사람에게 객관적 조사를 시행한다고 해도 질문 이상의 본질을 파악할 수 없다. 바로 디자인 사고의 출발점이 여기 있다.

고객이라고 정의한 사용자관점에서 모든 문제를 생각해 보고 다양한 아이디어를 제시하면서 사고의 영역을 넓혀 가고 스스로 도달할 수 없는 범위의 생각까지 아이디어를 끌고 갈 수 있도록 하는 것이 디자인 사고의 과정이다. 디자인 사고는 소비자들이 가치 있게 평가하고 시장의 기회를 이용하며 기술적으로 가능한 비즈니스 전략에 대한 요구를 충족시키기 위해 디자이너의 작업방식과 감수성을 프로세스에 도입하는 사고방식이다. 특히 나 홀로 사고가 아니라 극단적인 협업을 통해 '결론은 하나가 아닐 수 있다'라는 전제를 가정하며, 실행하며 배운다는 'Learning by Doing'을 철저히 적용한다.

② 디자인 사고(Design Thinking)란?

디자인 사고의 특징은 제품설계와 디자인을 넘어 브랜딩전략, 교육 및 서비스 산업 등에 이르는 광범위한 분야에 모두 적용 가능하며 그 한계는 실제로 없다는 점이다. LG경제연구원 한수연 연구위원은 '실패를 장려하는 디자인 사고(한국경제신문, 2015.11.6일자)'라는 칼럼을 통해 "디자인 사고란 디자이너 특유의 사고 흐름이나 문제해결 방식을 빗대어 디자이너들 사이에서 먼저 통용되기 시작했다"라고 전했다.

현재는 여러 가지 제약 조건을 내포하고 있는 문제 자체에 집중하기보다는, 최종 고객이 경험하게 될 해결책 중심으로 창의적인 대안을 세워나가는 혁신 프로세스를 가리키는 개념으로 진화했다. 고객 가치와 창의를 중시하는 최근의 경영환경과 디자인 사고는 매우 높은 적합성을 보인다. 기존의 문제해결 방식이 기술의 변화 속도를 따라가지 못하고 고객들의 기본가치 충족 후 기업들이 어떠한 새로운 가치 요소를 제공해야 할지 몰라 고민에 빠지게 된 데다 융복합 시대로 발전하면서 기술과 산업의 경계가 모호해지는 변화로 더욱 중요성이 강조되고 있다.

디자인 사고를 제대로 사용할 경우, 가장 강력한 힘을 발휘하는 비즈니스의 도구가 될 수 있다. 문제를 정의하고 다양한 선택사항을 고려하며 계속해서 반복되는 아이디어의 분산을 통해 사고의 영역을 확대해가며, 가장 뛰어난 아이디어를 골라 실행에 옮기는 요소들로 구성되어 있기 때문이다. 각자의 아이디어들을 세분화하여 분석하는 비판적 사고critical thinking와 달리, 디자인 사고는 아이디어들을 계속해서 쌓아나가는 창의적 사고과정이다. 또한 가능한 한 많은 결과물을 산출해 내어 새로운 아이디어를 수용하면서도 객관적인 관점을 가지고 사고의 벽을 깨기 위한 기준을 통해 반복적인 수행으로 최적의 방안을 찾아내는 방법론적 사고이기도 하다.

❸
디자인 사고는 어디에 사용하는가?

미국의 대표은행인 뱅크오브아메리카Bank of America, BOA에서는 아이디오IDEO에 의뢰하여 'Keep the Change(잔돈은 가지세요)'라는 상품을 출시하고 1,200만 명의 가입자를 모았던 사례가 있다. 뱅크오브아메리카의 비자체크 카드로 지불하는 물건 값의 거스름돈을 받지 않고 그 차액을 저축계좌에 바로 입금해 주는 것이 핵심이다.

실제로 보이거나 만질 수 없는 금융상품의 특징에도 불구하고 '금융'이란 분야에 디자인 사고를 적용하여 프로젝트를 진행하였다. 프로젝트의 초점은 금융서비스를 잘 이해하고 사용하는 고객이 아니라, 금융상품에 대해 정확히 알지 못하거나 다양한 포트폴리오를 가지고 있지 않은 주부들의 행동을 다양한 관점에서 관찰한 결과에서 나온 것이다. 이는 물건을 사고 남은 거스름돈을 저금통에 모아두었다가 은

행에 저축하는 일반적인 행동을 쉽고 편하게 할 수 있도록 서비스화한 것이다.

미국에서는 한국에서처럼 물건값에 세금이 포함되어 소비자에게 가격을 제시하지 않고 물건값과 함께 세금을 별도로 합산하여 최종 금액을 내는 데다 지역마다 다른 세금 부과율을 가지고 있어 복잡한 합계가 필요하다. 예를 들어 $3.99 물건을 구입하고 10%의 세금을 내야 한다면 최종적으로 금액은 $4.38가 된다. $5 지폐를 냈다면 거스름돈으로 62센트를 돌려받게 되는 것이다.

미국에서는 체크카드가 대부분의 지불수단으로 사용되는데 통장에 잔고만큼 사용금액이 차감되는 방식이다. 여기에서 은행에 가는 불편함을 없애고 저축하는 기회까지 넓히는 아이디어의 적용을 통해 $4.38을 체크카드로 결제하면 통장에서는 $5이 결제되고 나머지 62센트는 저축계좌로 자동 입금되어 소액을 저축하게 하는 상품이다. 미국은 체크계좌와 세이빙계좌가 나누어져 있어 초기 통장 개설시 2개의 계좌를 개설하게 되는데, 대부분 세이빙계좌에 넣으러 가는 것을 귀찮아하는 행동에서 창의 아이디어가 출발한 것이다. 광고에서도 매일 커피를 1잔씩 마시고 잔돈으로 57센트를 저금하게 되면 한 달에 $17이 된다는 광고마케팅으로 연결하여 대단한 성공을 거둔 프로젝트였다.

위의 사례에서처럼 디자인 사고의 적용 범위에는 제한이 없다. 전혀 새로운 것으로 보이지만 사실은 누구나 알고 있으며 기존에 있던 것들에 대한 재해석과 조합을 통해서 상품을 만들어낸 사례이다. 소비자를 초점으로 하여 분석하고 아이디어를 나누고 다시 분석하고 결과를 해석하고 다시 분석하는 반복되는 과정에서 나온 아이디어가 발전된 것이다. 이 과정을 자세히 살펴보면 새롭게 무엇인가를 만든 것이 없이 전부 기존 서비스에서 가지고 있던 것들과 소비자에 대한 해석을 통해서 조합된 결과라는 점에 주목할 필요가 있다.

위키피디아_Wikipedia_에서 디자인 사고에 대해 검색해보면, "불명확한 문제를 조사하고 정보를 검색하며 지식을 분석하여 설계 및 계획 분야에서 솔루션을 선정하는 방법 및 과정"이라고 정의하고 있다. 실제로 디자인 분야에 국한하여 제한적으로 사용하는 것이 아니라, 모든 영역에서 사용할 수 있으며 그 범례에 한계가 없다고 보는 것이 정확하다.

중등학교에서는 교사들을 중심으로 학교의 교육과정이나 환경에 대한 다양한 대안을 찾기 위해 디자인 사고를 적용한 회의와 문제해결을 시도하고 있는 모습도 볼 수 있다. 대학에서는 디자인과 관련된 학과 외에도 창업교육이나 진로교육에서 디자인 사고를 적용한다. 예를 들어, 교양이나 전공과목으로 개설하여 한 학기 동안 학생들이 비즈니스모델을 만들고 시제품을 제작해보는 캡스톤 디자인capstone design과 정을 진행하기도 한다.

기업에서도 소비자를 중심으로 한 제품개발을 목표로 개선과 혁신을 이룰 수 있도록 노력하고 있으며, 이러한 디자인 사고를 바탕으로 컨설팅 업무를 제공하는 예도 볼 수 있다. 그만큼 디자인 사고의 적용 범위가 넓다는 것이다.

 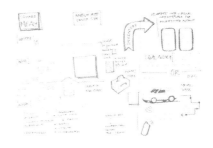

출처: www.ideo.org

그림 13-1 **IDEO의 실제 아이디어 도출 과정**

현재 국내에 소개된 디자인 사고의 과정은 크게 두 가지로 나누어 볼 수 있다. 하나는 스탠퍼드 대학 d.school에서 제안하는 프로세스 과정과 글로벌 컨설팅 회사인 아이디오IDEO[8]에서 제안하는 교육자를 위한 디자인 사고 프로세스 과정이다. 두

---

8 아이디오(IDEO)는 미국의 디자인 이노베이션 기업으로 1991년에 설립했으며 현재 CEO는 Tim Brown. 인간공학, 기계/전자공학, 소프트웨어 공학, 산업디자인, 인터랙션 디자인 등을 전공한 700명 이상의 직원으로 구성. IDSA(International Design School for Advanced Studies)의 Industrial Design Excellence Awards 수상. 비즈니스위크가 선정한 '가장 혁신적인 기업 25'에 선정, 아이디오는 나머지 24개 기업을 컨설팅하고 있음.

프로세스는 거의 유사하다.

아이디오는 디자인 사고를 만들어 디자이너가 어떤 문제에 대해 광범위하고 다양한 대안을 찾는 사고와 선택한 대안을 현실에 맞게 다듬는 방식을 반복사용하고, 문제에 관해 분석적으로 사고할 뿐만 아니라 직관적 사고 등 통합적인 사고방식을 갖는다는 점에 주목하였다. 그래서 디자인 사고 과정을 경영에 접목함으로써, 어떤 종류의 문제이든 접근할 수 있다고 밝히고 있다.

3.1 d.school의 디자인 사고 프로세스

1단계는 공감하기Empathize, 2단계는 정의하기Define, 3단계는 아이디어 도출하기Ideate, 4단계는 프로토타입 시제품 만들어보기Prototype, 5단계는 테스트하기Test의 프로세스로 구성되고 진행된다.

이 과정에 대해서 디자인 사고 과정을 운영하는 것으로 가장 유명한 스탠퍼드 대학교 d.school의 귀도우 코발스키스Guido Kovalskys는 학교의 화이트보드 게시판을 이용하여 자신이 어떤 과정을 거쳐 디자인 사고를 펼치는지를 정리했다. 이것을 보고 실제 단계별로 어떠한 창의적 사고를 요구하는지 알아보도록 하자.

그가 제안하는 디자인 사고의 과정 중 공감하기 단계에서는 찾고자 하는 것에 대해 충분하게 검색해보고 이와 관련된 많은 긍정적인 이야기들을 찾아보고 이것에 대해 공감하는 과정을 거치도록 한다. 정의하기 단계에서 사용자의 관점에서 문제를 바라보고 고객들의 요구사항을 정의하는 과정을 거친다. 그 다음 사람들이 필요로 하는 것에 대해서 발산적 사고를 통해 아이디어를 최대한 도출해 내고 수렴적 사고를 통해 각 아이디어를 검토하고 최종적으로 정제된 대안을 선정한다. 여기에서 확정된 것들을 두고 시제품 또는 모델을 만들어 피드백을 얻고 이를 반영해 개선하는 과정을 반복하면서 최종적인 결론을 도출한다.

3.2 IDEO의 교육자를 위한 디자인 사고 프로세스

아이디오에서도 d.school과 비슷한 단계를 거치는데, 발견하기-해석하기-아이디어 내기-실행하기-발전시키기의 5단계로 나누어지며 실제 진행방식은 거의 유사하다.

그림 13-2 **IDEO의 디자인 사고 프로세스**

1단계인 **'발견하기'** 단계에서는 풀어내고자 하는 문제 또는 과제에 대한 이해를 바탕으로 새로운 기회를 찾고 아이디어를 창조하기 위해 영감을 받고 모은다. 여기에서 중요한 것은 괜찮고 유용한 데이터를 많이 찾아내는 것이다. 사람들을 유심히 관찰하고 인터뷰하면서 통찰을 얻는 과정에 해당한다. 공감의 형성이 중요하며, 인간 행동을 관찰하여 어디에 문제가 있는지를 찾기 시작하는 것이다. 표현된 문제나 욕구가 아니라, 표현되지는 않았지만, 문제의 본질에 해당하는 무언가를 행동 속에서 찾아내려는 것이다. 이것이 디자인 사고의 첫 단계에 해당한다.

2단계인 **'해석하기'** 단계에서는 발견하기 단계에서 검색하고 학습하며 발견한 것들을 의미 있는 통찰력insight으로 변환시키는 과정을 수행하여, 문제나 과제에 대한 이해를 팀원들과 공유하며 영감을 받고 팀이 해야 할 일들에 대해서 의견을 나누고 가능한 기회로 바꿀 수 있다. 수집된 문제들 가운데 과연 '무엇이 문제인가?'에 대한 정의를 내리게 된다. 여기서 중요한 것은 소비자의 관점과 제품과 서비스를 만들어내는 사람들의 관점을 동일시하는 것으로 사용자가 제기한 문제점을 이해하는 것, 생산자가 무엇을 제공해야 하는지 이해하는 과정에 해당한다.

무엇이 문제인지, 그 문제는 해결할 만한 가치가 있는지 사람들을 유심히 관찰하고 인터뷰한 내용을 적어보자. 내가 공감하지 못하는 문제라면 다른 사람들도 마찬가지이다. 포스트 잇에 각자의 생각을 적어 공유하며 진정한 문제의 본질을 찾아 우리만의 정의를 내려보자.

3단계인 '**아이디어 내기**' 단계에서는 정의를 내린 문제를 해결할 가능성을 찾으며 브레인스토밍brainstorming을 통해 최대한 많은 아이디어를 생성한다. 일반적으로 괜찮은 아이디어 하나를 얻는 데 평균적으로 13개 정도의 아이디어가 필요하다고 한다. 양적으로 아이디어가 많아야 질적으로도 우수한 아이디어가 될 수 있다. 발산적 사고를 통해서 얻은 아이디어를 수렴적 사고로 하나씩 검증해 나가며 팀의 이견을 좁혀나가는 과정을 거쳐야 한다.

'우리가 어떻게 하면~?' 정의한 문제를 해결할 수 있을지 가능한 해결책을 모두 적어보자. 아이디어를 생성할 때는 절대 비판하지 마라. 아이디어를 정제하는 과정은 이후에 진행할 것이다. 이미 나온 해결책인지 검토하는 것도 미뤄라.

4단계인 **'실행하기'**에서는 아이디어들을 현실화하는 작업으로 아이디어에 대한 초기 형태의 시제품prototype, 원형이나 비즈니스모델을 만들어 피드백을 얻어서 종합하고 필요한 사항을 확인한다.

5단계인 **'발전시키기'** 단계에서는 아이디어의 실체를 만드는 단계로 프로토타입을 토대로 실험과정을 거치게 되는데 사용 후 피드백 결과가 부정적이라면 언제든지 다시 검토하여 원하는 결과가 도출될 때까지 해석하기와 아이디어 내기의 단계를 오가며 사용과 체험을 반복하게 되는 것이다.

우선 정돈된 해결책을 기술하자. 완벽한 해결책이란 없다. 우리 해결책의 강점을 부각하되, 약점에 대한 보완책이나 약점에도 불구하고 이 해결책이 필요한 나름의 논리를 구체화하자. 실행이 가장 좋은 피드백이다. 가능하다면 시제품을 만들어 적용해보자.

최종 아이디어(해결책)	
강점(Plus)	약점(Minus)
흥미로운 점(Interesting)	

표 13-1 디자인 사고를 통한 창의적 아이디어 평가요소

평가요소
1. 해결할 만한 가치 있는 문제인가?
2. 진단을 통해 문제를 구체적이고 치밀하게 정의하였는가?
3. 아이디어 도출을 위해 디자인적 사고 방법을 전개하였는가?
4. 제시된 아이디어가 참신한가?
5. 제시된 아이디어가 실용적인가?
6. 아이디어가 갖는 한계와 대응에 대해 언급하였는가?

1. 고객이라고 정의한 [   ]에서 문제를 바라보고 참신하고 유용한 대안을 만들어가려면 그들의 이야기를 청취하고 그들의 처지에서 [   ]하는 것이 출발이다.

2. 디자인 사고(Design Thinking)란 아이디어를 세분화하고 분석하는 [   ]과 달리, 최종 고객이 만족스럽게 경험하게 될 해결책을 위해 탐색과 발견, 해석과 아이디어 발상이라는 [   ]을 시도하는 사고과정이다.

3. IDEO의 디자인 사고 프로세스는 발견하기에서부터 발전시키기의 5단계로 이루어진다. 단계별 주요 활동을 바르게 연결해 보자.

1단계-Discovery
발견하기   •

· a. 수집된 문제들 가운데 과연 무엇이 문제인가를 정의 내리는 단계이다. 이 단계에서는 고객의 스토리를 공유하고 그들이 원하는 바를 언어화하는 것이 필요하다.

2단계-Interpretation
해석하기   •

· b. 선택한 아이디어를 토대로 해결책에 대한 시제품(prototype, 원형)을 만든다.

3단계-Ideation
아이디어 내기   •

· c. 해결책을 실제 적용했을 때, 고객으로부터 피드백을 받아 개선하는 단계로 원하는 결과를 얻기까지 사용과 체험을 반복한다.

4단계-Experimentation
실행하기   •

· d. 정의를 내린 문제를 해결할 수 있는 수많은 아이디어를 모은다. 최선, 최적의 아이디어를 검증해 선정한다.

5단계-Evolution
발전시키기   •

· e. 관찰이나 인터뷰를 통해 통찰을 얻는 과정으로 표현되지 않았지만 문제의 본질에 해당하는 무언가를 찾아내려는 단계이다.

Chapter 14

창의적 아이디어
프레젠테이션

디자인 사고 프로세스의 각 단계를 거쳐서 도출해 낸 아이디어를 시각화하여 효과적으로 전달하는 프레젠테이션에 대해 알아보자. 아무리 좋은 아이디어라도 다른 사람들로부터 피드백을 받고 개선하는 과정이 있어야 새롭고 가치 있는 무언가로 실행될 수 있다. 미처 생각하지 못한 한계를 알게 되고, 아이디어가 실제화되었을 때의 가치를 높일 수 있기 때문이다.

프레젠테이션을 성공적으로 마치려면, 첫 단추는 발표 전 극심한 불안감을 떨치는 것이다. 이미 사회인이자 직업인으로 생활하는 직장인들도 한 조사(커리어넷, 2015)에 따르면, 발표하기 전 가슴 두근거림이나 초조한 기분, 불면증 등의 증상이 응답자의 절반 가까이 나타난다고 한다. 발표 불안, 평가염려 완벽주의, 사회공포증 등으로 불리는 부담감을 줄이고, 충실한 준비와 연습으로 프레젠테이션을 통해 창의적 아이디어로 평가받도록 해보자.

논리적으로 주장하기

주장하기는 나의 의견에 대한 상대방의 동의를 구하기 위한 말하기의 한 유형이다. 하지만 서로 다른 의견이 치열하게 공방을 벌이는 상황에서는 누가 주장하기인지, 떼쓰기인지를 구분하기가 쉽지 않다. 지난 2020년 국회 원 구성을 둘러싼 여야의 입장 차⁹를 듣고 있으면, 국민의 한 사람으로 갑갑하기 그지없다. 여당에서는 준법 국회를 강조하며 국회 원을 법정 시한 내 구성하자고 하고, 야당에서는 상임위원 정수 개정을 위한 특위를 여는 것이 우선이라며 배정표를 못 내겠다고 한다. 공방이 지속될수록 국회는 휴업상태이다.

주장하기란 합리적 근거나 사례를 통해 어떤 의견을 다른 사람이 받아들이도록 하는 것이다. 떼쓰기와의 구분은 주장을 뒷받침할 만한 확실한 근거가 있느냐, 없느냐에 달려있다. 주장하려면 첫째, 핵심 주제의 선정, 둘째, 합리적 근거 및 사례의 탐색, 셋째, 상대방의 반론을 예상하고 이에 대한 반박 논리 구성, 그리고 논리적 분석을 통해 주장의 타당성을 확보하는 것이다. 모두 하나의 의견으로 귀결될 수 있다면 주장은 필요하지 않다. 주장을 한다는 것은 반대 또는 제3의 의견 등이 있기 때문이다. 따라서 핵심 주제는 "_____이 아니라, _____이다"라고 설정되어야 한다.

합리적 근거나 사례가 부족하다면, 가설을 바탕으로 실험이나 연구를 통해 입증하는 방법도 있다. 이것이 바로 과학이다. 반박 논리 구성은 내가 주장하는 바의 타당성을 확인하는 가장 좋은 방법이다.

주장하기 방법을 정돈해보자. 주장할 때 가장 자주 사용하는 형식은 바로 양괄식으로 PREP법이 대표적이다. 먼저 명확한 결론부터 제시하는 것으로 Point에 해당한다. 다음으로 결론은 곧 나의 주장이니 이를 뒷받침하는 근거를 제시하는 Reason

---

9 　민중의소리(2020.6.8.) https://www.youtube.com/watch?v=MrEaQP0vNCo

이다. 근거에 관한 구체적인 사례가 추가된다면 상대방으로부터 공감대를 형성하고 동의를 구하기 쉽다. 마지막으로 근거와 사례를 기반으로 다시 결론을 재확인하는 마지막 과정이 Point이다. 처음과 끝을 모두 자기주장으로 강조하는 방법이다.

〈표14-1〉은 과제 수행에 관한 주장으로, 과제는 미루지 말고 제때 바로 하는 것이 효과적이라는 의견이다. 시작은 결론부터 이야기하는 것이다. 결론의 근거가 되는 이유와 사례는 에빙하우스Ebbinghaus의 망각 곡선 이론을 토대로 기억이 생생할 때 과제 수행이 빠르고 정확하게 진행될 수 있음을 구체적으로 설명한다. 마지막은 역시 주장을 반복해서 강조하는 것으로 마무리한다. PREP법은 단순한 흐름으로 구성되어 있지만, 매우 효과적이다.

표 14-1 **PREP형식의 주장하기 예시**

구분	내용
Point	과제는 미루지 말고 그때그때 하는 것이 효과적이다.
Reason	에빙하우스의 망각 곡선 이론을 보면 한번 외운 단어는 10분 후 42%, 한 시간 후 50%, 1일 후 67%, 한 달 후 80%를 잊어버린다고 한다. 기억은 시간에 반비례한다는 것이다.
Example	제 경우도 그날 과제를 그날 하면 30분이면 할 수 있는데, 계속 미루다가 6일 후 수업 전날 밤에 하려고 하면 과제를 내 줄 당시의 상황이 생각나지 않는다. 그래서 시간도 몇 배나 많이 걸리고, 과제 내용도 교수님이 원하시는 내용과 거리가 먼 경우가 많다.
Point	그러니 과제는 미루지 말고 그때그때 하는 것이 효과적이다.

토의나 토론, 프레젠테이션과 같은 공적 말하기에서 주장하다 보면, 내가 열심히 준비한 근거, 조사한 정보를 모두 제시하고 싶어진다. 노력을 과시하여 주장의 타당함을 보여주고 싶은 것이다. 하지만 청자에게 인지적 부담이 커지면, 주장에 대한 수용 여부를 떠나서 발화자가 한 말 자체를 처리하는 데 시간이 걸린다. 뭘 말하는 건지 파악하기도 급급하다. 더는 듣고 싶지 않다고 느낄 수도 있다.

대화는 상호작용이 중요하다. 온전히 찬성하거나 반대하기는 쉽지 않다. 모든 주장은 나름의 한계를 포함하고 있다. 조건적 찬성이나 조건적 반대, 또는 제3의 대안이 공적 대화 속에서 만들어질 수 있다. 따라서 자기주장을 지지하는 근거 하나를 명확히 제시하고, 상대방의 주장과 근거를 들으며 반박, 재반박의 과정 등을 통해 유의한 결론을 만들어가야 한다.

❷ 프레젠테이션의 구성과 실제

"문을 두드리는 자원봉사자들과 처음으로 투표했던 젊은이들, 그리고 변화를 위해 살아가고 숨 쉬는 모든 미국인들께 말씀드립니다. 당신은 모두가 바라는 최고의 지지자이자 조직자입니다. 모든 분께 영원히 감사할 겁니다. 당신이 세상을 바꿨으니까요!"

위 연설은 미국 제44대 대통령이자 최초의 흑인 대통령인 버락 오바마_{Barack Obama}의 고별연설 중 마지막 부분이다. 이 연설은 무려 50여 분간 진행되어 역대 최장 시간으로 기록되었다. 그는 자신의 치적을 이야기하는 대신, 국민 여러분이 세상을 바꿨다고 말했다. 참석자들은 일어나 기립박수로 화답했다. 합리적인 근거도 중요하지만, 공감만큼 말의 영향력을 증폭시키지 못한다.

2.1 프레젠테이션의 구성

프레젠테이션은 의사전달을 체계적으로 하는 행위이다. 화자의 입장을 청자에게 제대로 전달해서 화자가 기대하는 대로 청자의 행태가 달라지도록 동기를 부여하는 과정이다. [그림14-1]처럼 제한된 시간과 장소에서 시청각 자료 등을 사용해 전달함으로써 청자들이 만족하며 화자의 주장을 수용하겠다는 결정을 내리게 만드는 것이다.

그림 14-1 프레젠테이션의 구성

프레젠테이션에 시각적인 자료가 있어야 하지는 않지만, 디지털시대에 효과적인 전달 매체로 활용된다. 말보다 이미지나 영상이 공감대를 형성하는 데 유리할 수 있다. 다만 발표 자료는 발표내용 및 방식과 유기적으로 연결되어야 한다. 프레젠테이션을 구성하는 데 3가지 요소를 갖춰야 한다. 첫째, 목적Purpose의 명확화이다. '나(발표자)는 왜 이 자리에 서는가?, 이(대상) 사람들은 무엇을 기대하는가?'를 명확하게 정돈해야 한다. 둘째, 참가자Person의 니즈를 파악하는 것이다. 청자의 특성에 맞게 프레젠테이션을 준비해야 한다. 훌륭한 발표자는 빠뜨리지 않고 모든 것을 전달하는 것이 아니라, 참가자들이 듣고자 하는 바를 압축적으로 전달하는 것이다. 셋째, 발표 환경과 장소Place에 대한 고려이다. 주어진 여건에서 가장 호소력 있는 전달 방법을 찾아야 한다. 이러한 3요소의 앞자를 따서 3P라고 부른다.

프레젠테이션 자료를 준비할 때는 기획-설계-제작-발표의 순서로 진행한다. 기획은 목표 청중을 파악한 후 프레젠테이션의 목적과 접근 방법을 선정한다. 이렇게 문서의 방향이 설정되면, 설계는 발표내용의 논리적 흐름을 스토리보드로 구성한다. 스토리보드가 완성되면 슬라이드의 메시지를 작성해 자료를 제작한다. 그리고 준비한 자료의 내용을 효율적으로 발표하는 것이다.

특히 스토리보드는 3단 구성으로 흐름을 정돈하되, PREP법처럼 도입부터 결론 제시, 본론에 이유와 근거 제시, 다시 결론에 결론을 재확인하는 흐름이 가장 좋다.

본론 역시 3가지 소주제나 영역을 나눠 구성하는 것이 바람직하다. 스토리보드 구성에서 꼭 잊지 말아야 할 것은 각 흐름이 명확한 종속관계를 갖춰야 하고, 하나의 항목에는 하나의 개념을 제시해야 하며, 강조 부분은 항상 앞에 두어야 한다는 것이다.

다음 프레젠테이션 문장을 도해화하여 발표 자료로 만들어가는 과정을 경험해 보자.

사례
왜 우리 제품이 해외 유수의 프로그램보다 수익 가치가 높고 투자대상인가에 대한 이유를 말씀드리겠습니다. 이 제품에 투자하시면 연리 20%의 높은 수익률을 보장받을 수 있는데, 이는 동종업계 최고의 수익률이며, 수익이 나지 않을 경우 저희 회사에서 책임지고 투자금 전액을 환불해 드리기 때문에 다른 제품보다 훨씬 안전합니다. 또한 일단 구입하시면 저희 회사에서 판촉 및 매매계약, 할부금 징수 등 모든 것을 위탁 관리해 드리기 때문에 관리하기가 편하고, 매출 역시 경쟁력 있습니다. 따라서 저희 제품이 국내의 어떤 투자대상보다도 훌륭한 투자가치가 있다고 할 수 있습니다.

첫 번째 단계는 발표할 내용을 피라미드 구조로 나타내 위계적 관계를 파악하는 것이다. 핵심 주제가 무엇인지, 이를 뒷받침하는 내용은 어떻게 구분되어 있는지, 내용 간의 관계는 어떻게 설정되어 있는지 크게 살펴보는 것이다. 아래와 같이 우리 제품이 국내 최고의 투자대상인 이유를 세 가지로 제시하고 있다.

1단계: 피라미드 구조
국내 최고의 투자 대상 첫째, 본 제품에 투자하면 연리 20%의 높은 수익률 보장, 이는 동종업계 최고의 수익률 둘째, 수익이 나지 않을 경우 당사에서 책임지고 투자금 전액 환불, 타 제품보다 안전 셋째, 구입 후 당사에서 판촉 및 매매계약, 할부금 징수 등을 위탁 관리, 관리가 편하고, 매출 역시 경쟁력 높음 이상의 3가지 사항으로 보아, 본 제품이 국내의 어떤 투자대상보다도 훌륭한 투자가치가 있다고 판단됨

두 번째 단계는 핵심어$_{key\ words}$를 추출하는 것이다. 핵심어는 도해로 표현할 때

반드시 들어가야 할 문구나 표현이 된다. 다음 공란을 채워 보자.

2단계: 핵심어 추출
국내 최고의 투자 대상인 이유 3가지
[   ] : 연리 20%의 동종업계 최고
[   ] : 판매 후 미수익시 투자금 전액 환불
[   ] : 판촉 및 매매계약, 할부금 징수 위탁 관리

마지막 단계는 발표를 위한 시각 자료로 활용할 수 있도록 도해로 표현하는 것이다. 앞 단계에서 추출한 핵심어를 중심으로 도해에 내용을 구성해보자.

3단계: 도해로 표현

2.2 프레젠테이션의 실제

실제 프레젠테이션이 성공적으로 실행되려면, 철저한 준비와 연습이 필요하다. 아무리 내용이 잘 준비되었다 하더라도, 사전 리허설을 반복하면서 의도한 대로 전달되는지 확인해야 한다. 발표는 즉흥적으로 하는 것이 아니고 짜인 순서에 맞추어서 발표 시간을 정확히 지켜야 한다. 발표자의 시선, 화법, 손짓, 몸짓과 같은 요소도 프레젠테이션의 실제에서는 중요하다.

시선은 1대1 대화처럼 친근감과 자신감을 보이도록 눈맞춤을 하는 것이 필요하다. 시선은 발표자와 발표에 대한 신뢰를 높이는 데 도움이 된다. 화법은 단어의 명료성, 목소리의 크기, 높낮이와 강조, 속도 등을 고려해야 하지만, 불필요한 말을 하지 않는 것이 전제이다. 손짓과 몸짓은 시각적 효과, 강력한 이미지를 만들어 설득력을 높일 수 있는 장치이다. 하지만 불필요한 동작이라면 아예 하지 않는 것이 나을 수도 있다. 〈표14-2〉는 프레젠테이션을 시행하기 전 확인해야 할 목록이다. 발표는 상황에 따라 유연하게 대처해야 하는 것이 필요하다는 점은 기억해 두자.

표 14-2 **발표 전 체크리스트**

발표 주제를 분명히 인식시켜라.
참석자의 관점에 대해 자세히 파악하라.
발표 전략은 상황에 따라 변한다.
발표가 공식적일수록 준비가 더욱 필요하다.
발표에 삽입된 모든 자료의 출처를 숙지하라. 일일이 알려줄 필요는 없지만, 질문에 대비
통계자료를 인용할 때는 특히 신경을 써라.
제안이나 주장에 대해 분명한 근거를 제시하고, 근거가 불분명하다면 주장을 펴지 마라.
객관적으로 증명할 수 없는 내용을 임의로 일반화하여 말하지 마라.
발표내용과 별 관련이 없거나 벗어난 사항에 집착하지 마라. 참석자를 혼란스럽게 만듦
자기주장과 반대되는 의견에 대해 과민한 반응을 보이지 마라.
청중을 적대자로 만들지 마라. 무시, 경시, 신경질적인 반응, 말싸움…
발표는 초보 수준에 있는 이들에게 내용을 인식시키는 방법 중 하나라는 것을 잊지 마라.
참석자가 웃어주기를 기다리지 마라.
장애를 예상하라.
논리적으로 보이지 않는다는 이유로 좋은 아이디어를 부정하거나, 단지 그것이 새롭다는 이유로 아이디어에 저항할 수 있다. 이해하지 못해 아이디어를 거절할 수도 있다.
발표가 아무리 "Show"라고 하지만 그 정도가 지나쳐서는 안 된다.
설득이라는 것은 제법 심각한 것이다.
아는 체하고 건방진 이미지를 참석자에게 주지 마라. 참석자를 존중하지 않는 것처럼 보인다. 참석자의 견해가 별 가치가 없다는 것을 넌지시 비추는 것이다.
발표가 끝난 후 참석자의 박수를 기대하지 마라.

꼭 필요한 경우가 아니면, 할당된 시간을 절대로 초과하지 마라.
참석자의 개인 약속, 관심 없는 주제…
발표자는 언제나 학생이 되자.
발표를 끝내자마자 자리를 떠나지 마라. 혹시 참석자가 박수를 친다면 잠시 몇 초 동안 그 자리에 있자. 단, 옆 사람과 얘기는 하지 말자.

프레젠테이션의 종결은 질의응답이다. 프레젠테이션이 주장과 설득을 주요한 목적으로 하는 만큼, 청중의 질문과 그에 대한 발표자의 답변은 청중들의 발표에 대한 적극적 수용과 변화의 촉진을 꾀할 수 있다. 혹시 모를 오해나 오류를 정정하는 기회가 될 수도 있고, 발표 이후 개선과 보완을 위한 건설적 피드백을 얻을 수도 있다.

질문에 대답하는 원칙은 TRACT이다. 첫 번째 T는 Thank, '질문해주셔서 감사합니다. 아주 좋은 질문입니다'와 같은 질문에 대한 관심과 감사를 표시하는 것이다. R은 Rephrase로 다른 청중들에게 질문을 정리하는 것이다. '방금 질문한 내용은 ＿＿＿＿＿＿＿＿＿이 맞습니까?, 알고 싶은 점은 ＿＿＿＿＿＿＿라고 하셨습니다.' 가 예시이다. A는 Answer로 질문에 대해 대답을 하는 것이다. C는 Chcck로 답변이 잘 되었는지, 도움이 되었는지 등 질문자에게 답변의 적절성을 확인하는 것이다. 마지막 T는 Thank로 다시 한번 감사를 표하고 추가 질문을 받는 것을 말한다.

프레젠테이션의 검토와 실행 · 피드백

3.1 프레젠테이션의 검토

발표 자료가 다루는 주제나 목적에 잘 맞게 구성되었는지 점검하는 기준으로는 6W를 적용해볼 수 있다. 누가Who, 무엇What이라는 관점에서는 관련된 사람, 역할, 책임자 또는 책임 내용이 언급되어 있는지 확인할 필요가 있다. 얼마나 많이How much 관점에서는 변수 간 증감을 제대로 보여주고 있는지 살펴봐야 한다. 언제When가 중요한 문제라면 일정이나 시기가 제시되어 있어야 한다. 어디서Where의 관점에서는 나아갈 방향, 구성 요소들 간의 조화 방식 등이 잘 드러나야 한다. 어떻게How라는 측면은 특정 상황이 서로에게 미치는 영향을 보여주어야 하는데, 예를 들어 이렇게 한다면 초래될 예상 결과를 알려주어야 한다. 마지막 왜Why가 발표 주제에 핵심이라면 거시적 관점에서의 필요성이 드러나야 한다. 발표 자료가 6W 측면에서 잘 정돈되면, 프레젠테이션의 논리성과 설득성을 높일 수 있다.

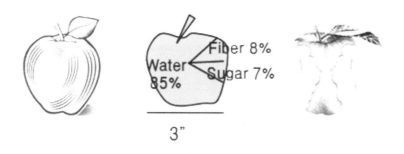

그림 14-2 Simple, Quantity, Delta의 시각 자료

6W가 발표 자료의 주제를 거시적으로 다룬다면, 발표 자료의 스토리보드와 메시지가 잘 제작되었는지에 대한 SQVID가 적절하다. SQVID는 프레젠테이션의 가독성과 체계성을 돌아보는 세부 기준이 되기 때문이다. [그림14-2]를 참조하면, Simple은 단순하게 제시할 것인지, 정교하게 제시할 것인지를 돌아보는 기준이다. Quality 또는 Quantity는 정성 정보인지, 정량 정보인지에 따라 표현을 달리하라는 뜻이다. Vision은 비전을 중심으로 제시하는 것이 효과적인지, 실행을 중심으로 제시하는 것이 효과적인지 따져보라는 것이다. 실행을 보여줄 때는 절차나 단계로 된 다이어그램을 쓰는 것이 좋다. Individual Attribute는 개별특성을 제시할 것인지, 다

른 대상과의 비교 정보를 제시할 것인지 고려하라는 것이다. Delta는 변화된 모습을 제시하는 것이 필요한지, 아니면 현상을 보여줄 것인지 결정하는 기준이다.

〈표14-3〉은 발표 자료 작성 시 주의해야 할 점을 정돈한 것이다. 발표 자료와 프레젠테이션이 잘 맞아떨어지려면 미리 완성해 리허설하는 것이 필요하다. 시간적 여유를 갖고 작업하는 것이 필요하며, 철자 검사는 필수다. 특히 수치 같은 정보가 틀리면 프레젠테이션 전체의 신뢰를 떨어뜨린다.

표 14-3 발표 자료 작성 시 주의할 점

1. 충분한 시간적 여유를 둘 것	보통 하루 전에 부랴부랴 작성, 좋은 자료가 되지 못함
2. 철자 검사 필수	커다란 스크린에 오타를 비춘다면 더 당혹스러운 일 본인보다 다른 사람이 교정하는 것이 바람직
3. 로고를 지나치게 강조하지 말 것	
4. 대문자, 소문자 혼합 사용	표제나 부제, 본문 구분
5. 적절한 그림 사용	어떤 내용을 뒷받침하기 위한 그림만 사용 공백을 채우기 위한 불필요 그림은 정신만 산란
6. 페이지 번호 매길 것	실수로 떨어뜨리거나 질문 시 해당 내용 찾을 때 유용
7. 일관성을 가질 것	시각적으로 일관성이 있다는 것은 아주 중요 예) 가로, 세로가 혼합되면 보는 사람 정신 산란
8. 텍스트를 너무 사용하지 말 것	보통 한 장에 5-7줄이 적당
9. 여러 가지 글꼴을 섞어서 사용하지 말 것	여러 가지를 사용하면 너무 어지럽다. 2-3개의 정형화된 글꼴을 사용하는 것이 무난함
10. 강조표시를 너무 많이 하지 말 것	강조 부분 많으면 메시지 약화
11. 전체를 볼 것	개별적 설명 후 전체적으로 무슨 내용인지 모를 경우가 있다. 주장하고 싶은 내용에 대한 시나리오 작성과 시뮬레이션 필요
12. 색채를 너무 사용하지 말 것	자료당 사용하는 색채는 가능하면 4가지 이내로
13. 모니터와 똑같을 것으로 기대하지 말 것	모니터의 컬러와 스크린의 컬러는 일치하지 않음

3.2 프레젠테이션의 실행·피드백

실제로 프레젠테이션할 때는 발표자의 좋은 인상이 전체 발표 분위기를 좌우한다. 특히 발표 시작 후 5초면 청중은 발표자의 첫인상에 대한 평가가 내려진다. 긍정적이고 열정적인 태도, 단정한 머리 모양과 복장, 밝은 표정을 유지하자. 청중과의 거리는 맨 앞줄과 2~3미터 정도 떨어져서 청중을 정면에서 마주 본 자세로 발표하는 것이 좋다.

프레젠테이션하면서 발표 자료나 발표문을 지나치게 쳐다보며 말하게 되면, 준비가 부족하다고 느끼게 할 뿐만 아니라, 청중과의 상호작용이 없어 그들 반응에 따라 유연하게 대처하기가 어렵다. 발표 자료나 발표문을 모두 외우라는 것이 아니다. 발표 자료를 화면에 띄우고 큰 흐름과 키워드 정도가 적힌 발표문으로 보면서 리허설을 반복하면 실제 프레젠테이션에서는 여유를 가지고 발표가 가능할 것이다.

특히 리허설 장면을 영상으로 찍어 돌려보면 발표자가 의식하지 못하는 습관을 찾게 되어 수정할 수 있다. 청중 외 엉뚱한 곳을 본다거나 특정한 곳에 시선을 고정하거나 반대로 너무 자주 바꾸는지 확인해 보자. 제일 뒤에 앉은 사람과 시선을 맞추고 한 문장에 한 사람을 보는 느낌으로 지그재그로 청중을 바라보는 것이 적절하다.

목소리는 뒤에서도 들릴 정도로, 너무 빠르거나 지나치게 늘어지지 않도록 하며 강조하는 단어나 문장은 천천히 힘주어 말해야 한다. 손짓과 몸짓은 발표자에게 어려운 숙제다. 필요 이상으로 움직임이 많은 것보다는 강조점에 활용하는 것이 도움이 된다. 주머니에 손을 넣는다거나 팔짱을 끼는 등은 바람직하지 않다.

이상으로 프레젠테이션의 전반적인 내용을 살펴보았다. 〈표14-4〉는 디자인 사고를 통해 도출한 창의적 아이디어를 프레젠테이션할 때 적용할 평가서 예시이다. 발표 자료나 발표, 질의응답의 전체적인 프레젠테이션에 대한 평가요소도 중요하지만, 아이디어가 갖는 참신성과 실용성을 얼마나 청중이 동의할 수 있게 전달하느냐가 관건이다. 그 출발은 아이디어 자체도 있지만, 우리가 왜 문제를 이렇게 정의 내렸는지, 충분히 해결할 만한 가치가 있는 문제라는 공감대부터 형성하는 것이 필요하다.

아무리 좋은 아이디어라도 완벽할 수는 없다. 완벽한 아이디어는 존재하지 않는다. 특히 창의적 발상은 실패할 가능성이 크다. 나름의 매력과 강점을 가지더라도 뚜렷한 약점도 있기 마련이다. 따라서 아이디어의 한계와 대응에 대한 논리적 근거를 충실히 고민했음을 잘 드러내는 것이 신뢰를 얻게 한다. 믿음이 가야 동의도 할 수 있다.

표 14-4 **창의적 아이디어 프레젠테이션 평가서**

	평가요소	매우 그렇지 않다 　　　　 매우 그렇다
디자인 사고를 통한 창의적 아이디어	해결할 만한 가치 있는 문제인가?	① - ② - ③ - ④ - ⑤
	진단을 통해 문제를 구체적이고 치밀하게 정의하였는가?	① - ② - ③ - ④ - ⑤
	아이디어 도출을 위해 디자인적 사고 방법을 전개하였는가?	① - ② - ③ - ④ - ⑤
	제시된 아이디어가 참신한가?	① - ② - ③ - ④ - ⑤
	제시된 아이디어가 실용적인가?	① - ② - ③ - ④ - ⑤
	아이디어가 갖는 한계와 대응에 대해 언급하였는가?	① - ② - ③ - ④ - ⑤
발표 자료	발표 자료는 아이디어를 설명하는 데 효과적으로 구성되었는가?	① - ② - ③ - ④ - ⑤
	발표 자료와 발표자의 발언이 정합성을 갖추고 있는가?	① - ② - ③ - ④ - ⑤
발표 및 질의응답	발표내용이 청중의 공감과 지지를 획득하는 데 효과적인가?	① - ② - ③ - ④ - ⑤
	발표자는 공적 담화에 적합한 형태의 말하기를 수행하고 있는가?	① - ② - ③ - ④ - ⑤
	질의응답이 적절하게 잘 수행되었는가?	① - ② - ③ - ④ - ⑤
점수합계		
우수한 점		
개선점		

내용 정리하기

1. 주장하기는 [   ]를 제시하여 다른 사람의 동의를 끌어내는 말하기 방법이다. 주장할 때는 상대방의 반론을 예상하고, 그것을 [   ]를 만들어야 한다.

2. 양괄식으로 본인의 주장을 제시하는 PREP법이 가장 자주 사용되는데, 명확한 결론 제시(Point)−결론을 뒷받침할 [   ]와 [   ] 제시−근거와 사례를 기반으로 결론의 재확인([   ])이라는 흐름으로 전개된다.

3. 프레젠테이션은 말하는 사람의 입장을 듣는 사람에게 제대로 전달하여 만족할 만한 [   ]을 끌어내는 [   ](발표 자료+전달방법)이다.

4. 발표 자료의 스토리보드는 [   ]−[   ]−[   ]의 3단으로 구성한 후 핵심 메시지를 담아낸다.

5. 효과적인 전달은 [   ]와 [   ]만이 답이다.

6. 발표 자료가 다루는 주제(문제)를 6W에 맞춰 점검한다. 프레젠테이션의 [   ]과 [   ] 돌아보기.

7. 발표 자료가 목적에 맞게 스토리보드와 메시지가 제작되었는지 SQVID에 맞춰 점검한다. 프레젠테이션의 [   ]과 체계성 돌아보기.

8. 발표내용이 효과적으로 전달될 수 있도록, 발표자는 [   ]을 만들고 시선, 화법, 손짓, 몸짓에 바람직한 행태를 능숙하게 드러내야 한다.

참고 문헌

강경순, 배진숙, 손혜진(2014). *토론하는 호모루덴스*. 교육과학사.

국립국어원(2021). *표준국어대사전*. 문화체육관광부 국립국어원(https://www.korean.go.kr)

권정언, 신현종(2016). *새로운 관점을 디자인하라* [10]. 백산출판사.

권혜정 역(2014). *이기적 진실(개정판)*. 파하드 만주 저. 비즈앤비즈.

김선욱 역(2006). *예루살렘의 아이히만-악의 평범성에 대한 보고서*. 한나 아렌트 저. 한길사.

김선욱 역(2002). *칸트 정치철학 강의*. 한나 아렌트 저. 푸른숲.

김재혁 역(2013). *책 읽어주는 남자*. 베른하르트 슐링크 저. 시공사.

박권생 역(2014). *인지심리학: 이론과 적용(9판)*. 스티븐 리드 저. 박영사.

박우현(2008). *논리를 모르면 웃을 수도 없다*. 책세상.

양현모, 이종혁, 김동건 등(2019). *토론, 설득의 기술*. 리얼커뮤니케이션스.

이종오, 김경희, 변광배 등(2017). *미네르바 인문 읽기와 토의·토론*. 한국외국어대학교 지식출판콘텐츠원.

정문성(2017). *토의·토론 수업방법 84*. 교육과학사.

최원배 역(2010). *피셔의 비판적 사고(개정판)*. 알렉 피셔 저. 서광사.

최원배 역(2012). *비판적 사고(3판)*. 앤 톰슨 저. 서광사.

최훈(2015). *논리는 나의 힘*. 우리교육.

---

10 저자의 동의를 받아 Chapter 9와 Chapter 13에 책 일부를 재사용함.

내용
정리하기

◆ Chapter 1.

1. 자연스럽게, 잘한다 혹은 익숙하다라고
2. 공적, 사적
3. 호모 커뮤니쿠스
   Cf. Homo+Communicus; 소통하는 인간
4. 정체성, 관계 맺게
5. 문법적 능력, 사회언어학적 능력, 담화 능력, 전략적 능력

◆ Chapter 2.

1. 사회적 행위
2. 민주적 사회
3. 설득, 공감
4. 로고스, 에토스, 파토스
5. 로고스, 논리성
6. 에토스, 태도
7. 청중의 상태

◆ Chapter 3.

1. 설명하기, 주장하기, 친교
2. 설명 혹은 설명하기
3. 개념, 사건의 진행 과정이나 의미, 생각
4. 이해, 방향, 지적 자극
5. 직접성, 경제성, 휘발성, 왜곡 가능성

◆ Chapter 4.

1. 분석, 범주화
2. A-c, B-f, C-a, D-g, E-b, F-d, G-e

◆ Chapter 5.

1. 이유, 설득
2. 근거, 전제, 논거
3. 관련성
4. 설명
5. 필연적으로, 개연적으로
6. 결론, 근거, 결론, 근거, 근거, 결론

◆ Chapter 6.

1. 수용 가능성, 관련성, 충분성
2. 신뢰성
3. 숨은 전제

◆ Chapter 7.

1. 논리적 오류
2. 부적합한 권위에 호소하기
3. 논점 일탈
4. 감정에 호소하기
5. 허수아비 공격의 오류
6. 선결문제 요구의 오류, 순환논증의 오류
7. 전제와 결론, 관련성, 수용 가능한 것

◆ Chapter 8.

1. 이해, 판단
2. 뇌가 만들어낸 틀
3. 사회적으로 인지된 세계
4. 필터 버블, 반향실, 인지 부조화
5. 다원주의적 상호존중
6. 규정적 판단력, 반성적 판단력

◆ Chapter 9.

1. 참신성, 유용성, 새로움, 적절함
2. 학습지식(Expertise), 창의적 사고기법 (Creative thinking skill), 내적 동기부여 (Intrinsic motivation)
3. 자기제약
4. 지각오류(Perception error)
5. 통념, 상자 밖 창의

◆ Chapter 10.

1. 무엇을, 어떻게
2. 발견, 배열, 표현, 암기(기억), 발표
3. 기-승-전-결의 구조, 말 내용의 논리적 설 득성, 효과적인 수사적 표현의 활용(예를 들 어, 단어 선택의 적절성, 문장의 적절한 구 조 등), 목소리의 톤, 말의 적절한 속도, 시 선 처리 방식, 적절한 몸짓의 활용, 발표 시 간의 준수 여부

◆ Chapter 11.

1. 토의(discussion)
2. 토론(debate)
3. 감정, 권위
4. 상호존중, 다원적 관점
5. 원탁 토의, 패널 토의, 버즈 토의, 월드 카페
6. 링컨-더글러스 토론, 의회식 토론, 칼 포 퍼식 토론

◆ Chapter 12.

1. 입론하기, 질문하기, 반론 및 재반론하기, 최종변론하기
2. 논증을 세우는 것
3. 교차조사(cross examination)
4. 상대방이 제시한 증거나 정보가 정확하지 않음을 지적하는 것, 상대방이 제시한 근 거에서 주장이 도출되지 않음을 밝히는 것

5. 인상 깊고 호소력 있는 진술로 설득력을 높 이는 것
6. 두괄식, 보편적 원칙이나 가치관

◆ Chapter 13.

1. 사용자관점, 공감
2. 비판적 사고(Critical Thinking), 통찰적이고 통합적인 접근
3. 1단계-e, 2단계-a, 3단계-d, 4단계-b, 5 단계-c

◆ Chapter 14.

1. 확실한 근거나 사례, 반박할 논리
2. 근거(Reason), 사례(Example), Point
3. 의사결정, 체계적인 행위
4. 도입(결론), 본론(이유/근거), 결론(결론)
5. 철저한 준비와 연습
6. 논리성, 설득력
7. 가독성
8. 좋은 인상

연습문제
정답 및 해설

◆ Chapter 5.

1. 결론: ①, 전제: ②~④
2. '에어컨을 켰거든': 설명을 요구하는 물음에 대한 설명의 답.
   '아까는 30℃였는데, 지금은 27℃잖아': 이견에 대해 반박 근거를 제시하는 논증
3. ③
   '보기'는 전제가 결론의 내용을 이미 포함하고 있기 때문에 전제로부터 결론이 필연적으로 도출되는 연역논증. ①은 귀납논증. ②는 오류논증. ③은 결론의 내용이 전제에 이미 포함되어 있는 연역논증. ④는 전제에서 결론의 참이 필연적으로 도출되지 않고 개연적으로 도출되는 귀납논증.
4.   ③
       ↓
   ① + ②
       ↓
       ④

◆ Chapter 6.

1. 이 논증에서 76명의 작곡가가 천재적 작곡가라는 진술은 없다. 설사 그들이 천재 작곡가라고 해도 76명의 조사량으로 결론을 도출하기에는 역부족이다. 게다가 10년의 연습 시간은 작곡가가 되기 위해 평균적으로 걸리는 시간일 수도 있다. 확인해 봐야 한다. 따라서 이와 같은 전제들에서 결론의 합당성이 충분하게 뒷받침된다고 보기는 어렵다. 또한 모차르트는 노력을 많이 한 작곡가라기보다는 타고난 재능을 지닌 작곡가로 유명하다. 이 전제는 결론과 연관성이 깊지 않다.

2. 오랜 시간을 공부할수록 높은 점수를 받는다. 자료를 네 번이나 읽고 밑줄 쳐가며 공부하면 높은 점수를 받을 수 있다. 다른 학생들은 나보다 노력을 덜 했다 등등.
3. 타이어 가게의 사장이 추천한 것이므로 매상을 높이기 위해 추천한 타이어라는 의심을 거둘 수 없다. 이해관계에서 벗어나 있지 않은 것이다. 또한 10년 동안 타이어 가게를 운영했다는 말은 그가 타이어에 대한 전문적 지식을 갖고 있다는 사실을 보장하지는 않는다. 가게 운영의 경력이 많다는 점만을 의미할 수도 있기 때문이다.

◆ Chapter 7.

1. 부적합한 권위에 호소하기의 오류. 김영수 교수가 원자력 발전소의 안전성에 대한 전문적 지식을 갖춘 사람인지 확인되지 않고 있다. 단지 교수라는 직함을 통해 전문 지식의 권위를 가장하고 있을 뿐이다.

◆ Chapter 14.

최고의 수익률, 투자의 안전성, 편안한 관리

국내 최고의 투자 대상

최고의 수익률
연리 20%의 동종업계 최고

편안한 관리
판촉 및 매매계약,
할부금 징수 위탁 관리

투자의 안전성
판매 후 미수익시
투자금 전액 환불

저자 소개

한길석
한양대에서 철학 학사, 석사, 박사학위를 받았다. 박사학위 논문 주제는 하버마스의 공영역 이론이다. 방송대, 충북대, 군산대, 차의대, 한양대, 한신대 등에서 강의했고, 가톨릭대 교수를 거쳐 중부대학교 학생성장교양학부 교수로 재직하며 학생들을 가르치고 있다. 주요 논문은 「근대적 연대 형식과 그 도전들」, 「조선 후기 공론정치의 두 유형에 대한 규범적 고찰」, 「떠도는 자들을 위한 장소」, 「토의민주주의론은 포스트 정치적인 것인가」 등이 있고, 공저로 『철학의 이해』, 『영화로 생각하기』, 『아주 오래된 질문들』, 『현대정치철학의 네 가지 흐름』, 『모빌리티 존재에서 가치로』 등이 있다.

한우섭
철학이 멋있어 보인다는 이유로 철학을 공부하기 시작해 여전히 흥미를 갖고 철학을 공부하고 있다. 한국외국어대학교 철학과 학사, 석사 과정을 기쳐 프랑스의 스트라스부르 대학에서 현상학을 공부하여 2019년 철학 박사학위를 취득했다. 한국외대, 충남대 등에서 강의하다 2020년부터 중부대학교 학생성장교양학부 교수로 재직 중이다. 저서로는 『#철학』(공저)이 있으며, 한국현상학회를 비롯한 철학 관련 학회들에서 주로 메를로-퐁티 철학에 관계된 논문을 발표하며 지내고 있다.

권정언
사람, 성장, 상호작용에 대해 관심을 두고 공부하며 일해왔다. 이화여대 심리학 학사, 교육공학 석사, 중앙대 인적자원개발학(HRD) 박사학위를 받았다. 교수설계자이자 컨설턴트로서 PSI컨설팅, 토마스인터내쇼날, 한국생산성본부에서 일했고, CJ그룹에서 인재개발 팀장이자 부장으로 역할을 수행했다. 현재 중부대학교 학생성장교양학부와 원격대학원 진로직업컨설팅학과의 교수로 활동 중이며, 공저로는 『인적자원개발론』, 『새로운 관점을 디자인하라』, 『기업교육 프로그램 개발의 이론과 실제』 등이 있다.

저자와의
합의하에
인지첩부
생략

말하기와 사고

2022년 2월 25일 초판 1쇄 발행
2025년 1월 31일 초판 3쇄 발행

지은이 한길석·한우섭·권정언
펴낸이 진욱상
펴낸곳 (주)백산출판사
교　정 성인숙
본문디자인 신화정
표지디자인 오정은

등　록 2017년 5월 29일 제406-2017-000058호
주　소 경기도 파주시 회동길 370(백산빌딩 3층)
전　화 02-914-1621(代)
팩　스 031-955-9911
이메일 edit@ibaeksan.kr
홈페이지 www.ibaeksan.kr

ISBN 979-11-6567-443-4　03800
값 13,000원

이 책의 인세는 지은이의 저술기부로 지급되지 않습니다.
이 책의 판권은 중부대학교 학생성장교양학부와 지은이에 있습니다.
이 책 내용의 전부 또는 일부를 재사용하려면 반드시 서면 동의를 받아야 합니다.

● 파본은 구입하신 서점에서 교환해 드립니다.
● 저작권법에 의해 보호를 받는 저작물이므로 무단전재와 복제를 금합니다.